ハヤカワ文庫 JA

〈JA1186〉

伊藤計劃記録 I

伊藤計劃

早川書房

7515

Project Itoh Archives Ⅰ
by
Project Itoh
2015

Always Look on the Bright Side of Life.

—— *Monty Python's Life of Brian*

目　次

エクストラポレーション礼賛　9

制御された現実とは何か　15

ＭＧＳシリーズへと受け継がれるポリスノーツ　27

伊藤計劃：第弐位相　２００４年　49

伊藤計劃：第弐位相　２００５年　197

伊藤計劃記録 I

エクストラポレーション礼賛

初出
「METAL GEAR CHRONICLE」2001年11月29日
＊コナミコンピュータエンタテインメントジャパン発売「METAL GEAR SOLID 2」限定版「METAL GEAR SOLID 2 SONS OF LIBERTY PREMIUM PACKAGE」同梱ブックレット。

いきなりだけど、ここでは「ドラマがいい」とか「キャラがいい」といった話はしない。だってそんなの、みんなわかってることじゃん。だからここでは、ぼくが個人的にこれこそ小島監督の核だと思っている話をすることにする。そういう話を期待してた人、ごめんね。

「人間が宇宙に住んだらどうなる？」

という問いがあったとする。こんな問いに基づいた作品はたくさんある。けれど、その問いに対する答えは作家の世界観によって異なってくる。

宇宙空間の宇宙線って本当に防ぎきれるのかな。太陽フレアとか太陽風とか。「ポリスノーツ」を作っているとき、小島監督はそう考えた。そこで出てきた身もふたもない第二の仮定がこれ。

「スペースコロニーは、大量被曝者社会だ」

ある状況にある仮定を挿入し、別の状況を導き出す。これをSF用語で（というかもともとは数学用語なんだけど）エクストラポレーション、という。

導き出された第二の仮定は、我々がSF小説やガンダムなどのアニメで見慣れてきたスペースコロニー像を一気に変えてしまう。大量被曝者社会としてのスペースコロニー。小島監督はそこからさらに第三の仮定を導き出す。「大量被曝者社会であるスペースコロニーは、高度医療社会である」医療インフラが根幹を占める社会。軍産複合体ならぬ医療産業複合体としてのトクガワグループ。細密な「ポリスノーツ」の設定群は、この思考過程から生み出されたものだ。集中医療社会としてのスペースコロニー。それはぼくらが見知っていたコロニーに対する価値観を揺さぶるだけでなく、いやおうなく現在の我々の医療制度まで照らし出してしまう。


「そうか、そうだったのか〜！」

近未来やファンタジー異世界の氾濫するゲーム業界に、こうした「目からウロコ」の価値観の目眩《めまい》を味わわせてくれる世界がどれだけあるだろうか。ぼくの知る限りでは、ほとんどの、いや小島作品を除くすべてのゲームにおいて、世界は単なる雰囲気作りの背景に過ぎない。こまごまと細密に設定してある作品は、大体において設定好きなオタクの自己満足的な情報の塊に過ぎない。それら「単なる設定」とエクストラポレーションはまったく異なるものだ。単なる設定なら、はっきり言って誰にでも書ける。が、「表層をひんむけば、本質はこうだ」という「思いもしなかった観点の提示」となると、豊かな知識と、「考えることの楽しみ」を持ち合わせていなければ生み出せない。

メタルギアもそうだ。遺伝子を「人間の微細な資質のライブラリと看做す」思考のインパクト。そこからゲノム兵に遺伝子治療で「資質を埋め込む」設定や、伝説の戦士ビッグボスの「遺体を要求する」テロリストという物語が生まれる。それはすなわち、人間の遺体が戦略物質となりうる世界だ。個人を識別するウィルス、レールガン核砲弾。メタルギアは「そういう手があるか！」という贅沢なSF的アイデアで満ちている。それこそ本当なら、個々のアイデアひとつで物語を作れてしまうような。アイデアをメインにした物語という意味で小島監督は『スキズマトリックス』『ホーリー・ファイアー』など、エクストラポレーションの伝統をもっとも正しく受け継ぐSF作家のブルース・スターリングに近いのかもしれない。

MGS2のテーマは「デジタル化社会」の問題だという。

西垣通やクリフォード・ストールらは、コミュニケーションの障壁がなくなることで、世界の地域差が消滅し、のっぺらぼうな一つの文化（ミーム）に地球が覆われてしまう可能性を指摘する。フランスの思索家ポール・ヴィリリオはネット社会が災害を高速で伝播させる「情報化爆弾」や、MGS2初体験版に登場したサイファーや監視衛星など、2次視覚の多用によって戦場から「現実」が消滅する可能性を指摘し、後者の問題についてはヴィリリオや市田良彦らの著作を原作にしたともいえる押井守「パトレイバー2」が映像化作品として見事に描き出している。ローレンス・レッシグは『CODE』でネットの「自由」や「匿名性」が実は設計上のものに過ぎず、商業化によって「中年化」したネットが個人情報を管理しやすいアーキテクチャへと変化してゆくと予言する。ブルース・スターリングは10年以上も前に『ネットの中の島々』で、ネットがグローバルなものであるというよりは先進資本主義社会圏のアーキテクチャにすぎないと喝破し、「第一次世界大戦は第一次『ネット』内乱だった」と、ネットのグローバリズムという幻想を打ち砕くマニフェストを提示する。

小島監督がどのような切り口でデジタル化というテーマを扱うのか、今はまだぼくにはわからない。上に挙げたどれかかもしれないし、まったく別の切り口かもしれない。でも、どんな切り口でくるにせよ、小島監督はそれを「ビッグボスの遺体」のような目の覚めるエクストラポレーションで描き出すに違いない。

制御された現実とは何か

初出
「Spooktale」2002 年 2 月 26 日
＊伊藤計劃個人 web サイト「Spooktale」内「KOJIMANIAX」に掲載。

ＷＴＣに航空機が突っ込んだとき、ぼくは病院でその映像を見ていた。

ぼくはそのとき、不具者の仲間入りをしたばかりだった。僕は右座骨神経と右大腿の主要な筋を失い、膝下の制御と感覚の一切に、永遠の別れを告げたばかり。膝下ダークマン。考えなきゃいけない問題はほかにも山ほどあって、そもそもこうなるはめになった悪性腫瘍（要するに、ガンってやつだ）が転移しないかとか、輸血血液にＡＢＣその他諸々の肝炎が潜伏していないかとか、そういうやっかいな問題を抱えていた。転移すれば次に命が助かるかわからない（というか、ほぼダメだろう）し、Ｃ型肝炎になればほぼ確実に肝臓ガンを発症する。さらにさら〜に、インターネットでぼくの患った肉腫の5年生存率を調べると50〜70％とか出てくる。

正直いってこいつはまいった。知らなきゃ幸せなんだろ〜けど、病名を聞くや否や、ぼくはノートを病院の公衆電話につないで、ネットにアクセスしていた。ぼくはクローネンバーグが大好きで（笑）、つまり自分の身に何が起っているかはっきり知って死んでいきたいタイプの人間だから、知りたいという願望を止めようがなかった。ほら、ザ・フライ、あったじゃん。主人公は科学者だから、爪がはがれたり皮膚が溶解したり、自分の体に起るグログロ祭りの全てを「ふむふむ、こいつはこれこれこういうことなのだな」と理解して、ハエ男への道を受け入れる。ってか、何の話だ（笑）。

とはいえ、まあ知ったら知ったで今度は恐怖が襲ってくる。そもそも親や医者は自分に真実を告げているのだろうか。ほとんどディックの小説みたいなパラノイアにぼくは襲われたんだ。うん、こいつはちょっとすげーよ。なんてったって自分に関わる全ての人間が嘘をついていると思えてくるんだから。まさに東京トータルリコール、ジャム人間に捕まってチキンブロスを食べさせられてる深井零の気分。いやホント。看護婦のちょっとした気遣いとか、親の何気ない優しさとかが物凄く怖くなってくるんだよ～（笑）。ほら、デビッド・フィンチャーの「ゲーム」、あれのマイケル・ダグラス状態。

というわけで、僕は今も死に怯えながらビクビク暮らしている。他の人より死に少しばかり近いことは確かだ。ディック状態はまあなんとか抜け出した（というか、騙されてたところで、ぼくには分かりよーがないからね）けど、夜中に「死」が猛然と襲い掛かってきて、布団の中でむせび泣いたりしなきゃならない日はまままある。

だって僕、まだ全然死にたくねーもんな。

ぼくはここ1年、毎月10日くらい入院して抗がん剤を体内に入れていた。昔と違って最近の抗がん剤はそんなにつらくないんだけど、それでもやっぱ吐き気はつえ〜し毛は抜ける。ちょっと面白いのは、ほとんど同じ成分の抗がん剤を毎回やっているにもかかわらず、抜ける毛の場所が毎回違うんだよ、いやマジに。最初は髪の毛にヒゲに脇毛に乳毛（笑）にチン毛だったんだけど、2回目は髪の毛もヒゲも全く抜けずに、かわりに鼻毛がワッサワサ抜けた。いや〜最初は嬉しかったね。手入れしなくてい〜じゃん。と思ったのもつかの間、この状態がホコリに猛烈に弱いことが判明し、窓からの光の筋が見えるようなリドリー・スコット部屋（要するにホコリっぽい部屋のこと）である自分の部屋にほとんどいられなくなってしまった。うぐぐぐぐ。

ぼくは昔から喘息で、サルタノール吸入器はマストアイテムだった。今ぼくは抗がん剤を注入され、体の中のガンの可能性と闘っている（のかな〜？）。これらの薬のない今世紀初頭だったら、ぼくは死んでた。ぼくという存在を維持するのは、科学技術によって生み出された薬なのだ。

科学技術によって維持される身体。科学技術がなければ消滅してしまう身体。これが意味するのは、要するにぼくはサイボーグだってことだ。別にスーパーパワーを持つ機械のからだだけがサイボーグってわけじゃない。サイボーグ、ってことばじゃなければ、サイボーグ的身体、といってもいい。『サイボーグ・フェミニズム（うわ～懐かし）』流のアレ。三菱ジェネンテックの「さらりまん」みたいに微細処理装置が埋め込まれているわけじゃないけど（笑）、ぼくはケミカル・テクノロジーによって身体を維持している。ちなみに病院の符丁で抗がん剤を「ケモ」っていうのは知ってるかな。化学療法、ケミカルだからケモ。ぼくという存在は、幼い頃から科学技術の存在を前提としていた（もうひとついえば、ぼくは帝王切開で生まれたらしい。技術によらなければ、生まれることすら出来ない子供だったとゆーこと）。それがなければ消滅してしまうこどもだったんだ。

そして今も。

ぼくは「テクノロジーの子供たち」のひとりだ。自分の生きた現実が既に、常にサイバーパンクであることを、肉体によって実証した人間たちのひとりだ。もちろん誰もが、テクノロジーによって生活を規定され、限界づけられているんだけど、ぼくはそれを、ほとんど生まれたときから肉体で実証している。

ぼくという身体。ぼくがガンになったのは、いうまでもなく、こいつがガッチガチの現実で、自然そのもので、自然というのは予測不可能で統御できないものだからだ。ところが、ぼくは生存のために、その自然を予測し、統御し、収束させなければならない。自然を排除すること、自然を存在しないものとして世界を構築すること。それは人間の生存（人間は死を願うことのできる生き物だから、生存は本能ではない。欲望ね）に根ざした衝動であり、イデオロギーだ。人間はモデルを組立て、シミュレーションし、予測し記述し制御することで個々の生存可能性を拡大してきた。

MGS2はある種のパラノイア（偏執狂）を描いている。それは、この世界のあらゆる事象はすべて数値に還元され得、それゆえにシミュレーションし、すべてを観測し、どこまでも予測し、どこまでも制御することができる、という、ニュートン力学的な妄想の大風呂敷だ。ラプラスの魔。どこまでも無限に精密なデータがあれば、ビリヤードの玉の軌跡を完璧に予測できる、とする考え方。世界は計算できる、という妄想。量子力学やカオス理論を持ち出すまでもなく、もちろんそれは不可能だ。しかし、MGS2は社会モデルに限定してだけれども、それが可能な状況を描き出す。

MGS2自体が、雷電の体験したVRに過ぎなかったのでは、という意見を見かけた。それって要するに「これは現実なのか？　それとも夢なのか？」という現実の定義に関する哲学的な話だよね。押井守を引き合いに出すまでもなく、この種のテーマは様々な作品で描かれ過ぎて、すでに陳腐化してしまっている感じがする。そして、雷電も確かに「大佐が存在しない」ってあたりでそういう問題にちょっと入りかけたりする。仮想現実によって、人々の現実感が希薄になる、っていうこれまた「よくある話」も、雷電のVR訓練のくだりで語られたりする。

これが夢かどうかは関係ない、自分が現実だと思ったものが現実だ。と、残念ながら、

ＭＧＳ２はそういう「よくある」できあいの結論にとびついたりはしない。また、仮想現実が現実の側に侵食してきたりもしない。そういう「仮想現実もの」の結論レシピを、ＭＧＳ２は無視している。「現実か夢か、なんてテーマが陳腐だ」って言ったか思ったかした人はごくろーさん。だってＭＧＳ２、そういうとこを無化するとんでもない結論をもってきているんだもの。「自分探し、ってテーマが陳腐だ」って言ったか思ったかした人もごくろーさん。だってＭＧＳ２、自分を無化するような結論で終わってるんだもの。

Ｓ３によって、愛国者達は人間の社会を、個人レベルから制御することが可能になった。別に脳を制御するでもなく、どんな出来事を積み重ねれば人を望むように誘導できるか、その方法を手に入れた。その方法の有効性を検証し、使い物になるプロトコルのバージョンを確定することが、ＭＧＳ２という物語だった。人間社会のすべては数値に還元され得、それゆえにシミュレーションし、すべてを観測し、どこまでも予測し、どこまでも制御することができる。

そのとき、現実と仮想現実の違いはどこにあるの？　仮想現実が現実に来たりはしない。この現実が仮想現実かもしれず、もう一つの現実があるかもしれない可能性もどうでもいい。ＭＧＳ２は、現実とは何か？　という問いを自我の認識の問題にしたりはしない。よくある哲学問題にもしない。なぜなら、すべてが予測し、制御しうるとしたら、それはすなわち仮想現実だからだ。この現実がそのまま同時に仮想現実であること。この現実を仮想現実として定義しうること。暴力的に、仮想現実として定義しなおしてしまうこと。

そんなアクロバットがS3というアイデアの実体だ。

この世界が仮想現実だと分ったとき、ネオはモーフィアスに導かれて、もうひとつの「現実」へ脱出した。この世界が夢に過ぎない、とわかったとき、あたるは現実の友引高校に戻ってきた（それがまた、夢に過ぎないとしても）。しかし、雷電たちには脱出する異世界は存在しない。なぜなら、彼らが生きている「現実」こそが仮想現実になってしまい、逃れる「他の世界」は存在しないからだ。タマネギの皮のようにどこまでいっても夢、というようなことすら許されない（アヴァロンはそれだけど）。この唯一無二の現実こそが、そのまま仮想現実になってしまった日、それが4月30日、MGS2の物語なのだ。「すべてが数えられ、予測され、制御しうるとき、その世界とは一体なにか」という仮定を突き詰めていった結果、MGS2はこういう結論に達する。

それは仮想現実だ、と。

人々はすでに仮想現実の中に生きている、という認識。現実そのものが仮想的であるというヴィジョン。「この世界は夢（仮想現実）かもしれない」なんていう、ある種の逃避みたいな話とは違う。「現実などもともと存在しないのだ」という1000回ぐらい使われたフレーズとも違う。

この世界が仮想現実であっても、それが現実であること、どこにも逃げ場のない唯一無二の現実であること、そして、それでもなお仮想現実でしかないこと。

この絶望が、MGS2をどこまでも染めあげている。

MGS1の舞台であるシャドー・モセス島は、孤島をくりぬいた施設だった。そこには雪が降り、岩があり、木々があり、自然の洞窟があり、永久凍土があった。ひるがえって、MGS2に登場するのはどこまでも人工の風景だ。舞台はニューヨークであり、その沖に浮かぶ巨大な人工構造物だ。今回の舞台に、人間の手を介さないものは登場しない。せいぜい空を飛ぶカモメくらいのものだ。雷電は徹底して人工的な環境の中で闘いを展開する。

遺伝的決定論（からの自由）が主題だったMGS1が過酷な自然環境を舞台にしていたのとは異なり、MGS2は人間の、人間自身による決定論を扱う。その舞台が徹底して人工物でしかありえないのは必然だった。もはや運命という言葉に神を要請する必要性は全くない。宇宙的な神秘も因果律も必要ない。人間が己を予測し制御する世界。そこでは全てが人間の思考の産物である必要がある。なぜなら自然とは、人間の思考を介さない存在であり、それゆえ本質的に制御しづらい、予測困難なファクターだからだ。

まわりじゅう全てを人間の手を介した存在に囲まれて暮らすということ。それはつまり、人間の思考の中に生きるということだ。人間にとって予測できず、制御しづらい要素は徹底して排除される。

そこでは、バーチャル・リアリティをもちだすまでもない。なぜなら、この世界がすでにして仮想現実なのだから。

ぼくらのまわりを見てごらん、自然物がどれだけある？　人間の手によって植えられた草や鉢植えや街路樹や、駐車場の雑草が「自然」かな？　近所を流れている川、それは自然の川かね。何か最近になって出来た用水路は論外としても、実は昭和、明治、さかのぼって江戸につくった農業用水だったりしないかね。

ぼくらは人工物に囲まれて生きている。ぼくらは人間が思考してそう望んだ環境に囲まれて生きている。人間の思考の結果に囲まれて生きている。なぜ大地震で５０００人の人が死ぬことにみな驚きながら、年間の交通事故によるものすごい数の死者には驚かないのかな？　それはすなわち、自然は「降ってわいた災難」で、予測できないファクターだったのに対し、交通事故は「社会的に予測の範囲内であり、許容できる副産物」に過ぎないからだ。地震は自然の災難だけど、交通事故は人間の思考の守備範囲なのだ。それはつまり、人間の脳が生み出したものの内部に生きているということ。道路も、ビルも、家も、食料も、すべては人工物にすぎない。

自然とは、人間の脳が生み出した存在ではない。自然とは、本質的に予測も、制御も不可能な領域だ。それは記号ではない。都市というのは、どこまでも人間の思考で染めあげられている。それ自体がすでに仮想現実なのだ。ＭＧＳ２が都市の親玉とも言うべきニューヨークを舞台にしたのは偶然じゃない。

編註

MGS1＝一九九八年にKONAMIから発売されたPS用ゲームソフト「メタルギア ソリッド」。

MGS2＝二〇〇一年にKONAMIから発売されたPS2用ゲームソフト「メタルギア ソリッド2 サンズ オブ リバティ」。

ＭＧＳシリーズへと受け継がれるポリスノーツ

初出
「POLICENAUTS　PS one Books 公式 web サイト」2003 年 8 月
＊コナミコンピュータエンタテインメントジャパン発売「POLICE-NAUTS　PS one Books」公式 web サイト。

英雄としての宇宙飛行士、がいた時代。

スネークがジャングルに舞い降りたとき、そのはるかかなたを飛んでいたのは、どの宇宙飛行士だろうか。

STS－107、それがあのミッションにあたえられたフライトナンバーだった。

STSはSpace Transportation Systemの略だ。フライト番号107。そのミッションが、あの船が遂行した最後の飛行になった。

英語では船はsheと女性名詞で指される。クリストファー・コロンブス、その女性名詞がその船の名前だった。

２００３年２月１日、スペースシャトル、コロンビア号はミッションＳＴＳ－１０７を終え、フロリダのケープ・カナヴェラルへと帰還するところだった。その船がテキサスの上空までやってきたとき、機体は爆発した。それまで、その機体が宇宙の真空と放射線から守ってきたはずの、７人の命といっしょに。

宇宙へ行くことは、いまなお大きな危険がともなう。シャトルを構成する部品の数はすさまじい数で、飛行の手順も膨大な数になる。関わる人間の数もそれにふさわしい数だろう。そのどこかで致命的な間違いがおこらないと期待する方が、もしかしたら間違っているのかもしれない。20年前のチャレンジャー号爆発事故の調査報告で、調査委員のひとりが、氷水の入ったコップにゴムをぽちゃんと落とし、その、Oリングという重要な部品を構成するゴム素材の弾性があっさりと失われてゆくのをあっさりと示したとき、「こんなことで、あの、科学技術の粋が」と、どれくらいの人が脱力感に襲われただろうか（もっとも、原因はOリングの弾性劣化ではないという話もあるけれど）。

膨大な構成要素からなるシステムのどこかに、どんな致命的要素がひそんでいるか。それをすべて見つけだすのは、究極的には、たぶん不可能だろう。

それでも、多くの人がいまなお宇宙への飛行にとり憑かれている。

ぼくらの上につねにある、あこがれの場所として、宇宙はある。小島監督もどこかのインタビューで、いつか宇宙へ行きたいと言っていたことがある。ジェームズ・キャメロンも、かなり本気で宇宙へ行こうと考えていたことがあったらしく、いつかロシアで適性検査を受けたとかいうニュースが流れたことがあったっけ（デマかもしれんけど）。

なぜみんな、宇宙へ行きたがるのだろう。あこがれというには、そこにはなにもなさ過ぎるというのに。コロンブスがイザベラ女王を口説き落とすときに並べ立てた、香辛料も黄金もないというのに（もちろん、無重力下での様々な科学実験と、それによる科学的な発展はあるだろうけど、それが飛行士のダイレクトなリターンにつながるわけじゃないでしょ）。

もちろん、コロンブスの動機が本当は黄金でも香辛料でもなかったように、ぼくらは何かを求めて、頭上のはるかな空間にとりつかれているわけではないのだろう。それは、いうなれば呪いみたいなものだ。

星々の世界への欲望は。

最近、どうしてだかＳＦ以外の（苦笑）一般性のあるメディアで宇宙開発が題材として扱われることが多い。テレビドラマ「明日があるさ」の劇場版や、あのＮＨＫの朝の連続テレビ小説、そして「愛するために愛されたい」という、タイトルだけではどこに宇宙がからんでくるのかまったくわからないＴＢＳのドラマも、宇宙開発事業団（みたいなところ。違うけど）が舞台だったりする。

でも、それらを見ていて思うのは、そこでは「宇宙飛行士」が別に英雄なんかじゃない、ふつうのひとだ、ってことだ。もちろん、そうじゃなくちゃいけない。ふつうのひとが、努力の果てに宇宙へ行く。英雄としてではなく。視聴者との接点が（悪い言い方をするなら卑近さが）映画や小説なんかよりもずっとずっと重要視されるテレビドラマ（とその劇場版）で、主人公が英雄だったら、受け手はシラけきってしまうだろう。かれらが相手にしているのは、マスとしての観客なのだから。

だからそこでの宇宙は、日常という枠からの逸脱という相対的な点においてしか意味をもたない。漫画『プラネテス』や『ムーンライトマイル』が、主人公たちを「資質」をもったある種の「英雄」として、ある「領域」を知ってしまった存在として、その「英雄」としての内面を（ある意味、古典的に）描いているのとは対照的だ。もちろん、後者のほうがＳＦファンにとって共感しやすいのではあるけれど、まあ「マス」じゃないからなあ。

いや、しかし待てよ、そもそも宇宙飛行士って、いまの時代では英雄なんだろうか。

チャレンジャー号とともに、そしてコロンビア号とともに死んでいったひとたち。彼らは、自分が乗り込む船と、そのミッションが負うリスクを知っていた。それでも、彼らは宇宙へ行くことを選びとった。映画「ライトスタッフ」で、宇宙船を海にしずめてしまったガス・グリソム飛行士を笑い、「サルでもできる仕事だ」と嘲《あざけ》る人間に、チャック・イェーガーが言う。「サルは危険を知らない。だが宇宙飛行士は危険を知っている。猿とは違う。ガスはよくやったよ」

もちろん、シャトルの任務は「ライトスタッフ」で描かれるマーキュリー計画なんかよりはるかに複雑化している。猿でもできる任務ではない。けれど、この台詞が意味しているところは、この地味な台詞が讃えている魂は、チャレンジャー号の乗組員もコロンビア号の乗組員も有していたはずだ。恐怖に耐える力。恐怖を知り、それでもなお「そこ」へ向かう意思。

彼らの、その魂は、間違いなく英雄として称えられる資格を持っているだろう。

彼らは英雄だ。

けれど、その英雄たちの名前をどれくらいのひとが知っているだろうか。

ついこのあいだ、宇宙開発の墓碑名に刻まれた7人の名前を、どれだけのひとが知っているだろうか。

それはとても残酷な事実だ。「アポロ13」を見た人は憶えているだろう、最初に月面に降りた11号からわずか2号あとの13号の時点で、宇宙飛行はもうアメリカ国民の関心をひかなくなっていた。宇宙飛行という「イベント」は、もはやマスの関心をかちえることはない。人々の記憶に残るのは「最初の人々」だけだ。だから、宇宙飛行士、といえばやはり、ガガーリンであり、テレシコワであり、アームストロングでありオルドリンであり、そしてマーキュリー計画のシェパードでありグレンなのだ。

メタルギアソリッド3の予告編は、もう観たと思う。そして、その舞台が60年代だということも知っているだろう。

そして、この時代の英雄はスネークのような戦士たちではなかった。スネークがジャングルにいるとき、「英雄」ははるか宇宙空間にいた。J・G・バラードは言う。「ニール・アームストロングはおそらく、現代のわれわれのうち、五万年たっても記憶されている唯一の人間に違いない（『J・G・バラードの千年王国ユーザーズガイド』）」

初期の宇宙飛行士達が、最後の「英雄」、多くの人々の記憶にとどめられる「英雄」だとしたら、60〜70年代は「英雄」が存在した最後の時代だった。

ここでやっと「ポリスノーツ」の話になる（ふぅ）。

いま現在、宇宙飛行士は何かのイコンにはなりえない。それは小島監督が「ポリスノーツ」を発表した94年の時点でそうだったし、はっきり言えば、月面着陸のあとからずっとそうだったのだけれど。しかし、「ポリスノーツ」の「警察権限をもった宇宙飛行士」とポリスノーツたちは、宇宙開発の英雄として描かれている。「ポリスノーツ」はかつての英雄たちの、その35年後の物語だ。かつての英雄たちが、いかにして別々の道を——ある者は栄光を、ある者は凋落を、ある者は堕落を——歩んでいったか。

この物語世界では、ポリスノーツたちは英雄だった。いま現在、宇宙飛行士は「英雄」のイメージを担える器ではないというのに。

もちろん、それには理由がある。ポリスノーツが重ねられているのは、シャトル時代の宇宙飛行士ではなく、マーキュリー計画の宇宙飛行士たちのイメージだからだ。

９８２１版のパッケージを見てみよう。後に出る３ＤＯ版以降のパッケージが、主人公ジョナサンとレッドウッド、ヒロインのカレンなどをフィーチャーしたデザインになっているのとは、イラストのコンセプトが大きく異なっている。それは宇宙飛行士、英雄としてのジョナサン、エド、ゲイツ、トクガワたちを全面にうちだしたパッケージだ。

彼らポリスノーツは、「オリジナル・コップ（最初の警官）」とも呼ばれている。アメリカ最初の宇宙飛行士たちの名は「オリジナル・セブン（最初の７人）」。彼らに何が重ね合わせられているのかは明らかだ。

マーキュリー計画のあった60年代初頭。

それがメタルギアソリッドの三作目の舞台だ、ということはもう、今このページを見ている多くの人が知っていると思う。すでに予告編をダウンロードしてみた人も多いだろう。小島監督が生まれたのが63年、ＭＧＳ２のオープニング・タイトルを手掛けたイマジナリー・フォーシスのカイル・クーパーが生まれたのが62年、ＭＧＳ２のメイン・テーマを担当したハリー・グレッグソン・ウィリアムズが生まれたのが61年。

ときは、東西冷戦まっただ中だった。

核戦争の恐怖は、もちろんあった。人々の頭に、それは常に垂れ込める暗雲だった。けれど、そんな時代が「世紀末的」なムードだったのか、というとそうでもない。アメリカの生産性成長率を見ると、39年〜49年はそれ以前の10年間にくらべ1パーセント上昇の2・5パー、その次の10年間は3・0ちょいとさらにアップし、59〜69年は2・5パー、戦後アメリカの生産率は60年代後半までぐんぐん伸びていた。第二次世界大戦後のインフレも落ち着き、経済的には「黄金の60年代」とも呼ばれることがある。そのあとのアメリカはベトナムの泥沼に突入してゆき、生産率成長もガタ落ち、80年代なかば、レーガン時代まではインフレ率もアップし続ける。アメリカ経済は低空飛行モードに入り、70年以降の20年間は、生産性成長が20世紀最低だった。90年代に上向きになったものの、50年代や60年代の成長に比べるとかなりいまひとつ。70年代以降のアメリカは、そこそこの低い経済成長に慣れっこになった、ポール・クルーグマンいうところの「期待しない時代」に入ってゆく。

60年代というのは、消費を中心にした幸福な生活モデルの最後の時代だったといえるかもしれない。

幸福な時代の、最後の英雄たち。ポリスノーツたちが、クラシックな英雄たちのイメージだとするなら、彼らが礎《いしずえ》を築き上げたスペースコロニーもまた、クラシックな幸福のイメージに満ちた場所であるはずだ。

宇宙の郊外、としてのBEYOND

それぞれの国に、それぞれの天国がある。

といっても宗教の話じゃなくて、ぼくが言いたいのは現世の天国の話だ。いわゆる理想郷、というやつ。それぞれの国に、それぞれのユートピアがある。社会主義は破産したとか破綻したとか機能しなくなったとか20世紀の神話だったとか、そういうことを真実であるかのように言っている人たちは、たぶん根っこのところがわかっていない。

ぼくら人間の根っこ、それは、人は平等で平和な社会をいつだって夢見るものだということ。だから社会主義はこれからも、姿形を変えてぼくらに未来永劫まとわりつくだろう。ぼくらが理想の社会を夢見つづける限り、社会主義はかならずそのバリエーションの中に入ってくるのだもの――決して実現しない夢として。社会主義がなくなるとしたら、それはぼくらが天国を夢見ることをやめたときだけだ。もちろん、前世紀最大の「夢」がたどりついた先は、ヒトラーもびっくりの大虐殺と、密告と監視によるスーパー管理社会だったのだけれども。

もちろん、理想郷のレシピは社会主義だけじゃない。人間はいろんな理想郷を夢想しつづけてきた。


「おはよう！　こんにちは！　そしてこれから会えなかったときのために、こんばんは！」

そう言ってトゥルーマンは、きょうもにこやかに職場へむかう。かれが住むのはシーヘブン。アメリカのどこかの海辺の街。そこはまさに、争いのない平和な町、「ヘブン」という名前のとおりの天国だった。クリアに抜けた青い空。低い町並み。アメリカ人の夢想する理想のサバービアが実体化した、おとぎ話のような町だ。

サバービア。
郊外、もしくは郊外居住者の生活スタイルを意味する英単語。

このサバービアは、アメリカ映画に繰り返し登場するモチーフだ。映画「トゥルーマン・ショー」の舞台は、まさにこのサバービアの理想化された姿だ。白い壁の一戸建てが緑の芝にきれいに並ぶ、閑静な住宅地。そのイメージはある種、アメリカ社会の「理想郷」のひとつのパターンとして夢見られてきた。
「トゥルーマン・ショー」に登場するサバービアとしてのシーヘブンは、まさに理想郷として描かれている——徹底的に嘘っぽい天国として。もちろん、サバービアとは理想郷を意味する単語ではなく、厳密には単に郊外住宅地というだけの意味だ。現実のサバービアは今や戦場と化している——そう、「ボウリング・フォー・コロンバイン」で描かれていたように、失業の絶望に覆われ、恐怖に支配された荒野として。しかし、アメリカ映画を見る限り、サバービアはいまだに理想郷のイメージを担うことができるらしい。今年も、まるで「ボウリング・フォー・コロンバイン」など存在しなかったかのごとく、絵本のような色彩のサバービアを舞台にした、マイク・マイヤーズ主演のコメディ「The Cat in

the Hat」が公開される。

しかし、ぼくたちは知っている、ユートピアはつねに反語として語られてきたことを。ブレードランナー以降、未来は「暗い近未来」一色になってしまった、という人がいる。ブレラン以降の近未来は、抑圧的でネガティブな都市ばかりだと。今のSF映画はみんなブレードランナーの影響下にあると。

もちろん、それは嘘っぱちだ。ブレードランナー以前から、未来は、つねに、すでに、反語としてしか存在してこなかった。理想郷を描くときですら、それには必ずこういうただし書きがついていた――じつはユートピアではありませんでしたとさ、と。アメリカ映画で描かれるサバービアもまた、そういう反語としての理想郷、あるいはその理想郷の崩壊として、描かれつづけてきた。

そう、「トゥルーマン・ショー」のシーヘブンが巨大なテレビスタジオでしかなかったように。

ティム・バートンの「シザーハンズ」もまた、サバービアの住人達がもつ残酷さを――コミュニティであるがゆえの残酷さを――描いていた。「アメリカン・ビューティー」はサバービアの住人が壊れてゆくさまを描いていた。スピルバーグもまたサバービアと、そこに侵入する悪意と変化を執拗に描いてきた作家のひとりだ――「ジョーズ」しかり、

「未知との遭遇」しかり、「E.T.」しかり、プロデュース作の「ポルターガイスト」しかり。

アメリカのインディペンデントな若手映画作家たちも、サバービアを好んで題材にする。ハーモニー・コリンの「ガンモ」、ヴィンセント・ギャロの「バッファロー'66」、そしてレーガン時代の80年代サバービアを描いた「ドニー・ダーコ」。

BEYOND COAST——そこにないものは何だろうか。

もちろん、それは都市だ。集中するビルだ。

「ポリスノーツ」のグラフィックには集中するビル群が登場しない（じつはEMPS出動のアニメシーンで一部あるのだけれど、一番最初に出た9821版の同場面にはみごとにビル群がない）。BEYONDにないもの、それは風俗、暴力、およそ都市というものがつねに所有しつづけてきた猥雑な闇だ。BEYONDには闇がない。闇をはらむ主体としての都市がない。歓楽街カブキ・ディビジョンも、台詞として語られるだけで画面に登場することはない。物語冒頭の、ダーティーな都市そのもののロサンゼルスと、メインの舞台であるクリーンなBEYOND、その対比が意味するもの。それはとりもなおさず、BEYONDが巨大な郊外——宇宙に浮かぶ巨大な郊外、地球にとってのサバービアだということだ。

一個の巨大な郊外。そして、そこがスペースコロニーという閉鎖空間であること。

それは何を意味するのだろうか。


サバービア型の未来——ポリスノーツに描かれた未来はそれだ。ブレードランナー型の貧富の差が極限まで拡大した、資本主義の極限みたいな退廃都市型の未来ではなく、明るく、清潔で、そこそこの消費に支えられた平凡な幸福としての郊外型の未来の、その息詰まる閉塞へのまなざし。サバービアの「そうあるべき平穏な日常」が、じつは恐ろしい欺瞞のうえに築かれた平穏だったということ。

サバービアの庭にある核シェルター——それは幸福と世界の破滅を背中合わせにした60年代の風景だ。そして「ポリスノーツ」のＢＥＹＯＮＤもまた、太陽フレアから身を守るためのシェルターと、明るい住宅地が共存する場所だった。

息詰まるユートピア（「平凡な生活」というユートピアのことだ）の風景。

ユートピアとしてのコロニー

そして、サバービアとはまた別のユートピアがある。それは、スペースコロニーという場所そのもののことだ。

我々ニッポンの若者（だけじゃない？）は、某機動戦士のおかげで、スペースコロニーといえばあのトイレットペーパーの芯に板を3枚くっつけた形を脊髄反射的に連想してしまうようになってしまった。え、スペースコロニーって、ほかにも形があるの？　って人も多いだろう（ああガンダムの呪いよ）。いやいやいや、そこでガンダマな自分を責めることはありませんよ。欧米でも（ガンダムのせいではもちろんないけれど）スペースコロニー、っていやあの形なんだから。

ジェラルド・オニールが島3号コロニー構想を発表したのが74年、翌75年にはNASAも研究会議を開き、同じ年には宇宙植民をめざす市民団体が結成されるところまでいってしまう。その名も「L5協会」。ベトナムでの敗北、ウォーターゲート、無力感ただよう70年代アメリカ社会にとって、オニールのコロニーは、まさに宇宙に築かれたユートピアとして映っただろう。

L5協会にはSF作家として有名なあのアシモフほか、ドラッグ・カルチャーの導師ティモシー・リアリーも参加していた。挫折した（することになる）ヒッピーの夢をも、島3号は担っていた。地球にこれ以上ダメージを与えないよう、宇宙に移り住もう。そこにはテクノロジーによって築かれた巨大な空間の中に、溢れるような緑がつまっている……。かつて、スペースコロニーにはそんな希望が託されていた（いまよりも、たぶんもっと大きな希望が）。スペースコロニー、そして宇宙という場そのものに。

そのおおきな希望の福音をあまねく世界に伝播するイメージ、強力な力を持ったイメージの具現化が、すなわちオリジナル・セブンであり、また島3号だった。「ポリスノーツ」の世界は、その「むかし、人類が宇宙にたいして持っていたユートピアへの切実な想い」を全編に投影して設計されている。なぜBEYONDは「BEYOND COAST」でなくてはならなかったのか。なぜその内部の気候がアメリカの西海岸をシミュレートしたものでなくてはならなかったのか。刑事もの、それもバディものの舞台だったら、やっぱりロサンゼルス（またはそれっぽい西海岸のどこか）というのがいちばんの理由ではあるだろう。しかしなぜ地球のロスは雪まで降っちゃううらぶれた別世界になり、宇宙のロスであるBEYONDはからっと晴れた「昔の西海岸」なのか。なぜダウンタウンがほとんど登場せず、トクガワ製薬もビヨンド病院（BCCH）も、郊外的なひらけた場所にあるのか。

英雄。サバービア。コロニー。

「ポリスノーツ」が描くのは、かつて（といっても、ついこの前のことだけど）ヒトが夢見たイメージを、現実に落としこんでいく姿だ。現実に落としこんでいった結果、それがボロボロと崩れていくさまだ。崩れた向こう側に見えるもの――それは、新たな倫理が、宇宙に適した倫理が要請される世界だ。それがどのような世界なのか、それは（まだゲームをやっていない人は）自分の目で確かめてほしい。

「まなざし」のあるゲーム

もちろん、マーキュリー計画も、サバービアも、ユートピアとしてのコロニーも、「ポリスノーツ」で直接語られているわけじゃない。ぼくが考えたこじつけのようなものだ。それに告白してしまうが、今まで書いてきたような、60年代というラインで「ポリスノーツ」のいろんな要素をリンクさせることは、「メタルギアソリッド3」が発表されてはじめて考え付いたことだ。「そういや、メタルギアもスナッチャーも冷戦の物語だよなあ、そういやポリスノーツもオリジナルセブンだし〜」という具合に。

けれど、別に根拠なく書いたわけじゃない。物語と設定の中に、こういうことを考えるだけのきっかけがたくさん入っているのは確かだ。考える楽しみを可能にするだけの情報の懐をしっかり持っているのが、「ポリスノーツ」のすごいところ。他のアドベンチャーやビジュアルノベル、RPGでは、こういうことをつらつら考えるのは、ちと難しい。

新しい世界の、あたらしい価値観。新しい技術が、ぼくらをどのように変えていくのか。「ポリスノーツ」は宇宙での生活が日常となった世界の物語だ。そこに住んでいる人々には、この文の最初でも触れた「宇宙への憧れ」のようなものはまったくない。そりゃそうだ。彼らはまさに、そこに住んでいるのだもの。コロニーの住人にとって、それは厳しいにせよただの住まいにすぎない。しかし、その「日常」はぼくらのそれとは違うはずだ。その、コロニーならではの生活を子細に描きつつ、そうしたすべてが結末で提示されるヴィジョンにしっかりつながっている。それが「ポリスノーツ」のうまさであり、設定の細かさが脚本になんら貢献しない「設定マニア」の脚本と、小島監督の物語を決定的に隔てているポイントだ。BEYONDが禁煙であるという設定すらも、しっかりと物語にリンクして「機能」している、というような細やかな「技」が、存分に展開されている。

ジョナサンやエドといった登場人物たちのドラマが、世界と、そのありようと分かちがたく結合している幸福——裏切り、死、怒り、笑い、悲しみ、そうした「ドラマ」が、BEYOND、そして宇宙での人間の生活という背景と、ひとつの構造物を成している。ゲームの設定にはSFっぽいものや、ファンタジーっぽいものがあふれているけど、それらの背景となる世界と、ドラマとは分離可能なものがほとんどだ。ぼくはそうしたものを見ると、ちょっとがっかりする――個人は、その暮らす世界と分離することはできないのに。最近のゲームを見ていると、なんだか僕らのこの「世界」とかかわり合うのを面倒臭がっているものや、避けたがっているもの、あるいは「個人」以外に世界など存在しないかのようにふるまっているものが多くて悲しくなる。

小島監督の物語がゲーム業界においてちょっぴり異彩を放っているのは、たぶんここにある。といっても、「現実を見ろ！」式のドグマではなくて、「世界にはこんなに面白いことがあるんだよ、こういう世界を想像することで、自分たちの世界についていろいろ思いを馳せるのは面白いことなんだよ」というふうに、いろんな方向に興味を振ってくれるのだ。

ポリスノーツを通じて、ぼくらは思う。技術と人間のかかわりを。技術が人間にどんな世界をひらくのかを。これは、ほかのゲームではちょっと味わえない贅沢な体験だ。人の怒り、悲しみ、喜び、そうしたものが科学技術と、社会と、分かちがたくつながっていること。その関係性についてあれこれ考える楽しさ。

もちろん、そんなことに興味のない人も多いだろう。だからこそ、設定と物語が分離したストーリーが、まるで「個」しか世界にないような物語が、テクノロジーも政治も自分とかかわりがないかのような価値観が、こんなに「ゲーム」の物語にあふれかえっているのだろうから。ぼくも、かつてはそうだった。

でも、小島監督のゲームはぼくという存在を広げてくれた。世界にはたくさん面白いことがあることを、物語を通じて分からせてくれた。ばらばらだったいろんな知識を、ひとつにつなげてくれた。ゲームは所詮、暇つぶしに過ぎない。そういう割りきりも美しくはあるけれど、ぼくは貧乏性なので、いちどきにいろんなものが得られるのなら、それに飛びついてしまう——それが笑え、泣け、燃え、感動でき、手に汗握るゲームとなれば、なおさらだ。

単なるドラマでもなく、単なる設定でもなく。

ぼくらの世界を見つめかえし、さらにその先を見据えるもの。

他のゲームやビジュアルノベルの物語では味わえない、贅沢な体験が、ここにはあると思う。

ここには、個人へと閉塞しない、「世界をみつめるまなざし」があるのだから。

伊藤計劃：第弐位相

2004年

初出
「伊藤計劃：第弐位相」（2004年）
＊同題の伊藤計劃個人ブログ（http://d.hatena.ne.jp/Projectitoh/）掲載。

編註：個人ブログに書かれた記事を抜粋したもの。あきらかな誤植や、他ＵＲＬへのリンクを紹介したものに対する修正、最低限度の表記の統一を加えたほかは、基本的にそのまま掲載している。

04-19, 2004　というわけで

■はてなを導入してみる。

日記、というものからぼくはいかにも縁の遠い人生だった。3年前に癌を患って、あんたいちおー死ぬかもしれんよ、わたしが助けるからんなこたならないけどね、と恩人である先生に言われたときは、自分が結婚もしておらず子供もなく、この世に自分が生きてきたなにかしらのかたちや想いが遺らないことの恐怖、というやつに心底怯えてヤバげなサイコスパイラルに捕われたりもしたのだが、多くは覚悟でなく愚鈍と慣れによってなんとやら、と「イノセンス」で押井大人も申しておりますように、死の恐怖すら人はあっというまに日常に回収してしまうものなのでございます。5年生存率、という厄介な言葉もありますように、いまだって転移の可能性がないわけじゃございません。というのに、それ

にすら慣れてしまう。人間の鈍感さ（というか俺の鈍感さだけど）というのは、人間を発狂から救う重要なセーフティなのだと思う訳ですよ。

そういうわけで、明日をも知れぬ身（文字どおり）に立たされてもなお、日記をつけるという境地には至らなかったわけです（おそろしいことに）。怠惰さが切実さを圧倒した、というほとんどギャグのようなオブローモフ状態。

で、私はといえば障害者になって映画が１０００円で観ることができる！　と喜んでいるありさま。愚かさというのはこういう精神的に便利な特典もついてくるので、そう悪いことじゃないとも思うのでありんす。

日記。

なんだろう。多分明日はこれを書かないという自信はある。みんな、あんなにたくさん書くことがある日常がうらやましいなあ、とも思う。けれど、ぼくにだって書きたいことが無いわけじゃないし、けれどそれが、なんつーか、「はてな臨界量」ともいえるボリュームに到達していない、という感じだ。はてなに毎日書きたいほど自分のなかに何かがあるわけじゃない。けれど、ときどき思い付いたそれを取りこぼすのももったいないかなあ、と思って、はてなに書きたいほどなにかがあるわけではないけれど、それでもときどきはあるそれを回収するために、はてなには申し訳ないけれど、はてなを使わせてもらうことにした。

ごめんなさいね、はてなさん。
ずぼらなユーザでしょうけど。

04-20, 2004　映画のかたち

■キャシャーン

前日であんなこと書いておいて、舌の根も乾かぬうちに、今日夜なんか書こうかしら、と。

■というわけで

こちらには「キネマトリックス」のフォーマットには入らなかったりする、だらだらした感じの文章を書きつけていこうと思っております。気合い入れて書いているのはウェブサイト「Spooktale (http://web.archive.org/web/20040819060053/http://www33.ocn.ne.jp/~projectitoh/index2.html)」のほうの文章なので、まとまりのあるものを読みたいというかたは、私のウェブサイト「Spooktale」のほうをどうぞ。

■で、「キャシャーン」ですが

好きか嫌いか、という話だったら「好きだ」というだろうし、実際好きな作品ではある

のだけれど、いい映画か、といわれるとはっきり「よくない」と答えるだろうな、と思う。好きな理由はわかり過ぎるくらいにわかっているし、それがあまり「映画」という表現の可能性とは関係ない部分であることもわかっている。

身も蓋もない言葉にすると、その箱庭的世界造型が好きだ、というなんとも情けない欲望でしか肯定できない。もちろん、それはぼくがこの映画をもう一回見に行ったりDVDを買ったりする（間違いなくそうする）分には充分な要素なのだけれど、多分、それ以外の要素でこの映画を肯定しろ、と言われたら、無理だろうと思う。

それはつまり、この映画は映画としては愛せない、ということだ。

■で、この映画のどこが好きか

ということをまず書いてしまうと、それはなんといっても、デザインということになる。ぶっちゃけ、庄野晴彦の仕事だけ。

庄野晴彦という名前は、『GADGET』で強烈に記憶に残っていた。「マルチメディア」という言葉がまだ現役だった時代の、バブリーな表現形式としてのCD－ROM。いまではこんなメディアで表現しようとする人は誰もいない。けれど、『GADGET』それ自体はぼくに強烈な印象を残していた。当時、ぼくはおませな大学生で、出たばかりの『重力の虹』とかがんばって読んでいたせいもある（今にして思えば、実にのどかであったことよ。『競売ナンバー49の叫び』は文句なく面白いんだけどなあ）。「スロースロップ」とかいう名前が出てきただけで、「ピンチョンネタかよ！　すげえ！」とかアホみたいに（いや、アホなんだけど）興奮していたものだ。

この映画はそんな、庄野的デザインが「映画として」パッケージングされた、そんな快楽を与えてくれた。大正デカダンスとロシア・アヴァンギャルドの出会い、というのはやっぱり面白い。ここ数年、ソ連ブームだったという個人的なツボはあるのだけれど、やはりこうやってくどいほどの指向性を持ったデザインが全篇にわたってなされている映像というのは、観ていて気持ちのいいものではある。

とくに、異世界を創造するにあたって「文字」に対してコンシャスなのが嬉しい点だった。前からキリル文字というのはインパクトのある文字だと思っていたのだけれど、こうやって（あたかも、現在の日本で英語が出てくるような位置に）キリル文字が出てくると、すっごく異様で気持ちがいい。漢字の、フォントの選び方も適確だと思う。

SFだろうと、ファンタジーだろうと、文字に対するビジョンを持っていないデザインは、根本的に駄目だと思う。その意味で、この映画のプロダクションデザインは大成功、ぼくにとっては万歳三唱な出来だった。

あと、日本というSFに向いていない場所で異世界を構築することができているのも凄いなあ、と思う。もちろん、この映画の舞台は日本ではなく「大亜細亜連邦共和国」なんだけど、ぼくが言いたいのはそういうことじゃなくて、「日本人の顔」という根本的な問題を解決している、ということだ。

日本人の顔はSFに向いていない。そこのところをわかっている映画制作者というのはあまりいない。こんなことを書くといろんな人から怒られそうなのだけれど、やっぱりそれは事実なのだ。SFと言わず、スペースシャトルに乗る日本人のEESSの似合わなさはどうしようもない。宇宙服というのは白人が着るものなのだ。なぜアニメではSFが可能かと言うと、キャラがアニメ絵であることによって、日本人という臭いが画面から脱臭されているからだ。

そのことを意識せずにSFを作るかぎり、どんなものを作ったところで北京原人とどっこいどっこいになってしまう。映画の底が抜けてしまうのだ。そのことに自覚的な人間は、そうした「日本人の顔」によるSFが成立可能な舞台をきっちり用意する。平成ガメラの賢明さというのはまさにそこにあるのだし、押井守が「アヴァロン」をポーランドで撮った理由もまさにそこにある。

現代日本を舞台にしながらも、怪獣映画というフォーマット（と自衛隊という現実に武器を持った組織のリアリティ）を援用することで「日本人の顔」によるSFを成立させたガメラ、ポーランドの街でポーランドの役者を使うことで、はなっからそうした問題を回避した「アヴァロン」。

この「CASSHERN」は「日本人の顔による異世界の構築」に新たな方法を提示してみせた。それは「異世界としてとらえうる日本の過去の意匠をデフォルメする」ことで異世界を構築する、という方法だ。そう、実相寺の「帝都物語」の明治大正が「異空間」だったように。「人狼」の昭和が異世界だったように。その「過去」を未来に代入して、異世界をつくりあげるという方法だ。

■それこそが問題だったのです

ところが、ここまで書いてきたことは、この映画が映画としてどうか、という評価にはまったく繋がらない。

映画としてのキャシャーン、それは、破綻することも空回りすることも許されなかった、単に「下手な映画」という問題に落ち着いてしまうのだ、なんともショボくもなさけないことに。「リローデッド」のように破綻することも、「イノセンス」のように「映画」にとって忌わしい「映画の人形」になることもできなかった、いびつさが切実さに結晶することを許されなかった「単なる下手」な映画として、この「キャシャーン」はある。

それはそれでいろいろな問題をはらんでいるのだけれど、眠いのでその話はまた明日(明日に続く)。

04-21, 2004　スポーツハスミン

■キャシャーン

本音を隠さず嘘はつかず、読んだまんま受け取れるけど、上手い具合に波風たてない「eiga.com」の柳下さんの文章。すげえなあ。エディプス云々の「見ればわかる」部分は抜きにしても、「みたまんま」を書いているだけで「だから?」な感じの、同サイトの「イノセンス」評にくらべれば文章としての面白さは歴然。

それはともかく、この柳下評の、

演技などないし、そもそも俳優は動きもしない。ひたすらキラキラ輝く画面の中で朗々とセリフを読みあげるだけなのである。

というのは、一言でこの映画の枠組みを言い当てていると思う。それは、

このアクションなきSFアクションで語られるのは

という部分に呼応している。

澁澤龍彦は三島由紀夫の戯曲、ルノー/バロー劇団「サド侯爵夫人」について、「役者

達がほとんどアクションということを示さず、多くの場合、直立不動のままで台詞を語っていた」と書いているそうな。その文を引用した養老孟司は「これが視覚の特徴である」と書いている。運動／演劇的行為とは静止した一枚絵ではありえない。それはとりもなおさず「行為」であり、連続した動作が構成する「機能」だからだ。映画が絵画とその性質を異にするのはまさにこの「運動性」による。

勝手な読みを許してもらえるなら、「このアクションなきSFアクションで語られるのは」という文章の最初の「アクション」と、「SF」の後に続く「アクション」は違う意味を担っているような気がする。言うならば、最初の「アクション」ということばは「運動」に置き換えられてもいいのかもしれない。運動なきアクション、そしてそれは「映画的時間の希薄な映画」という意味に他ならない。そして、そんな「動作の不在」を指摘した後に「語られるのは」という言葉が来るあたり、まさに前述の「サド侯爵夫人」の話にぴったり符合してしまう。柳下さんの文章はかなり正確に「CASSHERN」という映画のもつ問題や「あるものの」映画的希薄さを露にするツールになると思うのだ。

おお、個人的には面白い問題に突入しはじめたのだけれども、こういう重い文章は書いていて疲れるので、この続きは明日にする。

04-22, 2004　言語ネタ

■キャシャーン

なんか、昨日とか散々書いてますが、いや、好きなんですよ。今日サントラ買っちゃったし。それで映画としての評価が覆《くつがえ》るわけではありませんが、でもなんだかいい映画のような気もしてきた。どっちなんだ。

とりあえず、「エヴァ」でおなじみ鷺巣詩郎さんのスコアはいいです。特に新造人間たちが誕生するあたりとキャシャーン誕生のあたり。私はスコア派なので、もっぱら二枚目だけ聴いて、1枚目の歌モノはさらっと流し聴きという状態ですが。

予告篇でも流れているギターの曲、あれBACK HORNだったのか。とはいえ、この曲にかぎっては（歌抜きの劇中&予告篇と違って）山田将司さんのボーカルが入ると、B'zあたりの数曲が激しくカブってくるんですが（B'zはエアロがかぶってるだろが、というツッコミはナシだ）……わたしがオヤジなだけなのだろうか。

あと、劇中での林檎の使い方は激しく恥ずかしいです。あの画に林檎、というのがもうどうしようもないくらい最悪のタイミングです。林檎、というだけでけっこうヤバげな香ばしさが漂っているのですが（個人的には林檎は好きですが）、それはまあおいといて、ともあれ歌の流れる場面としては、自分の映画的記憶内ではワーストに近いっす。あそこだけ80年代の日本映画みたい。

04-25, 2004　ニッポニア・ニッポン

■昨日も帰ってない

　昨日は飲み会のあと、某氏の家にお邪魔して、彼が原稿でテンパッテいるという情報は聞いていたのですが、そんなことは無視してどかどかとあがりこみ、彼のケーブルでひたすらアニメを見ていたのですが、

　なんじゃこりゃ。

「美鳥の日々」にのっけからド肝抜かれる。右手が少女になってしまった（いや、意味がわからんでしょうが、実際わからんのですわ）ヤンキー少年のおはなし。これすげえ。一緒にいた某氏いわく、

「見ていてこの話の着地点がまったくわからん」

　確かにスリリングではある。

　続いて見たのが「光と水のダフネ」。これもっとすげえ。死ぬほどアホな衣装のねーちゃんたちがアクションをひたすら繰り広げる。このバカ衣装にくらべればテレビ攻殻の少佐の意味不明レオタード日常風景なんぞ、ぜんぜん常識の範囲内っす。なんだあの局部にシール貼ったみたいな全裸状態は。

　とまあ、すげえ格好なのだが、そんなことにはちっともふれず画面では女の子が物凄い勢いで敵をやっつけており、「ほぼ全裸で敵を倒す」というその異様な画面は、どうにも

ＳＯＤの「全裸雪中行軍」や「全裸オーケストラ」を連想してしまう。知っている人は知っているのだが、これらはＡＶなのだけど、見てみるとセックス場面は一度もなく（いや、「裏オーケストラ」と称して別にあるらしいが）、そのビデオではなにをやっているかっちゅうと、女の子が全裸でオーケストラをやるだけであり、しかも全裸のまま「できるようになるまで」の、いわばドーバー海峡横断部や社交ダンス部のようなウリナリ的ビルドゥングスが描かれ、しかしやはりその感動の場面にあっても全裸である、という死ぬほどアホなコンセプトを堂々とやったＡＶなのでありんす。「ダフネ」を見ているあいだ、私が考えていたのはその「全裸オーケストラ」でした。

あと、「恋風」のＣＭ。こんなものが地上波で。連載が〈イブニング〉というのもコンテクストが奇妙にズレている感じがして悪夢感倍増。

というわけで、アニメを産業政策にするっていうお役人さんは、日本アニメがこういう欲望に忠実な愛すべき99パーセントのなんとやらの１パーの上澄みであることを知っているのだろうか。大量のエロ同人誌とエロゲーの上に一部の「見栄えのいい」部分が成立していることを知っているのだろうか。

基本的に猥雑で下劣な裾野なのである、アニメにかぎらない、サブカルチャーというものの活力というやつは。それに公的資金を注入することで、そうした活気が削がれるとは考えないのだろうか、官僚は。それともエログロ込みで引き受ける覚悟を固めているのだろうか。

「お役人にはわかるめえ」とまでは思いませんが、そんな無駄金使うんだったら、昨今のアホな著作権取締をやめたほうが、知の共有を法的に保護したほうが、ずっとずっとそういう産業の育成になると思うぞ。

04-26, 2004　サイボーグな俺

■ギアが壊れた
「最高度のメンテナンスなしには生存できなくなったとしても、文句を言う筋合いじゃないわ」

とサイボーグなメイジャー草薙素子様はボートの上でおっしゃられておりましたが、私の足首を固定するギアが壊れました。

柔軟性に富むプラスティックの外装なのですが、応力集中と素材疲労の限界か、バキっ、と逝かれてしまわれました。うが、これ3・5万もすんのに。うがが。今月も貧乏か。

と思ってコンビニに行こうと思ったのだが、家から出られない。

ピンチである。家の中くらいならまだ問題ない。しかし、外へ出るとなると大問題である。50メートル歩くのに余裕で10分かかる。最高度とはいわんでもメンテくらいしておく

べきだったのか。しかしたかがプラスティックの外骨格。どうメンテしろと。やばい。AVの延滞が。昼飯が。買い物の予定が。しかしやはりAVの延滞が。小倉ありすが。何を言ってるんだ俺は。

しかし、「こんなこともあろうかと」と岸和田博士もおっしゃられておりますように、サブのギアを作っておいてよかった。というわけで長い間放置していた予備の外装を付けておでかけ。しかし、なんだかしっくりこない。歩きにくい。まあ新しい靴みたいなもの、付け始めはなじまないのだろう、と帰宅したら。靴下に赤いシミが。

痛覚がないとこういうとき困る。

実際、痛みのない部分は扱いがズサンになる。足の小指を角にぶつけると、普通の人間はそりゃ苦痛にひいひいいうものだろうが、こと私の右足に関してはぶつけまくりなのだ。痛くないのでそんなことが気にならなくなり、向こうずねから小指からトゥーハート、といってもマルチではなくToo Hurtな部分をぶっつけまくりなのだ。トレント・レズナー様いわく、「I hurt myself today（今日、自分を傷つけてみた）」。俺も傷つけてみたんだがぜんぜん痛くない。

それはともかく、靴擦れの親玉みたいなズル剝けだ。まいった。とりあえず消毒してバンドエイドを貼っておくが、皮膚がなく肉が露出するほどのズル剝けにこんなんでいいのだろうか。ダークマンも日常生活はズサンに違いない。

■ファミコン20thアニバーサリーオリジナルサウンド・トラックスVOL.3

3枚全部買う金はなかったので、どれにすんべか、とラインナップを見たら、迷う余地はなかった。「ダババ」「ザナック」「ドラキュラ」のラインナップですでに最強に近い。それに加えて「ソロモンの鍵」と「マイティボンジャック」があるとなれば、オールオッケーだ。

「ダババ」で決定。

懐かしい、という言葉はしかし、なんだかこの曲たちを貶《おとし》める気もする。いま聴いてみて、なんでファミコンの音楽は、あんなに突っ走っているのだろう、と思った。何が、というと、メロディーが、だ。

立ち止まったら死んでしまう、そんな切迫した想いとともに、PSGのメロディーが繰り出されてゆく。メロディー、メロディー、メロディー。そこにあるのは、メロディーのたえまない連なりたちだ。間を作ることはできない、それはファミコンの音楽にとって死を意味する、そんな声が聞こえてきそうなほどに、このCDにおさめられた曲たちはひたすら音符の連なりとして走り続ける。それが、PSGのひたすら重い低音とともに、このCDに異様な迫力を与えている。

もちろん、PSGという音源の貧弱さで、豊かな間を作るような曲はできなかった、という見方もあるだろうし、おそらくそれは正しいのだろう。けれど、その制約がもたらしたメロディーへの貪欲さ、この迫力を、いまのゲーム音楽は持ち得ているだろうか。「ふつうのおんがく」になってしまった今のゲーム音楽は。

止まるな、鳴らせ、鳴らし続けろ。

ファミコンは、そしてPSGは今も叫び続ける。

■とはいえ

1ループしか入っていないのは納得いかーん。ファミコンの曲は2ループ以上あってなんぼのもんだろうがあああああ。「ザナック」は少なくとも3ループは必要だ。まったくプンスカ。

04-27, 2004 てめえのあたまでかんがえろ

■てめえがやらないから、キャシャーンがやらなきゃならんのだ

先日までこの映画について、いろいろネガティブともとられる（いや、実際あまりいい評価ではなかったのだけど）ことを書いてきましたが、

読売新聞のある記事を引用やリンクして、さらにそのあとに「自分も赦すことにしました」などとつけくわえてしたり顔になっている「だけ」の人間を、はてなやそのほか10ケ

所以上で見かけ、あまりに腹がたったので、前言は撤回して、キャシャーンはいい映画だ、ということでこれからはいこうと決心する。

この映画はへたっぴいだ、と確かに自分は書いた。いまそれを猛烈に後悔している。この映画は、少なくともあなたたちよりは高潔で誠実で上等だ、とほとんど義憤に近いものをおぼえた。ウェブ、インターネットというのは、こんなにも他人の言葉をひいて考えること、世界に向き合うことを停止する引金に、たやすく堕落するものだったのだろうか。これじゃ、政府やメディアとどっこいどっこいだ。いや、それ以下だ。

けなすなら、てめえの言葉でやれ。引用なら、イノセンスくらいぶっとんだことをやれ。何も書いていない読売の文章も相当駄目だけど。柳下評や粉川評ぐらいの文章としての面白さは確保しやがれ。ネガティブポジティブは関係ねえ。こいつはいかに世界と向き合うかという誠実さの問題だ。それができないんなら黙ってろ。

悪口を見るのが不快なわけじゃない。てか、楽しいことも多い。けどそれは、上のような思考停止状態の悪口じゃない。なにか語ることが少なからずある人間の悪口だ。「つまらなかった」でもぜんぜんいい。てか俺はそれに近い。けれど、上のやりくちは「つまらなかった」「寝てしまった」という正直さに比べて、遥かに程度が低い。

大体、「赦す」って全然赦してないじゃんか。皮肉言って全否定じゃんか。俺は赦した。すでに試写で見た後、木戸銭払って初日に行ったからな。それが「映画を赦す」ということだ。今日はあまりに腹がたったので、この映画のためにもう一度くらいは劇場の窓口で金払ってもいい、という気になってきた。

少なくともこの映画は、この人間たちより誠実で一所懸命だ。それがどんなにへたっぴいであろうとも。考えることを、自分の言葉で語ることを忘れたらおしまいだ。

04-30, 2004　不機嫌な現場

というわけでメイキングの入った特典ディスクを1〜3まで(「4」はどうにも見る気になれん)見ましたが、なんなんでしょう、これ。幸せな現場というのがシリーズ中ひとつもないというすさまじい状況。エイリアン、すさんでます。すさみきってます。「演出のためだったらあらゆる手段を使う」などとのたまい、ヤフェット・コットーに「シガーニーにつっかかれ」とけしかけ、よく言えばアドリブ、ほんとのところマジギレな口論を演出するリドリー・スコット。オッケーが出ているノストロモ号のモデルを、撮影当日に「やっぱこの辺は丸くしたほうがいいな」などと言いだし、おもむろにハンマーを持つやガンガン破壊したあげく、「昼食後に撮影だからそれまでに夜露死苦」などと造形家に言って去るリドリー・スコット。「なんだあの演技は!」などとシガーニーに怒鳴ったあと、「あ、ごめん、今のはジョン・ハートに言うつもりだったんだ。ごめん」などというリドリー・スコット。

人でなしとはこいつのことである。

英国の習慣であるティータイムの存在に激怒し、お茶のトレイを破壊するイントレランスの権化ジェームズ・キャメロン。対立していた助監をクビにしたらスタッフにストライキを起こされるジェームズ・キャメロン。APCが燃えるシーンで「うぐぅ」などというバスケス役ジェネット・ゴールドスタインを隣で見て「迫真の演技だ」と思っていた1秒後に、自分が有毒ガスに窒息し始めていることに気がつき、ジェネットのあれが演技ではないことを悟るビル・パクストン。

「3」の悲惨さはほとんど伝説と化しているので、説明の必要もないくらいだけど、とにかく無惨である。鬼のように交代する脚本家。脚本が存在しないうちから組まれ始められるセット。撮影に突入したとたんパーキンソン病で交代する撮影監督。「3」はほとんど「ロスト・イン・ラ・マンチャ」といっても過言ではない。なまじ予算とブランドがあったために中止されずに走りきってしまった「ロスト・イン・ラ・マンチャ」。これを見てフィンチャーを非難できる人がいるとは思えない。それほどまでに悲惨であり、ここにおける20世紀フォックスは当の「エイリアン」中の「会社」、ウェイランド湯谷のようでもある。

なんちゅーか、凄いシリーズだ。どの現場もすさんでいる。どの現場も不幸である。というわけで、このドキュメンタリーを見ているとだんだん上質なブラックコメディーを見ている気分になってくる。

いやー、買ってよかった。久々に爆笑度の高いメイキング。

■05-02, 2004　このまえおとなげなくエイリアン萌え

読売のアレを引用しているだけの人間に激怒したのは、キャシャーンが、というよりも、「映画を作る」ということ、いや、誰かに何かを伝えたい、という切実な「想い」を嘲笑《あざわら》う行為だったからなのだな、と今になってみると思う。つまり「あいつらは映画の敵だ」という怒りだったのだと。

まあ、彼らにとって映画というものはどうでもいいことなのだろう。それは当然の話。彼らは悪くない。常識人であるということを罪にはできない。生きているうえで何の役にも立たない、映画や音楽について、肯定にしろ否定にしろ、いちいち誠実な反応を示してはいられない。

自分が作ったわけでもない、誰かさんの映画に毎週毎日こんなにも依存している、自分のほうがよっぽどおかしいのだ。反省はしないけど、かれらがああいう反応を見せるのも、仕方のないことだ。ほかならぬ自分だって他の誰かにとって大事ななにかをスルーしているに違いないのだから。

05-04, 2004　アニメの動く城

■フェルメール

フェルメールスキーなので、今日はこれから上野にフェルメール見に行ってきます。

フェルメールスキーなのだけれども、映画「真珠の耳飾りの少女」は観にいかないと思います。なんちゅーか、あの絵画としての美しさを「物語」で汚されているような嫌悪感が……そういう映画でない、という可能性もありますが……。

よく考えたらベーコンの「愛の悪魔」も観てないや。どうやら私、好きな画家の絵が物語に落とし込まれてゆくのに拒否反応があるみたい。

■と思ったら

某番組から泣きつかれたので更新しに出社することになった。畜生。

■でも行ってきた

外注さんの納品が16時以降ということだったので、ソースチェックやアップをするにしても4時をまわらにゃどうにもならん、というわけで、上野に。

というわけで「栄光のオランダ・フランドル絵画展」ですが、すっげえ混んでてじっく

りゆっくり見るような雰囲気じゃなかったのが悲しい。でも今日が出勤扱いになったので代休とって平日に行こうかしらん。

んで、順路でいくとまず16世紀のネーデルラント絵画、ということでスプランゲルとかが並んでいるのですが、なんか駄目。てか、なんか下品。

うまく言えないのだけれど、題材といい、色といい、筆の流れのズサンさ加減といい、なんだかオヤジ臭さが漂っている。うーむ、これはうまくない。

このあたりでかろうじてよかったのは、ブリューゲルの息子ヤンのスケッチとゆーか「動物の練習帳」みたいな感じの「動物の習作（犬）」と「動物の習作（驢馬、猫、猿）」。これは博物画っぽくて、見てて楽しかった。ブリューゲルには博物画の感覚がある、と赤瀬川ゲンぺさんも言ってたけど、これはまさにそんな感じ。

で、次は17世紀のフランドル絵画、という章分けなのだけれど、これも最初のほうは下品さが継続していて駄目駄目だった。とはいえ、いいものもちょこちょこ出てきて、ヤン・ブークホルストの「フローラ」は萌え度が高い、かわいい絵だった。裸だが。

そしてさすがのルーベンス自画像。黒のたっぷりとした服の質感、背後の闇、すげえかっこいい。黒が黒としてしっかり落ちている感じがまるでリドリー・スコットみたい、とそれ逆だろ、みたいな感動におそわれました。いや、すげえかっこいいっす。写真とかで見ててもあんまピンとこなかったんだけど、ナマで見たこれはちょっと感動、というか

「かっこいい」と思ってしまった。同じ黒い衣装をまとったヤン・ファン・デン・フーケの「枢機卿親王フェルディナント」の下品さにくらべれば、そのかっこよさは歴然（これも下絵はルーベンスがやってるらしいんだけど、筆も色もどうにも下品）。

ユトレヒトの「狩猟の獲物」の異様な迫力もすごい。これだけ克明に死骸が並んでいると、すげえ禍々《まがまが》しい感じがする。絵もでかかったし。

で、17世紀のオランダ絵画、ということになるのだけど、のっけのレンブラントは、有名な自画像がそのボケ具合、というかおぼろなタッチが幽霊みたいでかっこいいのだけど（黒沢清の映画に出てきそうだ。明治時代の「気流の会」の始祖とかで）、その隣にあった「使徒パウロ」は駄目だった。なんか、パウロさんの顔がヘボい、というか、いまいち明るすぎる感じ。題材が題材で、しかもでかいだけに、そのこけおどし感も目立っているように思ってしまいました（なんか、素人が好き放題書いてますが、美術ファンの方、怒らないでね）。

んで、やっと辿り着いたフェルメールだがあ……すげえ人。まあ、これが目玉なのだから当然っちゃ当然なんだが、それにしてもこれはゆっくりなめるように見るという感じではない。老若男女がぎっしり集合して、前列に出るのも一苦労。

しかし、やはりフェルメールはよかった。「画家のアトリエ」自体、前から好きな絵だった（メタっぽい題材とか、画家の背中の黒いラインとか、地図の細やかなテクスチャとか）んだけど、こうやって生で見ると、いくつも気がつかなかったことが見えてけっこう感動する。というか、ほかの絵が今一つ私の好みに合わなかった（てか、やっぱなんか下品）ので、よけいそう感じてしまったのかも。ルーベンスの自画像とフェルメールで充分以上にモトはとったけど。

しかしやっぱ、人、大杉。フェルメールはもうちょっと引いたところからも見たかったんだけどなあ……。

05-05, 2004　同人誌としての「パッション」

■いわゆるSS

といってもナチの突撃隊ではなく、ショートストーリー。ゲームやアニメのファンの方々が書く、二次創作の同人小説ってやつですな。好きなアニメやゲームのキャラを使ったオリジナルストーリーや、本篇の前後日談。

で、メルギブの「パッション」を観てきたんだけど、実は上映中激しくある既視感に悩まされていたのでした。

それは最近観た「イノセンス」「アップルシード」。

なんでやねん。全然違う映画やろが。そう、そのはずなんだけど、なんでだかデジャブが繰り返しおそってくる。こういう映画の見方、最近多かったなあ。でも「こういう」見方ってどういうことなんだろう。

そこでハタ、と気がついたのが、

そうか、これ『聖書』っていう「原作付き」なんだっけ。

押井2作目の法則に従って原作無視路線に突入するかと思われた「イノセンス」。しかし、内実はある意味原作と正反対の内容を確かに持ちつつも、しかしお話自体は原作1巻「ROBOT RONDO」にかなり忠実で、しかも2巻や1・5巻の台詞までがコラージュされ、原作を読んでいる私は「ああそう、この台詞原作のあそこにあったあった」という原作の台詞や要素のパッチワークを楽しんでいた。

「アップルシード」も同様で、まず観たとき、話自体が原作の1&2巻をベースにしつつ、「人間を魂の道具に云々」とかいう台詞（を曲解して使っていたり（苦笑））や、三巻以降に出てくるはずのダミュソスで空飛ぶギュゲスD、コミックガイアでの連載がストップしもう発表の機会はないだろう5巻登場のムンマのワイヤー使いサイボーグなど、原作全体のさまざまな部分を繋いだ、パッチワーク感とでもいうべきものがあった。

で、この「パッション」に感じたのも、その「原作のパッチワーク感」だったのだ。

聖書。でもその記述は実は驚くほど一貫していない。特に使徒たちは「お前ら本当に同じ事件を描写してるんかいな」ってほど、キリストについての描写はばらばらで、ほとんど羅生門状態。

イエスの最後の言葉で有名なのは、御存じ、

イエス大聲に叫びて『エリ（エロイ）、エリ（エロイ）、レマ、サバクタニ』と言ひ給ふ。わが神、わが神、なんぞ我を見棄て給ひしとの意なり。

というやつだけど、これは実はマタイ伝とマルコ伝のみの描写だったりする。マルコではさらにこのあと大声を一発出してイエス絶命。ルカでは、

『父よ、わが霊を御手にゆだぬ』斯く言ひて息絶えたまふ。

がイエス臨終の言葉だ。ヨハネでは一言、「事畢《ことおわ》りぬ」。

ばらっばら。「パッション」、ではどうなっているのだろう。なんと、まず「なんで見捨てたんだよ〜神様あああ」が来て、その後で「神様、御手に云々」が最後の言葉となる。「すべて終わった」のヨハネ伝はスルー、かというとそんなことはなく、ヨハネ伝の「終わった」の前には「われ渇く」とイエスが喉の渇きを訴えて葡萄酒を与えられるところがあるのだけど、これは「パッション」にきっちりと入っている（マルコでも葡萄酒の描写はあるけれど、周りにいた兵士だか野次馬だかが自発的にあげる。イエスは「のど渇い

た」とか言ったりしない)。各使徒の記述のいいとこどり、コラージュなのだ。

なんつーか、パッチワーク感、「原作のここから持ってきました感」がものすごいのだ。

さらに、この映画には聖書には登場しない萌えキャラ(笑)が登場する。それはだれかとゆーと、意外や意外、あのキリスト教レアアイテムのひとつである聖顔布《スダリウム》の聖ヴェロニカたんだ。

映画を見たらなんだか女の子になっててえらく笑ったのだけど(単に「女」と書かれているのしか読んだことなかったからなあ)、この、イエスの血に染まった顔を布で拭き拭きして、その布にイエスの顔が浮き出た、という染め物みたいな話は聖書のどこにも書いていない。映画では萌えキャラであるヴェロニカたんも、聖書にはひとっことも出てこない。

余談だけど、この、キリストの顔を拭いたらキリストの顔が浮き出てじゃじゃんじゃーん、な布は、三枚が教会によって認められている。というのも、教会によれば「三つ折りにして拭いたから」だそうな。これがキリスト教の論理性だとしたら凄い話ですな。

けれど、この「パッション」にはちゃんとヴェロニカが出てくる。聖書にはひとっことも触れられていないはずのヴェロニカが。しかも御丁寧に、拭いた後の布が一瞬映り、そこには、う、うわー、人の顔があるよ！　ちょっとこれはさすがに爆笑。やりすぎだメルギブ。フォレストガンプのスマイルマークシャツ誕生のくだりを思い出してしまったアルよ。

さらには、ルカによると、

人々イエスを曳きゆく時、シモン（シメオン）といふクレネ人の田舎より来るを執へ、十字架を負はせてイエスの後に従はしむ。

ということなんだけど、この映画ではシメオンとイエスは一緒に十字架を背負っている。上のを読めば、十字架を担いだシメオンはイエスの「後ろに」ついてきたんだから、イエスはそもそも十字架を背負っていないことになる。マタイでも、

シモンといふクレネ人にあひしかば、強いて之にイエスの十字架をおはしむ。

とある。マルコも同様。でも、そのまま映画にするとなると、この映画が根底から崩壊する。この映画はイエスが十字架を背負う、ただそれだけの話と言ってもいいからだ。都合がいいことに、ヨハネだけは、

イエス己に十字架を負ひて、ゴルゴダといふ處に出でゆき給ふ。

と一行書いてある。民主主義で言ったらヨハネの描写は却下だけど、やっぱりみんなはこのイメージを期待している。メルギブがどうしたかは当然のごとく、かっこいいほう。ちなみに、ヨハネにはシメオンの記述すらない。

なんつーか、この映画が史実に忠実じゃない、ってのはいろんなところでも言われている（ちなみに、当時の罪人は横木だけ担いだ、という考証は、ものすごい方法で屁理屈をつけている。有名な泥棒ふたり（イエスと一緒に十字架にかかった彼ら）は時代考証にそって横木だけなのだ。でも、運悪く、というか理由不明、でキリストだけが十字架をまるごと背負うはめになる、という案配）。

たとえば有名な話だけど、最後の晩餐、みんな横に長いテーブルにほとんど家族ゲームアングルでずらら っと並んで席に着いている構図を思い浮かべるかもしれない。ところが、あれは後世の画家たち（というより、ほとんどヴィンチ村のレオナルドのインパクトだね）が思い込みで作ってしまった構図だ。

当時はテーブルと椅子で食事をする習慣はなかった。みんな横になってゴロゴロとしながら飯を食っていたのだ。その辺はバーナード・ルドフスキー『さあ横になって食べよう忘れられた生活様式』にくわしい。そうでなければどう考えても不可能な描写が聖書の中にはいくつかあるのだ。つまり、聖書に忠実に描写しようとするなら、みんな横になってゴロゴロと食べていた、というふうにしなければならないのだ。

けれど、この映画の最後の晩餐では、みな椅子に座って襟を正している。

しかも、この映画には聖書には登場しない、あとで「キリスト教萌えの誰かさん」が勝手に創造したのかもしれない（傍迷惑な話だ）、オリジナルキャラまでくっついてきている。

そこから浮かび上がるのは、「聖書に忠実」ではない、二次創作としての、ファンの尾ひれがついた世界観を受け継ぐものとしての「パッション」という映画だ。つまり、この「パッション」はその根本において「同人誌」ということになる。

また余談。槍でイエスを突き、その死亡を確認した兵士については聖書にも描写はある。けれど、それが白内障のカシウスさんというひとで、イエスの血を浴びたので目が見えるようになったとか、その槍がロンギヌスの槍と呼ばれるようになったとかは一言も書いていない（エヴァファン残念）。ヨハネ伝の中だけに、単に兵士が槍で脇腹を突いたら血と水がドバーと出てきた、と書いてあるだけだ。

とはいえ、同人誌も立派な表現媒体であるのと同じように、そのことはこの映画の価値をなんら貶《おとし》める（もしくは高める）ものではない。ただ、さまざまな人間が抱いてきたイメージの集積、原典を編集し、原典にはないがファンの間では有名なキャラ、まで加えた、奇妙な創造物としての「パッション」という存在が興味深かっただけ。

この映画を見て面白かったところは、これとはまた別のところにあるので、それはきっちりと、本サイトのほうでやろうと思いますです。

05-21, 2004　マスコン

■六点鐘

今日が最終回だったので、新文芸坐に「マスター・アンド・コマンダー」を再見しにいってきました。ラストにつき８００円。

実は、ひそかに今年の映画ではいまのところマイベストを走っているのがこの映画なのだった。三度め、ということで見た回数ではイノセンスに負けるものの（え？）、ひさしぶりにこういう清々しい戦争映画を見たっつーか、海洋冒険映画かくあるべし、ってものを見せられた、っていうか。地味だけど。

正直、この映画、ＶＦＸをどこで使っているのかが、ぼくにはほとんどわからない。「ロード・オブ・ザ・リング」とかと違って、不可能なカメラ位置を想定したカットが存在しないからだ。どのカットもはっきり「予算的にも、技術的にも可能な」位置にしかカメラを置いていない。「本物の迫力」という陳腐な言葉を使いたくはないのだけれど、やっぱりこういう絵を見ると、ワンカットで主人公の顔のアップから全景へぐわっと引いていく、というような最近連発される大作ＣＧカットの下品さと退屈さを思い知らされる。

う～ん、「マスコン」を見るまでまるで気がつきもしなかった指輪映画の「絵としての」退屈さに、これからは無自覚ではいられないのだろうなあ。ちょっと悲しい。

ラッセル・クロウとポール・ベタニーがマストのてっぺんに立っているカットはどう見ても本物の空撮なのだけど、リスクを考えるとCGIのような気もする。劇中の霧で目のいい人なら、スモークによる物理的な本物と、CGIの霧を見分けることができるかもしれない（けっこう難しいぞ）。しかし、どれもが不可能なカメラ位置を徹底して禁じているために、どうにもこうにも本物に見える。仮に完全CGIショットがあったとしても（ないような気がする）、それは頭の中で完全に架空の現場の段取りを組んでから作り上げていった映像だろう。

まあ、それはともかく、この映画の素晴らしさはなんとも人に説明しにくい。感動するわけでもないし、手に汗握るというわけでもない。言ってみれば「わくわくする」映画なのだ。指輪でもこんな「わくわく」はなかった。この映画は、見ているとなんだかうきうきしてくる。そして、その微妙な空気を他人に伝えるのは、すごく難しい。劇場にいく前からハンカチを持って泣く気まんまんで「世界の中心で～」を見に行く観客のおおい、結果が映画に先行してあるようなこの世の中では、こういう映画の居場所はない。これが大作として作られたことは、ほとんど奇跡のようなものだろう。

船。それがこの映画では有機的にからまりあった一個の巨大な「段取りの集合体」、システムであることを淡々と語る。大砲の撃ち方。戦闘配置においてはドリフのセットみたいな瞬時の隔壁の除去によって、船長室も食堂も消滅し、船内が一個の砲室に変身する。船が主役でラブロマンスはおまけ、と「タイタニック」は言われていたけれど、この「船という巨大なシステムを運用する」感覚はあの映画にはなかった。破綻する科学技術のメタファとしては、その船にはあまりに「段取り感」が希薄すぎたのだ。美術的にそれを再現したキャメロンはえらいけど、ディテールはそこで終わるものではない。そこから先、システムの構成要素として機能する人間たちの、メカニクスとしての「ふるまい」を描く必要があったはずなのだ。そしてこれは、「人間を描く」という紋切りのドラマとはまったく別の話だ。映画はドラマに向いていない。映画は心理に向いていない。しかし、「運動する、機械としての人間」の美しさを描き出すには強力なメディアだ。

そしてこの「マスター・アンド・コマンダー」は、「タイタニック」が、そしてピーター・ジャクソンがとりこぼしたものを、ていねいに拾っていった映画になっているのだ。システムとしての船を描くこと。システムとしての戦闘遂行を描くこと。「運用」を描くこと。それはとてもとても見ていてわくわくする、「美しい」ことなのだ。

惜しむらくはこれが大作であるという点なのだ。終わりかたの爽やかさというか、「さて、次もひと喧嘩せにゃ」的な感じ、というのはいかにもなクリフハンガーというか、「こういう映画のシリーズがコンスタントに小屋にかかる」という現実には存在しない状態を想像させてくれて切なくなるのだ。こんな大作はそうそう連発できるものではないし、しかもこの映画はその巨額の制作費（だろうと思われる）に「見合った」、ド派手でゴリゴリの感動といったブロックバスターな語りも採用していない、奇妙に不釣り合いな、それゆえに奇跡的な作品だ。

あ、ちなみにすげえ女性が多かったです。ムサ男は半分もいなかったような。文芸坐の各プログラムのラスト、って女性が多いのかしら。それとも「マスター・アンド・コマンダー」という映画に女性ファンが多いのかしら。この映画を「いまいちやった」という職場の上司も「あ〜、でも一緒に見たかみさんにはすごく好評やったなあ」とか言ってたし。勝手な印象だけれども、ショタ、という感じの女性にも見えなかったし、強いて言えば、海洋冒険小説ファンの女性、という感じがしたんだけど、そんなの本当に、あれだけの数いるんでしょうか。

05-22, 2004　錠剤食糧とるの忘れたわ

■イリイチ連続体

そんなある日、ボリーナスの郊外で、ミンの好戦建築の中でもとりわけ贅沢なものを撮ろうと仕度しているとき、ぼくは薄い膜を突き破ってしまった。蓋然性という膜

を──

　このうえなくゆるやかに、ぼくは〝一線〟を超え──

　見上げたとき目にはいったのは、十二発の膨れたブーメランのような代物で、全体が翼をなし、轟々と巨象のような優美さで東に向かっていく。あまりに低空なため、そいつの鈍い銀色の表面の、リヴェットの数すらかぞえられそうなうえ──たぶん──ジャズの残響まで聞こえた。


──「ガーンズバック連続体」ウィリアム・ギブスン

　サイバーパンクはそれまであった「未来」を否定し、もっと生々しい、「街場」の感覚をとらえた、新しいＳＦだと、当時言われたものだった。けれど、ギブスンは知っていた。そんな未来像ですら、最終的には古びるものだと。「ガーンズバック連続体」を、サイバーパンクより前の科学技術万歳的で牧歌的な未来を笑い飛ばしたものだ、と解釈するのは、だからたぶん違う。サイバーパンクですら古びるのだ。ギブスンが「ガーンズバック連続体」で伝えたかったのは、そんな「文化の思いで」へのレクイエムだったんじゃないだろうか。そして、自分はそれと同じ、古びるべく運命付けられたものを生産している、という切ない自意識。

　いま「未来」を作ることは難しい。「未来」から驚きを引き出すことは難しい。サイバーパンク的未来がこないとわかったあとの世界で、いまのところ「未来への指向」の方法論としていちばん面白かったのが「マイノリティ・リポート」だというのも情けない話だけど、それはやっぱり事実だと思う（小説ではスターリングがそんなことお構い無しに面白い未来をガンガン生産しているけど）。

そんな時代が、「未来」を作ることに臆病になっているこの時代が、指向しているのはどこだろう。答えは明らかだ。「ガーンズバック連続体」の未来だ。かつて夢見られた「未来」、「昔の未来」をファッショナブルなスタイルとして描くという方法だ、いま、それは物凄い勢いでメディアを席巻しつつある。スカイキャプテン・アンド・ザ・ワールド・オヴ・トゥモロー（スカイキャプテンと未来の世界）はその極端な例だし、去年やったアニメの「鉄腕アトム」の手塚フューチャーっぷりや、サンダーバード実写もそうだ。

自分は、この「古き未来の再生産」のラインナップに、70年代的超管理社会ディストピアが入ってきた、と「リベリオン」で感じた（その辺の詳細は本サイトのリベリオン紹介のほうに）。明るい科学技術の未来だけではない、絶望の未来すら「ファッション」になる2004年の未来なき世界。

そして、ぼくはそのラインナップに、もうすぐ「ソ連」が入ってくるのではないか、と思っている。ファッションとしての「鎌とハンマー」、ファッションとしてのスターリンゴシック、ファッションとしての赤軍、ファッションとしてのロシア・アヴァンギャルド（はもうキャシャーンがやってるか）。

押井守の「人狼」は現実に存在した歴史であるはずの「昭和」を、映画的スタイルに、ファッションに、「異世界」にコンパイルした（そのコンセプトを「イケる」と判断したのが、いまやっている今川アニメの「鉄人28号」なんだけど、実はこれ、押井守が10年以上前に同じコンセプトの企画書を書いている。東京オリンピック直前の東京を舞台にした「鉄人28号」だったそうだ。そのときの残滓《ざんし》が「人狼」、というか首都警ものになった、というわけ）。

ソ連もそのような形で、もうすぐブームがくるんじゃないか。すでに海の向こうには「THE RED STAR」というアメコミがある。United Republics of the Red Star、URRSという架空の星の国を舞台にした、でも内容はあからさまにアフガン侵攻っぽい感じのアメコミだ。ってか、これかなり前にamazonで買ったんだけど、最近メタルギア関係でE3情報を集めてたら、プレステ2のゲームになってたのな。日本で販売しないかなあ。無理なのはわかってるけど。

06-10, 2004　And all that could have been.

アキバに行って、ラジオ会館の輸入ＤＶＤ屋Saleに行き、押井がコメンタリーを新録したというＵＳ盤の「ビューティフル・ドリーマー」を予約する。それから、いろいろと物色したあと、となりの御茶ノ水に行き、洋麺屋でたらこカルボナーラを食べる。

そして聖橋を渡れば、そこには医科歯科大の神田川に壁面を成す建築が在り、そこにはＣＴが待っている。ウィィン、と駆動音がシャープに唸り、人間を計測し数値化し仮想身体を汲み上げんとする欲望が産んだデウス・エクス・マキナがぼくのからだを輪切りにする。最近見た、医療被曝による癌罹患率の上昇を報じるニュースが、ちらりとあたまをよぎる。

あっさりしたものだ。フィルムが焼き上がるまでの20分、ぼくは待ち合い室で寝ている。ヘッドフォンからはＮＩＮの「And All That Could Have Been」が流れてくる。and all that could have been. そしてそうなるはずだったすべてのもの。やってこなかった未来。そうはならなかった人生。

そしてフィルムを受け取り、整形外来に行く。主治医の先生はそれを見て、何かを告げる。半年に一度、ぼくはこの一言、このオラクルを受け取りにここへ足を運ぶ。昨日一昨日は眠れなかった。ひどいもんだ。臆病な自分に腹が立つが、どうしようもないことだ。

「大丈夫ですね。とりたてて腫瘍の影はみられません」

五年生存率、ということば。それ自体に意味はない。あくまで確率の話だ。六年後、十年後に転移が見つからないとは言い切れない。とはいえ、もう三年目。半分は越したわけだ。

いろいろなことを思う。医者に自分の大腿の中に巣食うものの存在を告げられたときのこと。あのとき感じた絶望。そんな絶望も恐怖も悲しみもあっさり吹き飛ばしてしまった安定剤のこと。その化学作用によって感情が吹き飛んだときの奇妙な怒り。病院内から手持ちのノートをネットに繋いだこと。友人がエロゲーを持ってきてノートにインストールしてくれたこと。リハビリ。退院して、家に帰ってきたとき玄関から飛び出してきた、愛犬のぬくもり。お見舞いにきてくれた「尊敬する」人たち。病院で書いた原稿のこと。退院したあと、誰にもわからない理由で彼岸に渡ることを選んだサークルの後輩のこと。彼女の入った棺の小ささが意外だったこと。彼女から預かった同人誌の原稿が、データクラッシュで読めなかったこと。

そして、いま、愛犬は彼岸にいる。あのとき、生きて帰ってきたぼくを抱き締めた温もりは、ペットたちの共同墓地にいて、そこへぼくは墓参りに行き、あふれる思いを、残された者たちが抱えるには多すぎて溢れてしまう情念を、墓にすくいとってもらい、身軽になって家に帰る。

そして今日も、家に帰ってきた。今週は「下妻物語」を見ようかな、と思いながら、レンタルで「サブマリン707」と「プラネテス」と「私家版」を借り、その下に在る本屋で「スチームボーイ」の映像DVDがついた〈ニュータイプ〉を買って家に帰る。

And All That Could Have Been. 足が普通に動いたら、どんな人生だったのだろうか。あの女の子が彼岸に渡らなければ、愛犬が癌で逝かなければ。それを想像することは不可能だし、実際、あんまりいまと変わらない気もする。クローネンバーグだ、養老だ、身体だ、サイボーグだ、とか言っていたら、ほんとうにそういう人生を生きる羽目になってしまったことを、幸運とは思わないまでも、何かの符合であるぐらいには考えてもいいのかもしれない。

さて、「プラネテス」見るか。

06-19, 2004　わが青春の大味映画

■レニー・ハーリン祭り

をしようと決意する。できるだけ不毛なことをしたい、といろいろ考えたが、ジョン・ブアマン祭り、というのはすでに友人がやってしまったうえに「エクソシスト2はやっぱりすごい」とブアマンはモストインタレストディレクター認定するに及んで、わりと建設的なベクトルにシフトしたのがうらやましかったので、俺もできるだけ不毛な香りのするディレクターを選んで祭りが終わる頃には「再発見」しちゃったりしてそれなりにケチなスノッブ魂がホクホク、みたいな。意味不明。

というわけでこれから「ドリームマスター」と「ダイ・ハード2」を見る。ダイ・ハー

ドは90年。俺がバブリーな大作にがっつり熱中していた時期だ。ジョエル・シルバーにカロルコ。そういうこと。

俺はガノタにはなれなかった。富野なんて心底くだらないと思っていた。マクロスも見なかった（オーガスはエロかったので観ていた）し、ロボットものにはほとんどハマらなかった。

では、中学高校の俺様の精神に深い傷跡を抉《えぐ》ったメディア・アイコンはなにか。とつらつら考えるとそれは「80年代後半〜90年代初頭までの大味超大作映画群」ということになるのだろう。これはあまりに共通言語としてはニッチが小さすぎる気もする。世間はガンダム花盛りで、ガンダムで世代論を語ることは、それなりに意味があって高尚で言論的な市場が確保されている気もする。しかし、この時期の大作映画に対する同情心というものはほとんど見られない。言説もまた、ほとんど見当たらない。

しかし、そうだろうか。シュワルツェネッガーと共に育った子供達は、そんなことは忘れてしまったのだろうか。「レッドブル」とか観て、冒頭のカロルコロゴに興奮し、オープニングのレーニン三段寄りに目眩をおぼえた子供達はどこに行ったのだろうか。「ゴリラ」ではじめて「サティスファクション」を意識した厨房たちは、いまどうしているのだろうか。

ということを確認するために俺はこれから「ダイ・ハード2」を見る。なんだかよくわからなくなってきたが。

　気が向けば夜、なにか書くかも。

06-26, 2004　レーガン、パトレイバー、攻殻、80年代

『攻殻機動隊 S.A.C. 2nd GIG　4巻』

　ゴーダ。

　ナイス。もうゴーダ萌えですよ。かわいい。タチコマかわいいとかぬかしてると時代においてかれますよ。西田健ボイスが炸裂。キャラ立ちまくってるなあ。ひさしぶりに気持ちのいいヒールを見ているですよ。

　神山色、というか前SACの目新しさというのは、「ようやく、80年代を題材にする作家がアニメに登場してきた」ということなのだろう。「オトナ帝国」の先に出現する風景、というかなんというか。ロッキードやグリコ・森永を題材にする世代。自分の原風景を表出したとき、オリンピックでも学生運動でもベトナムでも万博でもない80年代の記憶がロードされる世代の出現。

　SAC。この作品のインフラの意図的なばらつき、不統一感というのは各所で指摘されている。電脳通信があるのに建築は未来ではなく、思考戦車が田んぼのある郊外を走る風景。この作品のテクノロジーは意図的にいびつな設定にされている。というか、電脳技術

やサイボーグ技術以外は現在と同じ風景や生活がそこには設定されているのだ。

　思うに、ＳＡＣというのは電脳版「パトレイバー」なんだろう。「いま、この世界にアニメで見るような巨大ロボットがいたら？」というエクストラポレーションが「パトレイバー」だった。それは未来として描かれていたものの、内実はあからさまに「いま、ここ（あるいはそれより2〜3年前）」の風景であり、その風景の中に「巨大ロボットが日常化した」という異物を挿入した世界、それが「パトレイバー」だった。

　ＳＡＣはそれなりにＳＦである士郎正宗原作とも、あるいは「未来の日本」という設定を破棄して「どこか中華系の異世界」を設定した押井映画とも異なる。ＳＡＣは確かに２０３０年を設定として掲げているが、そのスタイルはあからさまに、「いま、この風景にサイバーパンクのような電脳技術があったら？」という「パトレイバー」的スタンスを採用している。「パトレイバー」のロボットというテクノロジーが電脳技術に置き換えられた、そういうスタンスだ。

　そしてサイバーパンクもまた、80年代の風景だった。

　グリコ・森永事件（ＳＡＣは『レディ・ジョーカー』を参照している）。ロッキード。そしてサイバーパンク。これらが80年代という言葉でつながるとき、そこにぼくはいままでのフィクションとは異なる息苦しさが立ちあらわれてきたのを感じる。それは、ぼくらが子供時代を生きてきた風景を、突き付けられる時代がやってきたのだ、ということなのだろう。今年、レーガンが死んだ。「強いアメリカ」を提唱したレーガン。弱者を切り捨ててきたレーガン。イラン・コントラ事件のレーガン。サプライサイド屋の妄言にはまったレーガン。ソ連を「悪の帝国」呼ばわりしたレーガン。

レーガンが死んで、神山健治という作家が自分の原風景としての80年代を描きはじめた。2ndは80年代を直接には描かない（とか思ったら、新宿の公園で日雇いを集めて原発の掃除させた話をネタに使ってましたな）。しかし、その物語は否応なく80年代的な感性が表出するものになるだろうな、とぼくは思う。

てか、プルトニウム輸送話がえれえ「ニューヨーク1997」臭いんで笑ってしまった。これも80年代的風景の表出なのだろうか（んなわけない）。音楽も心無しか安いシンセ臭い上にベンベンしてないか？

07-04, 2004　ビルの谷間の暗闇に

■すぱいどめん2

スパイダーマンほど夜が似合わないヒーローはいない。

よくわからないけど、このシリーズを見て共通して思うのは、夜のスパイダーマンというのが、あんまり美しかったりカッコよかったりしない、ということなのだ。赤と青、というのが夜景には汚い色に見えるせいだろう。スパイダーマンのデザインに影が致命的に

似合わないのだ。かれは明るい日中にマンハッタンを飛び回り、あるいは夜であっても煌々と明かりに照らされた場所に立つのが美しい。これはバットマンその他のアメコミヒーローとは際立って異なる特徴だと思う。いや、事態は逆なのかもしれない。想像するに、ウルヴァリンが、Xメンがそのままのデザインで映画化されていたら、それは「闇の似合わないデザイン」になっただろう。しかし、「黄色いタイツでも着たいのか？」と劇中でジョークにされてしまったように、Xメンはコスチュームデザインをがらりと変えた。闇の似合う、影を許容するデザインに。

「バットマン：ダークナイト・リターンズ」以降、アメコミは闇の逃れがたい魅力にとりつかれていった。レーガンが「強いアメリカ」を打ち出す中、弱者は切り捨てられ、貧富の差は拡大した。レイキャビク会談は決裂し、世界は核戦争の予感をとりもどしつつあった。そんな時代の産物として、『ウォッチメン』や『ダークナイト』などのコミックスはセンセーショナルに登場した。彼らは、ヒーローの「ヒーロー」たる定義を自らの手で書かねば（あるいは放棄せねば）ならなかった。自警団としてのヒーロー、狂人としてのヒーロー、政治の道具としてのヒーロー。

そんな80年代は過ぎ去り、レーガンはブッシュになり、クリントンになり、ソ連は崩壊したが、「闇」にとりつかれたアメコミはそこから容易に抜け出すことはできなかった。それは80年代の切実さをもはや備えてはいなかったかもしれない。しかし、闇はヒーローを捉えて放さなかった。

Xメンがミュータントであることに、ゲイのブライアン・シンガーが（あるいはマッケランも）テーマを見出したように、バットマンが両親を殺されたトラウマを背負い続けたフリークスであることに、ティム・バートンが喜びを見出したように、彼らは聖なる疵《きず》を負った聖者だった。彼らは社会から隔離され、その刻印を背負いつつ生きねばならぬ「特別な者」たちだった。ヒーローは「聖別された者」であり、その疎外は映画的に「使える」。バートンの「バットマン」が開いたその闇は、アメコミヒーロー映画のお決まりのフォーマットになった。

スパイダーマンは「親愛なる隣人」と呼ばれる。

この映画は、身近な感情に寄り添うのが上手い（って、そもそも「眼鏡でカメラ小僧でいじめられっこという三重苦を背負った童貞の夢」というものすごいコンセプトだしな。マトリックスを遥かに上回る卑近さに、世界中のモテない青年 include 俺が感情移入しまくるのは当然ではある）。メイおばさんがお小遣いをくれる場面で、ぼくはもうぼろぼろ（ノスタルジーとともに）泣いてしまった。畜生、上手いなあ。実家の建て具合や、銀行で融資を断られるあたりなど、所得具合が見える挿話も絶妙すぎる。ここにあるのは「闇」ではなく、卑近すぎる「生活」だ。

この映画においては、ピーターをスパイダーマンの道（笑）へ進ませた伯父さんの死ですら「トラウマ」という言葉の罠にはまったりしない。それは動機であり、むしろピーターを強くする契機でありつづける。バットマンが両親の死を「呪い」として抱え続け、バットマンたることを「狂気の同類」とするのとはまったく違う。

前作もそうだったけど、今作も話がすげえ小さい（笑）。いちおー漫画映画なので核融合とか人工知能搭載のマニピュレータとか神経とインターフェースするナノマシンとかそーいうスーパーテクノロジーが出てくるのだけど、どうにもスケールが大きい感じがしない。バットマンだって街ひとつの話だし、敵は単なるキチガイひとりなのだけれども、スパイダーマンよりはスケールがでかい気がする。それはやっぱり、「フリークスによるフリークスのための」壮大な世界が広がっているように思えたからで、スパイディーにはそのような魅力的な狂気は存在しない。スパイダーマンのスケールが小さく思えるのは、そのどこまでもぼくらの生活から演繹できる身近さ、卑近さを、相反するようなヒーローの世界で展開しているからだ（スパイダーマンは敵を殺さない）。

スパイダーマンの凄さ、というのはそこだ。闇をまとわないヒーロー。どこまでも日常として在る、在ろうとするヒーロー。葛藤はあれども、真にどうしようもない「存在そのものの闇」は纏《まと》わない（纏えない）ヒーロー。80年代からはじまった、ダークヒーローの系譜をスパイダーマンは背負っていない。定型化した闇を、スパイダーマンは背負ってはいない。かといって「スーパーマン」のようにからっと突き抜けてもいない。「スパイダーマン」は青年で、卑近な存在でありつづける。

サム・ライミはすごいと思う。「ダークマン」を撮った彼は、「死霊のはらわた」を撮った彼は、しかし頑として「闇」に目を向けることを拒否する。彼は異常な状況から、しかし異界を排除する。闇にもはや意味はない、とでもいうように、ビル・ポープの撮影は日中のマンハッタンを映す。かれは生きるという作業に目を据えつづける。異界を排除しつづける。画面から闇を排除し、日中のアクションを胸をはって展開する。クライマックスは夜ではあるけれど、そこには堂々と太陽が輝いている。その輝きは煌々とピーター・パーカーを、スパイダーマンを照らし出す。苦痛は闇ではない。生きることは闇ではない。闇のような異界、聖痕としての差別やトラウマを背負った世界から、この映画は語らない。凡庸な世界の喜びから、あるいは喜びの不在から、この映画ははじまる。そこが、この映画を他のアメコミヒーロー映画とはまったく異なる作品にしている理由だと思う。

たぶん傑作だと思う。たぶん真摯な作品だと思う。こう言うと多くの反論がありそうだけど、あえて言ってしまうと、サム・ライミは「CASSHERN」と同じくらい、あるいはそれ以上に真摯で青臭いのだ。しかし彼には技術があり、年齢から来る余裕もある。それだけのことだ。これはある意味、どこまでも教育的で真剣な映画なんだ。

余談：キルスティンの唇が接近するアップの悪夢的な感じは、どうなんだ、サム？　おまえもやっぱりキルスティンは微妙だとか思っているのか？　俺は劇場で笑っちまったぞ！　目を閉じてキスしようとする女性（or 男性）の顔ほどお間抜けなものはないからな！　その割には前回に引き続き「乳首くっきりシャツ」やってたじゃないか？　どうなんだ、サム！　おれはむしろあのくらいの可愛さというのがどうにもリアリティがあってそこがまた切ないんだが！

07-31, 2004　申し訳なさ顔の王

■「すまない」という言葉を呑み込み続ける王の物語

アーサー王はそこにいた。「すまない」という想いを立ち上らせながら。

というわけで、「マッハ！」の試写のあと、ビッグサイト夏の陣の準備というオタクの修羅場に突入していたので、二週間も映画館に行ってなかったのだった。原稿そのものは終わったんだけど、終わったらなぜか仕事がぐんぐん忙しくなってしまい、ええい、もう耐えられん、と映画館に行かねばどうにかなりそうだったので、近くのシネコンに行ってはみたものの、あれは観た、これはパス、とラインナップにほとほと困ってしまい、実は「茶の味」が観たかったのだけど失恋の後遺症でカップルを見ると憎悪がつのる渋谷恐怖症の俺には土曜日に渋谷に出るというのはあまりにつらすぎて、そういうわけで消去法的にシネコンのラインナップから選んだのが「キング・アーサー」だったのだ。

カイマー映画、なのでカイマーでしかないだろう、とは思ったのだけど、アメリカでコ

ケたというから、コケたカイマー映画のパターンを思い描いてみた。

子飼いを意のままに操った結果壮烈に凡庸な映画が出来上がってしまったのだが、その凡庸さが針が一周まわって極めたために、凡庸さが転じてむしろ奇怪でグロテスクな映画になってしまい、それはそれで相当面白かったのだけど、面白すぎるがゆえに受けなかった「パール・ハーバー」とか「バッド・ボーイズ2」とかのベイ映画。

リドリーの暴走をカイマーが抑えあぐねているうちに、道徳面を抜きにした戦闘と軍事的状況にしか興味のないリドリーの正直さがフリチンで露出してしまった結果、あまりに面白すぎる映画が出来上がってしまい、英雄云々の付け足しの不誠実さがアメリカの観客にバレ、面白すぎるがゆえに受けなかった「ブラックホーク・ダウン」。

というわけで、この映画はどっちのパターンなのだろうか、と考えると、監督のことを考えないわけにはいかないんだけど、この映画の監督のアントワン・フークアという人も「リプレイスメント・キラー」というあまり印象に残らない映画を撮って、ああ、プロパガンダ・フィルムズのPVあがりね、とか思っていたら「トレーニング・デイ」なんていう変な映画を撮ったりして、それがなかなか普通にどっしり映画していたので、ほかのプロパガンダ組とはちょっと違うな、とか思ったら「ティアーズ・オブ・ザ・サン」というこれまた微妙に位置付けの難しいアクション映画を撮って、なんだかキャラのつかめない監督であることに気がついた。

とはいえ、カイマーが「史劇ブーム」という実態の怪しい実在するんだかないんだかわからんものに特殊能力としての軽薄さを発揮してのっかって、脚本に「グラディエーター」のフランゾーニを据えるあたりはもうどうしようもなく露骨で笑ってしまうのだが、そのうえ「グラディエーター」「ラスト・サムライ」と最近の戦争映画全部やってる気がするハンス・ジマー＠現リモート・コントロール、とくればこれは企画書を読んで笑わなかった出資者はいるのだろうか、と勘ぐりたくなる。

そんなことをつらつら考えているうちに、映画がはじまった。

ヘンな映画だ。ブラッカイマー節なようでいて、要所要所を脱臼させている。多分この映画好きだ。カイマー色が薄いという意味では、フークアの勝利だと言えるかも知れない（とはいえ、編集で相当痛めつけられている気がする、そんな繋ぎ方が感じられたけど）。何がヘンかというと、タイトル・ロールたるアーサー王がヘンなのだ。

この映画の勝利（ぼくは面白かったので、勝利ということにしておいてくれ）はたぶん、アントワン・フークアの演出によるものではない。この映画を奇妙なものにしたのは、ひとりの俳優の顔、クライブ・オーウェンという俳優の顔なのだ。

「ボーン・アイデンティティー」でこの俳優が殺し屋として登場したとき、なんだか妙なキャスティングをしているなあと思ったものだった。なんか抑圧されているというか、内側に穏やかに壊れている顔だ、と思ったのだ。緊張感のない陰鬱さ、というべきものをたたえながら、マット・デイモンとの闘いで「仕方がない」というように死んでいく。だから、ブロスナンの降番騒動で次期ジェームズ・ボンド候補にこの俳優の名が挙がったとき、ぼくは「違うだろー」と思ったものだった。この俳優に外向きの力はない。この俳優の「奥ゆかしさ」は絶対にボンドには似合わない。

その思いは正しかったと、この「キング・アーサー」を観て思った。

「グラディエーター」のマキシマスはカリスマとして描かれ、ラッセル・クロウもそのように演じている。「ラスト・サムライ」の渡辺謙もそうだ。実現できているかどうかはともかく、彼らは「人望篤きカリスマ」という造型でそれぞれの指揮官を演じている。しかし、「キング・アーサー」のアーサーは、クライブ・オーウェンは違う。この映画におけるアーサーには外向きの力はない。彼は説得したり改宗させたり士気を鼓舞したりといったことをしない。というか、最後に一回だけ士気を鼓舞する演説が入るのだけど、そこが猛烈に板についていなくて笑ってしまう。なぜかというと、彼はこの映画において、終始一貫して「申し訳ない指揮官」として描かれているからだ。

クライブ・オーウェンの顔は美形ではない。それどころか、強そうですらない。彼は兵役から解放される日を愉しみにしていた円卓の騎士に、お上から命じられた理不尽な命令を伝えるとき「これは命令だ」という。「すまない」その一言をぐっと呑み込んで。しかしその「申し訳ない」思いはぜんぜん呑み込みきれてない。クライブ・オーウェンの顔が、たたずまいが、「申し訳ないオーラ」をものすごい勢いで振りまいているから、彼に従う騎士達もまた、その「すまなさ」を理解する。かれはある意味「護られる」主人公だと言える。この映画で彼は繰り返し繰り返し理不尽な圧力に遭遇し、そのたびに「すまない」オーラを振りまいているのだ。

「ラスト・サムライ」の渡辺謙はそんなふうに部下に責任を感じたりはしなかった。なぜなら、全員ががっつり承知で闘っていることを知っていて、それでいいと思っていたからだ。しかし、アーサーは部下の死に責任を感じ、自分が死ぬべきだったとすら言う。すまない、すまない。そんな懺悔《ざんげ》を胸の奥に幾度も幾度も呑み込んで、彼は部下の騎士たちに命令を下す。この映画が結果として地味になるのは当然だろう。この映画は「すまない映画」、悔悟の念をひたすら呑み込む男の映画なのだ。

そのうえ、彼が信じる世界は失われ、その目的は空虚と化してゆく。自分が信じた輝かしいローマはもう存在しない、ローマはすでに腐り果ててしまった、と彼は教えられる。薄々感じていたそのことを、彼がはっきりと教えられたとき、彼は「そのために」騎士であり剣をとることを選んだ根拠を失ってゆく。それはローマの栄光だけではない。「あなたの信じている世界は存在しない」とアーサーは劇中なんども言われ、そのたびに弱くなっていくように見える。自分の世界を否定されまくる王、こんな作劇が爽快感につながるはずはない。この映画で、彼はひたすら「動機を簒奪《さんだつ》され続けるリーダー」として描かれる。そしてまた、かれの自責の念は募り続けるのだ。

円卓の騎士たちはそうした指揮官の「すまない」を汲み取ってやる。お前が俺たちのことを考えてツラいのは知っている。だからこそ、俺はあなたを放っておけないんだ。こんなふうな慕われ方をする王、というのはやっぱりヘンだ。メル・ギブソンは「自由のためだ！」と言って長脛王エドワードの軍勢に部下を向かわせた。自由を勝ち取るためなら、自分の命は当然としても、そこに参加する兵士の命も同じだろう、と。渡辺謙もまた、自分達の生き方を、美学をまっとうするために、ガトリング砲を装備した官軍に鎧兜で全滅覚悟の突撃をする。部下もその美学を共有していると信じているがゆえに。

しかし、この映画のアーサーは言う、「人は生まれながらに自由なのだ」と。彼の信仰しているペラギウス派の異端は説く。原罪は存在せず、運命などない、と。人は善行を積むこと、善であることによって、自力で救済されるのだ、と。この映画では「神の支配」をそのままスライドさせて「ローマの支配」を正当化する正統教会が悪とされる。人はみな自由なのだという考えを持つアーサーは、それゆえに、その「自由」のために他者を死へ赴かせることにすら罪悪感を抱く。個人の選択を強制することを、「自由」の名のもとに他者の自由を奪うことに自責の念を抱く。「すまない」彼は指揮官としては口にしてはならぬその言葉を呑み込んで、騎士達を死地へ赴かせる。騎士達もまた、その呑み込まれた「すまない」を受け取って、戦いに赴く。

　ここで言う「自由」は「自由意思」であり、丁寧に説明されているそれを政治的自由＝正義に直結させて「正義の押し付け」みたいな話にすると、この映画は意味不明になってしまう。アーサーはそうした「自由意思」を信じているがゆえに「ついてこい」の一言がいえない男なのだ。ようするにイケイケ型カリスマをフークア、そしてオーウェンの「顔」が封じてしまったのだ。自分の部下になにをも強制させることのできぬ王、そんなけったいな描写を、この映画ではやろうとして、ある程度成功している。

　ただそれをフランゾーニの脚本が描いているかというと、そうではない。というか、そう描こうとしているのだけど、ときどき活発なアーサー王が我慢しきれず（脚本のレベルでは）顔をのぞかせて威勢のいい台詞を言わせようとしたりしている。

　しかし、そうしたすべてを「すまない」の文脈に回収してしまっている強力な力がある。それこそがクライブ・オーウェンの「耐えた顔」「申し訳なさ顔」だ。彼は弱くはない。むしろ肉体的には強いだろう。しかし、彼の、アーサーを演じる彼の顔と背中には、いつも「すまない」という言葉が張り付いている。彼の顔が、台詞の上では「外」へ向かっているはずのアーサーの台詞や行動を、ひたすら責任と悔悟の暗色に彩られた、重々しい、内向きのものに転化させてしまっている。

　そしてそんな指揮官を「自分の意思で」助ける騎士達の清々しさが、この王の内向きと対称を成している。だから、かれらがブリテンを去らんとするとき見える、昨日までの主人の、丘の上に単騎で戦旗を掲げ立つ姿、それを望遠で抜いた騎士の主観ショットに、ぼくはちょっとうるっときてしまったのだ。いかなる悔悟の念とも、いかなる「すまない」とも無縁で、「せいいっぱい」立つアーサーの、この映画で唯一ともいえる晴れ晴れとした姿、そしてそれを見届ける騎士の目線に。このショットはほんとうによかった。この「丘の上に立つアーサー」の姿のためだけにこの映画を観て良かった、とさえ思えたものだ。

だから、そのあと騎士達に「自由」を説くアーサーの姿はなんだか思いっきり場違いな感じがする。そして彼がブリテンの王となるラストシーンも、同じように気持ちが悪い。オーウェン自身、なんで俺が王に？　というような戸惑い顔を終始浮かべているし、キスもまたぎこちない。彼とグウィネヴィアのラブシーンもなんだか調子はずれの音が入ってきたような印象だ。なぜかと考えたが、「すまない」の人アーサーが、他者の肉体を「利用」することで快楽を貪《むさぼ》ってはイカンのだ（笑）からだ、ということなのだろうと思う。まあ、ここでのアーサーは受け身（笑）なので文脈的にはギリギリオッケーなのかもしらんが、しかし、キーラ・ナイトレイって18歳やんけ！　クライブ～！　18歳の少女とラブシーンってどういうこっちゃ～！　「ジョゼと虎と魚たち」で妻夫木くんが上野樹里タンともつれこむ場面を連想してしまったやんけ（あのとき樹里ちゃんは17、8だったんでしょ？）！

　まあ、それはともかく、この映画は主人公の造型がヘンに地味、というかクライブ・オーウェンを主役に据えたことによって「すまない」指揮官という妙なことになってしまったために、あまり派手なことができなくなってしまったのでしょう。とはいえ、この映画のキャラ造型は一件ステロタイプに見えてなかなか一筋縄ではいかないところもあって、そこらへんは「トレーニング・デイ」の手腕が光ります。特にサクソン人の大将を演じたステラン・スカルスガルドがなかなか良い。単純な悪役ではなく、なかなかに面白いキャラ造型がなされた人物であります。この映画、短くさりげなく手際よくキャラ立てしてます、意外なことに。それと、まるで活躍しなかったマーリン。劇中では顔に炭塗りたくっているために誰が演じているんだかさっぱりわからなかったんですが、あとでクレジット見てびっくり。スパイ・ゲームでCIA官僚のハーカーやってた、スティーヴン・ディレインじゃん！

　まあ、とりたてて話題になっているふうでもなし、カイマーで大作でということで見下されている感じでもあり、また戦争史劇かいなと飽きられているふうでもあり、あまりいい評価は聞かないこの映画ですが、私、地味に好きです。なんだか妙なツボにハマってしまいました。

　まあ、キーラ・ナイトレイの衣装で潰された（へこんだ）胸が猛烈に萌える、というのが大きいわけですが。

08-26, 2004　国家、サイバーパンク、攻殻

■攻殻2nd

かつて、サイバーパンク華やかなりし頃、そこに「国家」なるものはえらく希薄だった。それが80年代の気分、というやつだったのだろう。ハイテクノロジーを生み出す能力を持った多国籍企業が階層の上部にあり、ネットワークが国家の境界を消失させている世界。それが80年代の描く未来、資本主義の行き着く先であるはずだった。

シロマサの「原作」は「国家や民族が消えて無くなるほど」には情報化されていない、と書いてある。しかし、シロマサの「原作」とて実は「国家」が描かれているわけではない、とぼくは思うのだ。それは諜報戦を描くための「所属」をしめす記号にすぎず、どの国がどのような「気分」で動いているか、どのような「イデオロギー」を持っているか、というようなことは描かれていない。シロマサの原作に登場し公安九課と関わる国家は、なんというか、ある種の「臭み」が抜けた、ファンタジーのような利益追求機械としての枠組みでしかない。プロフェッショナルの、プロフェッショナルによる、プロフェッショナルのための世界。その意味で、シロマサの原作もまた確実に80年代サイバーパンクの気分が漂っている。

けれど、いま世界を見回してみて、国家、という言葉がどんどん重く、生臭くなってい

るのはどういうことだろう。情報化によって国家観は希薄になるんじゃなかったのか。車内吊りを見れば、どっかの雑誌の「ぷちナショナリズムからガチナショナリズムへ」という見出しが載っている。巨大掲示板を見れば、外国人に対する差別的な書き込みが躍っている。ウヨだサヨだという単純な二分法が幅をきかせ、「左翼」という言葉が侮蔑語としての意味を獲得しつつある。

サイバーパンクの描いた未来には、この種のナショナリティに基づく「生臭さ」はなかった。そうしたものは綺麗に脱臭されていた。そこには右翼も左翼もなかった。いうなれば、資本とテクノロジー、それだけが世界を決定していた。あたりまえだ、国家というものが希薄な世界観の中で、右翼だの左翼だの国家や民族を軸にした価値観はそもそも成立しようがない。

というわけで、この「生臭い」話がどこへ行くのかというと、攻殻ＳＡＣシリーズは「サイバーパンク」ではない、という話になる。

押井守自身は徹底してリアリズムのひとなので、資本主義の極限であるディストピアを描きつつ「超国家的」という意味においては確実にユートピアの変奏曲であったかもしれない80年代の産物であるところのサイバーパンクを「信じては」いない。なんたって押井は軍事オタなわけだし、国家の解体なんていうヨタをやるような人ではない。んが、作品としての映画「攻殻」は、ある種の汎アジア的オリエンタリズム、それこそサイバーパンクの武器だったもの、を援用することによって、結果的に押井自身がまったく信じていないはずのサイバーパンク的未来をフィルムに実現することになってしまった。サイバーパンクであることを回避したかったのなら、そもそもエキゾチズムを援用すべきではなかったのだ。映画「攻殻」もまた国家の臭いが脱臭されている。公安という、国家機関の権化が主人公の映画であるにもかかわらず。

原作では明らかに日本だった舞台。しかし、映画ではそれは日本ではない。アジアの某都市、と意図的にぼかされている。2029年とか2032年とかパッケージや書籍に躍っているから特定の時代の話だと思っている人もいるかもしれないが、実は明確に時代を告げる場面は劇中に登場しない。押井自身は世間的なイメージとはうらはらにサイバーパンクの人ではない。が、作品として結実した映画攻殻はなんと嘘のようにサイバーパンクのステロにきれいに収まってしまうことか。

しかし、神山健治の描く攻殻は国家というものの「生臭さ」の一部を、確実に映し出している。これは戦争というまさに国家的状況の極限を描きつつ、また同時にその国家という枠組みの「生臭さ（可否や善悪、ではない）」が脱臭されていたガンダムを含め、アニメではあまりなかった展開だ。

個別の11人、という題材や、そのモチーフとして選ばれた5・15事件（のナショナリティ）。攻殻SACの2は「サイバーパンクにあるまじき」コンシャスさで「国家」というものの「気分」を描いている。「セカイ系」という言葉でくくられる印象の薄い（だが確実に需要のある）アニメ群が、「個人の気分」に終始し、そこで世界が（まさにセカイが）完結するのと対をなすように。

ネットによって醸成されるナショナリティ。ネットだからこそ感染しやすい「気分」。主に情報取得のコスト（時間、費用）からくる現象だと思うのだけれども、ネットというのは個人の中での情報の吟味というものを甘くするのではないだろうか。その結果、左にせよ右にせよ膨大な数の人間が、情報の精査を経ぬまま共振しやすい、極端な方向に振れやすい空間が現出するのではないだろうか。テレビは全部サヨクで、NGOは全部ボンクラで、半島関連は陰謀史観で、と今は右に流れつつあるだけで、これが何かのきっかけで容易に左へ流れていくこともあり得るだろう。常識的に考えれば、そんな極端な現実はありっこないのだけど、ネットはそうした世界観の構築を容易にする。

そこに真実があるとしても、その「割合」がまったく考慮されない空間。情報の増加によって、世界観が単純化されるという不思議な逆転。そして、それが新しい時代の情報処理の在り方だとしたら、サイバーパンクは情報の処理に関して、新しい見方は提示できていなかったことになりはしないだろうか。

「情報化によって国家という枠組みが解体もしくは弱体化されるはずだった」サイバーパンクが、現実のネットワークのナショナリティに接して、その未来を修正せざるを得なくなった形として、攻殻の2ndはある。

喪なわれたサイバーパンクの風景、それが攻殻SACの2ndが映し出しているものなのかもしれない。

08-29, 2004　ターゲット・ロック・オン

■初期OVA「パトレイバー」押井守コメンタリーつき

「王立宇宙軍（山賀&赤井孝美）」「うる星やつら2：ビューティフル・ドリーマー（押井）」に続く、US MANGA CORPSオリジナルのコメンタリーつきDVD。日本ではこれらのコメンタリーは聴くことができないので、リージョン1再生環境と輸入DVD屋でなんとかするしかないのである。

しかしMANGAのDVDは日本のアニメのDVDに見慣れているとえらく品質が悪い。BDなどは発色もひどいうえに、24→30fps変換をまじめにやっていないので、残像をひいているような無茶苦茶な映像だったりする。とはいえ、これらのソフトは日本版を買った上であくまでコメンタリー目当てに買うのだから、どうでもいいっちゃどうでもいいんだけど。

さて、3話ずつ×2巻BOXのDisc1、つまり最初の3話にコメンタリーがついています。肝心の内容のほうは、ディープな押井ファンには既出の内容が多々。なぜ埋め立

て地なのか（とにかく予算がなかったので、車やビルや通行人を描かなければならないような作画は破滅するとわかっていたので、という話。美術も作画も、ややこしい絵を描くのはお金がかかる。『なんでも描ける』と思われがちなアニメも、意外に実写と同じようなロケーションの制約があるのだ）、とか、ややこしいロボットを動かすとこれもまた破滅するので、渋滞で積載トレーラーが動かない、という話にした、とかそういうところ。

面白かったのは、それぞれのキャラやスタッフに対する愛憎だったりする。たとえば、2話の「ロングショット」では、これで初登場となる香貫花クランシーのやっかいさ、というか嫌悪感をすなおに喋ってしまっているのが興味深い。「はっきりいって、これはぶっちゃん（出渕裕さん。人間サンドバッグ兼メカデザイナー）のキャラです」と言い切る押井。エリートで、行動力があって、と完璧な、押井いわく「パトレイバーでいちばん（典型的な）アニキャラ」であるがゆえに、その定形をすこしずつずらした面白さ、モラトリアムの駄目な若者たちの面白さ、を出そうとした「パトレイバー」の方向性の中では、最後までしっくりこなかった、とのこと。おばあちゃん子である、とか、野明のような天然行動少女が苦手、とかいろいろ弱さを出そうともしてみたんだけど、そうすればするほどどんどん「（押井的に）嫌な女」になっていった、と語っている。

ヘッドギア、というのがバンダイに要請されて作った会社で、ほんとうは誰もそんなめんどくさいこと（会社設立）はやりたくなかった、というのははじめて知った。

さて、内容を聴いていると実はこのコメンタリー、当初は1、2話だけにつく予定だったらしい。のだが、押井さんが3話（怪獣話）めに愛着があったため、2話の収録が終わったあと、勢いでつくことになったようなのだ。

押井いわく「これは誰も気に入った人はいなかった」「嫌われていた」エピソードなのだそうだ。自分はいちばんこの話が好きなのだけど、ほかに好きなやつはだれもいなかった、ということだ。脚本を書いた伊藤和典自身が嫌っていた（押井がコンテでかなり変えたそうな）し、現在IG作画神のひとりにして、役員になってしまった黄瀬さんも当時「退屈だ」と言っていたそうな。ただ、押井からするとこのエピソードが6本の初期シリーズのなかでいちばん「映画的」であり、ほかのエピソードとは演出的な間も作画も変えてあるのだそうだ。後の劇場版につながる（演出的な）萌芽がここにあったというのは、ちょっと意外。

09-03, 2004　映画覚書

■阿部和重『映画覚書 vol.1』
阿部和重の『映画覚書』を読んでいると、やはりハスミンの我侭ジジイぶりが素晴らしく、映画狂人@元総長にはこのままつっ走っていってほしいものだなあ、と思ったりする。

このハスミンと阿部和重の対談を読んでいると、若いはずの阿部和重の語り口が、どうにも古臭いものに見えてしまうという点が不思議だったりする。なぜなのかな、と考えてみたのだけど、要するにハスミンは「トム・クルーズの顔がいい」だの「ケイト・ブランシェットはいい」だの「あの女優でファム・ファタールはねえだろう」だの、要するにきれいだとかきれいじゃないとかいいとか悪いとか、そういう話ばっかりしている姿が清々しく、一種淀長状態と言ってもいいんだけど、それに対する阿部和重の言説が80年代的な知性の在り方、というか呪いのようなものから抜けだせないでいる泥臭さを引きずっているから、というふうに見えてしまうのだ。なにせ「ラスト・サムライはいい。どうしてかというとトム・クルーズが無条件に好きだからだ」とのっけから映画狂人に突っ走られては（また、このおっさんは別のところでこの映画を貶《けな》したりしているからたまらない）、ほとんどの人間は打つ手がないだろう。圧倒的な先制攻撃、という様相を帯びたハスミンの言説は、現在の「政治的正しさ」とヘイズ・コードを併置させたり、あるいは「サイン」について構造から語ってしまったりする阿部和重の語りをえらくアナクロなものに思わせてしまう「ズルさ」を持っている。そして、そうしたハスミンの「ズルさ」は圧倒的に有効だ、と思うのだ、この本を読んでいると。

「構造」を語ること、それ自体ではなくそれの周囲との関係性によってむき出しになる構造によって一篇の批評を構築すること。そうした語り方こそ『ロスト・イン・アメリカ』で安井豊が指摘した「キャメロンの時代」のシネマの在り方ではなかったのかしら。それともそのような視線は映画には適用されても批評には適用されないとでも思っているのかしら。『『A.I.』は捨て子の物語だ』そうしたマニフェストがなんだかうまく機能していないように見える語りのいかがわしさ。それはいったい何だろう。

それは「映画を語る」という行為自体に「恥」を感じているかどうか、の表れなんじゃないかしら。蓮實重彥はあきらかにその「恥」を有している。実は中原昌也も有しているかも知れない。しかしたぶん、阿部和重にはその「恥」はない。ただ、「恥」を引き受けた上で語るための戦略、というものがあると思うのだ。けれど、阿部和重には、そしてたぶん『ロスト・イン・アメリカ』の出席者の大半は（たぶん黒沢清と塩田明彦を除いて）、その恥を感じる才能と、それを自覚した上でとる戦略、のふたつが欠けているんじゃないかしら、と思う。

とはいえ、別にその「恥知らず」であることから生まれるいかがわしさだって、じゅうぶん面白いわけだし、ほとんどの人は（ぼくを含め）映画をそのようにしか語れない。自分自身、映画をそのような恥知らずでうさん臭いものとしてしか語るすべを持てない。

だから、やはり映画狂人はすっとばし過ぎで、単にこのおっさんのリミッター解除っぷりを前にして、阿部和重の語りが退屈だ、というのはフェアではないかもしれない。「いつかトニー・スコット論を書きたい」「ぼくは今、トニー・スコットを誉めようという運動を世界的に立ち上げようとしているんですが」とかのたまうような暴走ぶりにどう立ち向かえというのか。いや、私も前々からトニーはいい、と思ってたんですが、それにしてもここまで言う勇気はなかった。なんだか映画ファンとしては言ってはいけない、恥ずかしいことのような気がしてた。しかしやっぱりハスミンは違う。リドリーはダメだ、トニーはいい、と断言する。すごい清々しい。漢らしい。

まあ、なにが言いたいか、というと、このおっさんにはもっともっと暴走してもらいたい、ということなんですが。

というわけで、「マイ・ボディガード」が観たいなあ、と（なんのこっちゃ）。

09-11, 2004　臥せってます

■倒れた

会社に行こうとしたら電車のなかで嘔吐感マックス、途中で降りるもどうにも動けず、駅のベンチに横になってどうにかなるのかならないのかというちょい恥ずかしい状態で30分、吐き気、頭ぐらぐら、ゲーリーオールドマン、と三重苦のジェットストリームアタックに、ホームステーションへなんとか戻ると病院へ直行。とはいえ１３００時という休診時間ど真ん中。開いている内科のある病院を探してさらに30分。「うーん、扁桃腺が腫れてるけど、風邪かなあ。でも腸も悪いようだし、うーん。なんでしょう」とか言われて、いや、なんでしょうって言われても、と不安になる。とりあえず点滴。とりあえず急性腸

炎というあたりで医者は手をうった（ほんとそういう感じで診断）。実はここの病院は俺の太腿のガンを「ヘルニア」と診断して延々と俺の腰を牽引したり電気を流したり効果のない治療をして、あのままここにかかっていたらガンが俺を殺していただろうというわけで、この病院を俺が怨んでいることは内緒だ。というわけで点滴1時間。すげえ寒気。腕を縛るも「血管が出ないわねえ」と看護婦さん手の甲に針刺す気マンマン。いや、それ勘弁して。という心の叫びもむなしく、結局右の人指し指の付け根の甲側の関節の出っ張り直下に一撃。しかし雫は落ちず。おのれどうしてくれようか。という俺の心の憎悪もむなしくこんどは左手の手の甲。かんべんしてくれ。

さて、ここで余談ですが、ガンにかかって抗癌剤を点滴すると、どんなすばらしい特典があるかを教えてあげましょう。抗癌剤というのは基本的に組織を殺す薬なので、針刺しているところは濃度マックス、ガンガン血管と皮膚が傷んでいくわけです。というわけで、一ヶ所当たり（薬にもよりますが）3日から5日保ちません。刺していたところは組織がズダズダになっているので、たいていの場合血栓になり、血管がつぶれます。そうすると次の場所、次の場所、といって長期戦になると刺すところがだんだんなくなっていくわけです。最初は肘の内側だったところからだんだんと末端へサバが帰ってくるように北上し、ついには手の甲にたどりつくわけです。そして刺していったところは死屍累々。私はケロイド体質なので、傷の痕がプリチーにプルンと盛り上がってしまいます。ちなみに、腕で刺すところがなくなると、次は足の甲です。足の甲に針を刺すのです。

　とはいえ、薬を入れているあいだは絶えまない吐き気がすんばらしい具合に世界を支配してくれているので、針を刺す場所の問題などプライオリティはとんとん下がってほとんど最下位なわけですが。

　ちなみに、私は一ヶ月に10日入院して抗癌剤点滴、というのを1年やっていたわけですが、そのたびに抜ける毛の場所が違ったのが面白かったです。頭髪は総じて抜けたわけですが、今回は眉毛も、今回は腋毛、今回はチ○毛、今回は鼻毛、あるいはそれらの組み合わせ、と毎回抜ける場所が違うのです。ちなみに、頭髪が抜けると、頭洗うのがすげえ楽になります。フケ、というのはたぶん、頭髪あるいは毛根によって頭皮がフラグメント化されているからああいう形式になるのであって、それが頭髪のないフラットなフィールドになると単なる「垢」になるのですな。爪で引っ搔くとそれが良くわかる。鼻毛が抜けたときは埃がすごくて鼻水がとまらなかったです。腋毛と陰毛は抜けてもなんも問題なかったので（彼女というものがいなければ、誰に見られるという場所でもないので）、すこし嬉しかった。毛ってあんまり好きじゃない。

　余談終わり。というわけで、多分単なる風邪なのでしょうけど、いまも熱がすばらしく高い数値を保っており、あたまぐらぐらで寝ながらこれを書いているわけですが。

09-12, 2004　逃げろ

■相変わらず臥せってます

というわけで熱。吐き気。ゲーリー・クーパー。万年床とトイレットの往復というミニマルな生活パターンに家の中がやけに広く感じはじめられたらそれはJ・G・バラードの「巨大な空間（『ウォー・フィーバー～戦争熱』収録）」。って誰もわからんか。家の中で過ごしはじめたら、その主人公の精神的事情により、家がどんどん巨大な空間と化してゆき、家から出る気力がどんどん失せていき、家の中を探検し、というサイコで素敵なお話なんですが。

すげえ余談。バラードって、巨大建築愛好会的な作家だなあ、と思うんですが、と部外者が言ってみる。たんに「これってすげー広い場所なんじゃゃね～の？」というだけで話を押していく「未確認宇宙ステーションに関する報告」とか、「大建設（まんまやな）」とか「モビル」とか「終着の浜辺」とか。入手が難しいのが悲しいところではありますが。

私も船橋ザウスの解体を見に行って「溺れた巨人 in 船橋」などと言っているので、バラードといえば巨大建築、というのは熱にうなされたいまに始まった連想ではないわけです。

ああ、すげえ余談だ。ヒマだしキモチ悪いし腹いてえし思考が迷走しとる。というわけで今日はもっぱら映画。DVD観てつぶしてました。「U－571」「K－19」と潜水艦大会。しかも手持ちのDVDなので既に観てるやつ。「U－571」はえらくその筋には評判が悪いが（『デストロイヤーが魚雷一発で大爆発してたまるかっつーの！』などなど）、改めて観るとわたしゃモストウ大好きだしこの人のエンタメの力量は本物だと思ったですよ。とくに観客の安心の限界を超えて投下される機雷が（『あんな近くであんなに爆発したら沈むっつーの！』ああそうですか）すげえいい。「K－19」はひさしぶりに観たけどやっぱり陰気な映画だった。なんというか陰気で哀しくてそれが延々と続く感じ。氷上で遊ぶ乗組員もやっぱり哀しい。洗濯物も哀しい。なんでこんなに陰気な映画なのだ、キャスリン・ビグローってこんな陰気な作家だったか、と不思議に思う（「ハートブルー」が結構好きなのだ、俺）。青山真治がこの映画を誉めてたけど（「男汁出まくり」とか）、どこがいいのかいまだにさっぱりわからん。いや、好きな映画だからこうやってDVD持ってるわけだが、どこがいいのかはいまだにわからんのだ。

と、ここで俺はキャスリン・ビグローの映画が好きなのだということに気がついた。「ストレンジ・デイズ」って俺の魂の映画じゃんか。駄目男を女神が救う話。さよなら、好きだったひと、と未練たらたらだった元カノに区切りをつける話。そんなダウナーな自分とはうらはらに世界は盛り上がって盛り上がって俺様置いてきぼりだけどなんか救われました、ていう心底ダメな話。ああ、これだ。なんていうか、俺は心底キモくて駄目でこれからも救われないかもしれないけどそこそこどうかなるかもよ、っていう曖昧な希望とともに終わる話。こんな女々しい話を心底マッチョに撮り上げてしまう、そんな繊細でなければできない力強さが、ビグローの力強さが好きなんだ。

と相変わらず熱暴走ぎみ。はじめて「逃亡者」を見る。職場の人間に怒られそうだ。しかしこれ、案外原作をトレスしているんですな。まるっきりオリジナルかと思ってたのに、医者は出てくるしジェラードの役回りはいるし片腕の男もいるし、で。とはいえ、長澤まさみタンのパートが心底話に絡んでこないのはどういうことなんでしょう。短かったし。あと、局内では「今日も揺れてるねー」とネタ化しているカメラ。あれどうにかならんか。長い玉で抜いているわけでもないのに揺れ揺れ。しかも単なる揺れ。手持ちっぽくない温い揺れ。ドキュメンタリータッチに全然なっとらんぞ。画質荒らすとか、情景にライブ感出すとか、望遠で抜くとか、あるいはフラッシュパンやクイックズームでハンディな感じ出すとか、そういう演出的前提が必要だろうが。仮構の現場の段取り、っていうものが。そういうのとワンセットでカメラの揺れはドキュメンタリーっぽさに貢献するのであって、ふつーの撮影機材で揺らしだけ取り出してもなんも機能しないというのがわからんのか。スプリット・スクリーンから見るに「24」を狙っているんだろうけど、「24」見てみろ、屋内じゃあんま揺れてないんだぞ。

うーん、なんか書くものに抑制がきかない。明日にはよくなっているといいんだが。というわけでこれから樋口コメンタリーのついた「ゴジラ対ガイガン」を見る。

09-13, 2004　トニー・スコット、イーストウッド

■妥協は朝飯前

相変わらずあたまぐらぐらなのだけど、仕事があるので会社に出てきた。帰りに〈Invitation〉の10月号を買ったのだけど、表紙が「雲のむこう、約束の場所」だったので驚いた。見ればアニメ特集。目次を見れば、contributorsのところに中森明夫とかとならんで、ライターになった押井さんの娘さんの写真が。あー、似てるかも似てないかも。鼻のあたりとか。

というのは目的ではなくて、蓮實重彦が「マイ・ボディガード」を誉めているので買ったのだ。アニメに対する記事は、なんというか、いまものすごく冷え込んでいると思う。需要はあるかもしらんが。新海さんの記事でのライターの文章に特徴的なノリが、今回の〈Invitation〉にかぎらず、現在のアニメに関する言説を、首を絞める真綿のような感じでやんわりと包んでいる。

たとえば、「雲のむこう〜」についての文章中に、こんなフレーズがある／『ほしのこえ』は主人公たちの恋愛は閉ざされていながらも物語は広かった」。ぼくの感じた（この文章の）気持ち悪さというのは、たぶん、ここに端的に表れている。「物語は広かった」だから何だと言うのか。この書き手は世界と自分とのあいだに多くの中間ステップがあることをさらっと忘れてしまったかのようだ。二極化した「ワタシ」と「セカイ」のあ

いだには虚無しかなく、そこをほっそい糸が直リンしている。むしろ、その「肥大した世界」と「閉じられた恋愛」の圧倒的なサイズの差こそが語るべき場所なのではないか。

このライターさんは「セカイ系」という括られ方を嫌がるだろうが、書いているものにはまぎれもない「セカイ系」の自意識の在り方が露骨なまでに表れている。「広い」物語など掃いて捨てるほどあるし、そもそも現実になんら根拠を持たないアニメという表現形式そのものが、「広い」世界を抑制を欠いたまま肥大させていく描写への欲望を内在しているんじゃないのか。

だからこのフレーズには、「セカイ系」の無自覚な指向がそのまま出てしまっている。あるいは、「物語は広かったが、主人公たちの恋愛は閉じていた」ならば、なんらかの意味あるフレーズになりえたかも知れない（とはいっても、語られ尽くした紋切りだけど）。しかし、その可能性ははじめから放棄され、そんな場所から、いまもアニメについてのことばたちは流通しつづけている。「雲のむこう〜」という作品そのものには興味があるけれど、それについて語られることになるだろう言葉たちがどれほど面白くなるかというと、いまから死屍累々、死臭ただよう湿っぽい風景が目に浮かぶ。

とかいう話をすすめるとドツボにハマりそうなのでやめておこう。ハスミンの「トニー・スコットを世界的に誉めようという運動」は着実に進行中らしく、この映画もまた「高度な活劇」としてハスミンは持ち上げている。のだが、なんだか読んでいると本当に誉めているんだかいないんだかわからなくなってくるハスミンギャグが文章のそこかしこでひっそりと炸裂しているので、「トニー・スコット誉めよう運動」が映画狂人の壮大な冗談であるような気もしてくる。

「ありとあらゆる凶暴な火器を動員して、犯罪組織の抹殺を平然と目論む。」という文章などは、妙におかしくて笑ってしまった。このひとのギャグセンスはこういう「文体」で行使されることが多い。「ありとあらゆる凶暴な」火器、とか、「平然と」目論む、とか、なんか説明し難いんだけど、ユルい笑いを誘ってくれません？

というのは単なるギャグなんだけど、文中にはさりげなく「妥協など朝飯前のトニー・スコットが」などと書いてある。ここで大笑い。「妥協など朝飯前」ときた。誉めんのかよ、それで！　フツーに読んだらぜんぜん誉めてねーぞそれ！

もちろん、誉めているのだ。妥協してもいい映画は作れる。そのいい例がスピルバーグでありイーストウッドだというのは、もう多くの人が納得するのではないか。ふたりとも猛烈な早撮りで知られているが（とくにスピはDPがカミンスキーになってから早い早い）、「ミスティック・リバー」のティム・ロビンス＆ケビン・ベーコン音声解説で、ふたりがこんなことを言っていた。

ショーン・ペンの娘の死体が発見された現場のシーン。その場面の最後のショットで、カメラはゆるやかに現場からクレーンであがってゆき、ミスティック・リバーとボストンの街を映し出す。そこで、じつは鳥の群れが一斉に飛び立つという演出がある予定だった。業者を呼んで大量の鳥を用意して（鳩だったかな）、しかし蓋を開けてみれば鳥はいっこうに飛び立ってくれなかった。

ふつうの作家なら、鳥が飛び立つまで粘っただろう。あるいはポスプロでCGIで足すことぐらい「朝飯前」なはずだ。しかしイーストウッドはどちらもしなかった。「鳥はよかんべ」、とあっさりその演出を放棄してしまったのだ。

どの種の妥協が映画を貧しくし、どの種の妥協が映画を豊かにするのか、ぼくにはよくわからない。「イーストウッドはもともと、そういう象徴的なビジュアル（つまりベタ）を忌避するから」とか「映像より役者の演出を優先する人だから」とかいった「あれは決して妥協ではない」根拠はいくらでもひねり出せるだろう（ちなみに、イーストウッドはCGが嫌い、という理屈は成立しない。「ファイヤーフォックス」「スペース・カウボーイ」を見ればわかるように、イーストウッドと特殊効果は妙に相性がいいのだ）。しかし、ぼくはやっぱりあれはある種の清々しい「妥協」だと思う。

最近の映画が退屈だとしたら、それは妥協によるのではなく、むしろ「妥協しない」ことが原因なのではないか、妥協しないことを許してしまう、制作体制の逆の意味でのユルさが問題なのではないか、と思ったりするのだ。

「妥協は朝飯前」という単語は、だからやっぱりトニーを誉めているんだと思うんだけど、それにしてもやっぱり笑える。

09-16, 2004　おらが村

■ヴィレッジ

はじめてこの人の映画を見るというのならともかく、いまさらこの天然なオッサンの作劇もとい「オチ」に期待している人などいないわけで、とくに「サイン」という奇っ怪な映画を通過してきた観客ならば、それはもう嫌というほどわかっているに決まっている。「オチ」ではなく、サスペンスでもない。なぜなら「映画の外」に溢れる映画外からの情報によって、我々はこの2時間という体験の大半をどのように過ごし、最後にどのような物語的操作が行われるか、嫌というほど知っているからだ。そのうえで「オチ」に期待する人はあまりいない。そもそも観客を驚かせようというのなら、当然だが「オチ」があることすら隠蔽しておかなければ意味がないからだ。だが我々は「ヴィレッジ」においてそのような仕掛けがあることを知ってしまっているし、そうなるとその「オチ」がどのようなものであるかは、ほとんどディテール、細部の問題であるということになってしまう。驚かされることを予期しつつ驚く人間はいない。

というところからこの映画の何を語れというのか。阿部和重は『映画覚書』において「ドキュメンタリー風の映像」によって醸し出されるリアリティを断罪した。その種のリアリティは要するに撮影技法の選択によって容易に獲得されるものにすぎない、と。かれはそれによってダルデンヌ兄弟の「ロゼッタ」を批判的に観つつ、その先駆としてのカサヴェテスや、現在進行形のフォン＝トリアーを、そのスタイルによって獲得される仮構のリアリティを超えた試みとして賞揚する。

シャマランの映画に特徴的なのは、一見してわかるカメラ、というか画面設計の端正さだ。ハリウッド映画らしくない、というかクラシックなハリウッド映画の匂いすら感じさせる落ち着き払ったレイアウトに尺。これがベストだという構図でズバリ物語を伝えてしまうストイックな的確さ。人物の位置関係の伝達を優先度においてはほとんど最低にしたうえで、複数のアングルを短い尺のカットで激しく切り替えることによって、総体として曖昧に伝える「不経済な」最近のハリウッド映画の潮流とは明らかに別の資質だ。

しかし、シャマラン映画に何本もつきあってきたぼくらは知っている。そうした「端正さ」すらも、阿部和重が指摘した疑似ドキュメンタリー性と同じく、単なるスタイルとして容易に獲得できるものなのだと。そこに至って端正さは単なるネタと化し、「どうしようもなくくだらないネタを、伊武雅刀のイイ声が端正に語る」ような（妙な喩えで申し訳ない）笑いを生むわけなのだ。

「B級映画のネタをやたら端正に撮る」これはネタなのかこのインド人のおっさんの天然さなのか。それを判別することはぼくにはできないけれど（後者の方が状況としては面白いのだけど）、そのスタイルの不釣り合いさがマックスに炸裂してしまったあげく、心ある映画ファンの至極真っ当な怒りを買い、もう二度と映画が撮れないんじゃないだろかこのオッサン、いやそうでなくてもこれが冗談だとわかったらキリスト教原理主義者に殺されるぞ、というほどグロテスクに不釣り合いになってしまったのが「サイン」だった。これはほんとにびびった。オチではなく、物語でもなく、この物語がこんなふうに語られていいものだろうか、という作り手のあまりの面の皮の厚さにビビったのだった。だって、バットだぜ。バット。ホアキンまじ飛び退きだぜ。ホアキン矢追映像観てまじ恐慌だぜ。そんなどうしようもなくネタ臭い状況をカメラはあくまで端正に、通常の物語が進行しているかのごとく、平然ととらえているんだぜ。

というわけで、シャマランの新作もまた、「ネタを端正に語る」シャマランのパタンを楽しむものになるか、と思いきや、今回はネタそのものが映画の中でネタ化されているという二重の段取りを踏んでおり、今回はそこが微妙なのだ。ネタがネタ化されたとき、そこに生まれる奇妙な客観性が、端正な語り口と至極あたりまえのバランスをとってしまうのだ。

つまり、この映画はネタがネタではない。ネタは物語の中ですでに相対化されてしまっている。観客がネタを相対化する余地は残されていない。その結果、まっとうな物語と、撮影を含む語り口とは、ごくごくつまらない調和を保ってしまった。要するに、この映画はフツーなのだ。シャマランの静かに狂っている感じが楽しかった自分にとっては、この映画でシャマランは自分の最大の武器を封じてしまったように思える。

というわけで、この映画はシャマラン映画としてはあんま面白くない。が、シャマランの新たな展開を見せる映画であることも確かだ。彼が、女優をこれほど奇麗に撮ることのできる監督だとは正直思わなかった。いや、これに関してはシャマランというよりはコーエン作品でおなじみのDP、ロジャー・ディーキンスの力によるものかもしれんですが。

とにかく、ブライス・ダラス・ハワードなのだ。

シャマラン映画としてはおもろない、が、彼女をひたすら見せてくれるというただ一点においてこの映画は偉大である。この映画の中における彼女はひたすら美しく撮られ、ひたすら可憐に描かれている。なんというか、幸福なのだ。幸せなのだ。萌えというやつだ。今年見た映画の中で彼女がいちばん萌えた（いまんとこ）。

という、この一点においてこの映画は偉大だ。最近映画を語る語り口が萌えだとかかわいいだとかそんなんばっかで自分でもどうかと思うが、やはり年をとると自分に素直になってくるもので、そればっかりは仕方がない。決して「美人さん」ではない。んが、この映画のブライス・ダラス・ハワードは最強に近い。たぶん単体で、あるいは他の映画でこの女優さんを見ても「ふ〜ん」だったろうと思うが（ドッグヴィルの続篇でニコールの後任になったらしいですね）、この映画の物語とキャラクター設定は、ひたすら彼女を美しく、可愛く撮るためにあるのだと思う。この映画は彼女を見るためにあるのであって、それ以外の機能は存在しない。現に、前シャマラン作品に引きつづいて出演のうえ、クレジットで主席のはずのホアキンのヘタレというか存在感のなさっぷりは、それ以外に説明がつかない。「打て！　メリル！」のホアキンがこんなに存在感が薄くていいはずがない。

というわけで映画はひたすらどうでもよかったが、俺は彼女を観に行くためもう一度劇場に足をはこぶことにする（ええ？）。

09-26, 2004

■スパム文学

ついに、うちにも有名な大石メールが来た。


はじめまして。大石オブジョイトイと言います。

セックスフレンドを募集されていましたが、もう締め切りましたか？　まだでしたら、ぜひなってみたいと思っているのです。近い処に住んでる人ですし、とても気になったので。

簡単なプロフを、自己紹介をします。

名前は早苗ですが、友達からはオブジョイトイと呼ばれています。

しゃべり方や文章が日本人じゃないなんて言われて、そういうあだ名になったのです。

ですが、日本人です。

あと、顔とかしぐさが、エロいらしいってのもあるのです。

自分でも、オブジョイトイと名乗るようにしています。

歳は21歳です。今までの男性経験は、14人です。

オブジョイトイ、セックスが好きで、趣味です。

趣味は趣味と割り切ってるので、風俗で働こうという気持ちはありません。いまは空間デザイナーの見習いをしています。

それからオブジョイトイ、ちょっとMッ気があります。

ここまでで、もし希望するセックスフレンドじゃないと感じたら、そのまま無視してください。

お返事いただけたら、もっと具体的なことを決めていきたいです。私の画像も送ります。

いきなり送ると、ウイルスかと思われそうなので。

オブジョイトイでした。


何度読んでみても面白すぎるのだけど、特に、名前は早苗ですが、友達からはオブジョイトイと呼ばれています。
しゃべり方や文章が日本人じゃないなんて言われて、そういうあだ名になったのです。
ですが、日本人です。

のあたりが凄すぎる。ジョイトイ、ではなく、オブジョイトイ、とくる感性は並み大抵のものではない。日本人っぽくないとなぜオブジョイトイになるのかもよくわからない。
前から思っていたのだが、これは出会いサギとかスパムとかそういうものを超えた、一種の自己表現の形態、新たな文学の形式なのじゃないだろーか。いうなれば、スパム文学とでも名付けるべきたぐいの。不特定多数の人間に強制的に送りつけられるポエム、出会い系を装った文学。こういうのを読んでいると、自分もこういうのが書きたくなってくる。面白すぎて。

10-03, 2004　地獄くん

■地獄くん
邪悪。
宇宙の深淵に、それは存在する。その目覚めは世界の終焉を意味する。あらゆる既知宇宙に邪悪がまき散らされ、そこからは誰も逃れることはできないだろう。

名状し難き邪悪に、太古の人々はこう呼んだ。

オグドル・ヤハド、と。

大戦の趨勢は連合国に傾いていた。ナチスドイツと連合軍の闘い。当初はヨーロッパを制したヒトラーの軍勢だったが、ブリックリークの勢いも今はなく、44年6月、アメリカ、イギリス、その他の軍勢からなる連合国軍はノルマンディーに上陸した。8月にはドイツ軍の手からパリが解放され、この大戦の行く先は誰にとっても明らかなように見えた。

しかし、ヒトラーは、ナチスは起死回生の手段を手中に収めていた。上流階級に多くの会員を持ったオカルト団体・トゥーレ協会。その政治セクトとして発生したのがほかならぬナチス党の前身、ドイツ労働者党だった。そして44年10月9日、ナチス・ドイツの特殊部隊がスコットランドの朽ちた教会に、巨大な装置を据え付けていた。その装置を操る者の名はグレゴリー＝イェフィモヴィッチ＝ラスプーチン。ロシアはニコライ王朝に取り入って放蕩の限りを尽くし、反対派に暗殺されたはずの怪僧だった。

そして、その装置が起動しはじめた。電撃が走り、空間が引き裂かれる。そこに開いた「ポータル」は、宇宙の深淵のとある領域とリンクしていた。真の邪悪、邪悪をまき散らすもの、邪神オグドル・ヤハドの封印された領域へと。

しかし、連合軍もまた、ナチス侵入の情報を摑んでいた。ルーズベルト大統領の超常現象問題担当大統領補佐官、トレバー・「ブルーム」・ブルッテンホルム博士とアメリカ軍のコマンドゥ部隊が、ナチスの儀式を急襲した。トゥーレ協会現会長にしてヒトラーのトップ暗殺者、カール・ルプレクト・クロエネンの凄まじい身体能力により、アメリカ軍は多くの犠牲者を出したものの、結局ラスプーチンは自らが開いたポータルに、異界の門に呑み込まれてしまった。邪神の降臨は未然に防がれた……はずだった。

しかし、領域は開いていた。ほんの数分ではあっても。

そこからこちらの次元に、漏れ出てきたものがあった。

邪悪のかけら、混沌を呼び出す片鱗が。

教会の片隅に、それはいた。まるでこちらの世界に怯えているように、ちいさくちいさくうずくまっていた。実際、それはちいさかった。それは子供だった。邪悪の逃れ難い刻印であるかのようにその身は赤く、人でないことを刻み付けられたかのように角と尻尾を持ち……しかし、それは子供だった。それを殺すことは、だれにもできなかった。

こうしてブルーム教授は、望まれない子供の、予期せぬ父親となった。

彼は名づけられた……地獄の子供、ヘルボーイ、と。

そして21世紀初頭。つまり現代。

ジョン・マイヤーズはルーキーのFBI捜査官。彼が異動を命ぜられて向かったのは、およそ政府機関らしくない、郊外の奇妙な建物だった。この日から自分の職場となる世界、しかし地上の建物部分はフェイクだった。巨大なリフトで地下の秘密基地へと導かれたマイヤーズ……そこで彼が目にしたものは、英語を喋る半魚人だった。

いったいこのけったいな空間は何なのだ。困惑する彼の前に、年老いた男が現れた。彼こそがこの機関、超常現象調査防衛局（BPRD）創設者、トレバー・ブルーム教授だった。

ヒトラーはオカルトの力によってユーロを制した。38年、ヒトラーは「ロンギヌスの槍」を手に入れた。キリストの磔《はりつけ》、その今際《いまわ》に脇腹を突いたとされる槍。その聖遺物の力が導くまま、ヒトラーはヨーロッパの全土をわがものにしていったのだった。43年、ルーズベルトは「このやりくち」への反撃を決意した。若きオカルトの権威・ブルーム教授のもと、超常現象調査局は設立された。闇の世界、オカルトの領域における戦いは長きに渡り……1958年、ヒトラーの「ほんとうの」死によって終りを告げた。ドイツが降伏してから、じつに13年後のことだった。

その後も超常現象調査防衛局の活動は続いた……人知れぬ領域で、こちらの世界に「とびだしてくる」闇を「ひっこめる」闘いの最前衛として。

ヘルボーイ。トレバー・ブルーム博士を父として育った魔界の子供。

かれこそがその戦いの頼りだった。

ひさしぶりに長えあらすじ書いた。てか書きたくなった。

アメリカ映画にしては（といっちゃ失礼だけど）オタク向けのネタが満載。ナチとオカルト、といやインディ・ジョーンズが有名ですが、まあそうでなくとも結構ポピュラーなネタではあります。「現代史の陰で展開したオカルト戦争」というノリは、我々オタクにとっては馴染み深いネタでありましょう。荒俣さんの『帝都物語』とか大塚英志の『木島日記』『北神伝綺』。現代の闇で、というノリならとり・みきの『石神伝説』や星野之宣『宗像教授伝奇考』などなど、この種の「歴史・あるいは国家（に代表される『現実』）の陰にあるオカルト」というのは日本では大人気のジャンルであります。映画で言うと「ガメラ3」がその手のネタを使っておりましたね（「日本の根っこにつながる」エージェントが怪獣と戦う、という話だからなあ）。

この映画はそうしたもののいわば欧米版、ということで、トゥーレ協会やらラスプーチンやらロンギヌスの槍やらツングースカ隕石（「トゥングスカ」って字幕はないでしょう～林完治さん～）やらといったネタをエッセンスとして用いた、ちょっと毛色の違うアメコミ映画です。

……とか説明的に書いてるけど、俺、原作ファンなんだよな。

というわけでいろいろ文句はある。原作を過剰に期待していくと絶対裏切られる。まず、ヘルボーイのキャラの立たせ方が全然違う。原作のヘルボーイはまず、恋なんかしない。

映画では思いっきり思春期なある意味わがまま中坊として描かれているヘルボーイだけど、原作のヘルボーイは（ぶつくさ愚痴垂れる点はいっしょなものの）「俺は俺だ」と自分の生き方を守り、しかし仕事はきっちり果たし、義理人情に篤く、仲間を大事にしつつそれがちっとも嫌みじゃない、ナイスガイだ。原作ではヘルボーイは魔界の誘惑に屈したりしない。「俺の人生だ、やりたいようにやらせてもらわあ」といって彼は自分の角を、魔界の王子の証《あかし》たるその角を折る。

しかし映画のヘルボーイは迷いまくる。彼は恋に悩む。彼は周囲に多大な迷惑をかける。映画のヘルボーイはかなり不完全な、過剰に「人間的」なキャラとして描かれている。だから、この映画は当然ながら「原作とは別物」として見たほうがいい。そう思って見れば、これはかなり楽しい、まじめにつくられた映画だし、ネタのはさみかたも気が効いている。実際のオカルトネタを随所にはさみつつ、実は根っこにあるのはフィクションネタ――ラヴクラフト神話だったりする。

こういう「ディテールの埋め方」が、娯楽映画としては嫌みにならない程度ではあるけれど、しっかり「わかっている」感じで行われていて、そういうものに馴染み深い日本のオタクである自分はそれがけっこう楽しかった。逆に言えば、そういうネタがなんのことやらな人には、そういう楽しみは得られないということ。

たとえば、序盤にこういう場面がある。ブルーム教授が新入りの捜査官に超常現象調査局のことを説明している場面だ。「……そして、オカルトの戦いは1953年、ヒトラーの死とともに終りを告げた」すると新人が言う「ヒトラーが死んだのは1945年ですよ?」するとブルーム教授は微笑み「そうかね?」と言うのだ。

　こういうのは本筋とはまったく関係ないのだけど、ぼくはこういう台詞を見ると嬉しくなってしまう。「ぼくらの知らない、歴史の闇の戦い」という、ぼくらボンクラなオタクには馴染み深いネタが広がるからだ。

　でもそういうのはやっぱり枝葉末節で、映画としてはどうよ、ということになるのだけど、誰もが書いているとおり、後半、モスクワに行くまではすごくいい。とくに、邪神が目覚めた世界のヴィジョン、黙示録の風景ははっきりいって痺《しび》れた。壮大すぎてなんだかわかんない存在、というのがチラチラと見えるのは気持ちがいいものだ（「失われた聖櫃」のラストで、それまでは一切なかったわけのわかんない力が炸裂し、善悪を超越した畏怖の対象、純粋な力、わけわかんないもの、としての「神」が垣間見えたような、そういう快感だ）。あれ、映画の話といいつつ、なんだか俺のかなり狭い物語的嗜好を語っているような気がするな。まあいいか。

　あと、字幕ではいまいち伝わりにくいんだけど、「まことの名」というやつがこの映画ではけっこう重要なファクターで、そのへんもオカルトネタとしてわかっている感じで好感触。この「まことの名」にからめた中盤のクライマックス（「どう呼べばいいかは知っている」）ではちょっとホロリときてしまったですよ。ジョン・ハート、うまい。

セルマ・ブレア演じるリズ・シャーマン。これが文系ボンクラ少年（がそのまま大人になった始末に負えない連中include俺）のハートをがっちりつかむ暗そうな女性。眼とかその下のクマにただよう物凄い物憂げな空気が萌えゲージマックス。

あとエイブラハム・サピエン（「サピアン」じゃないでしょ〜林さん〜）。外見に似合わない理知的な喋りかた（ああ〜たびたび字幕文句で申し訳ないけどやっぱこいつの一人称は「わたし」でなく「ぼく」にしてほしかった〜）とユーモアにキャラ立ちまくり。後半出ないけど。

と、キャラ立ちとオタクネタだけで上映時間をもたせているような強引な映画ですが（脚本的にも放置気味の要素が多々）、映画なんてそれだけでええんじゃ！　という心正しきオタクのみなさんは映画館に行くとヨロシです。俺？　オタクですから。

10-16, 2004　3連ファンタ

■ドゥナドゥナ

生ペドを見てきたのだった。

といっても別にロリペドのペドではなく、なんとなくペ・ドゥナたんをペドと略してみただけなんだが、あらぬ誤解を受けそうなのでやめておく。というわけで金曜は会社を出

たあと新宿へ直行して行ってきましたよファンタ。東京国際ファンタスティック映画祭。金曜は「TUBE」「ボーン・トゥ・ファイト」「ガルーダ」「リザレクション」というラインナップ。「TUBE」「リザレクション」は韓国映画、「ボーン・トゥ・ファイト」「ガルーダ」はタイ映画でごんす。

とはいえ、ミーハー伊藤の今夜の目的はペ・ドゥナたんの御尊顔を拝してくることであるわけで、ステージに出てきましたよドゥナたん。肩が開いてますよドレス。ていうかでかい。でかいんですよドゥナたん。いままで映画の中の印象しかなかったんですが、司会（だれだっけ）よりもいとうせいこうよりも通訳の人よりもステージにあがっていた男の誰よりも背が高い。肩幅広い。「ほえる犬〜」とかの印象しか知らない人が見たらびっくりするようなガタイのよさ。でもいいのだ。かわいければすべて許される。映画では。

■「TUBE」

で、ドゥナたんが主人公の刑事に密かに恋をするストーカーぎみ（部屋に侵入して掃除をする！）の女スリを演じた「TUBE」。韓国版「スピード」と言われておりますが、いろんなハリウッド映画をリファレンスした、ぶっちゃけ節操のない映画になっております。映画としては、正直駄目な部類に入るでしょう。恥ずかしいダイアログの使い方、恥ずかしいうえに上手くいってない回想シーンなどの編集。よくないです。類型キャラがたくさん出てきますが、類型によって得られる面白さも経済性も発揮してないので、たんに類型の恥ずかしさばかりが眼についてしまいます。ただ、主人公の刑事とか犯人とかよりも、危機に際して地下鉄網をなんとかしようとする地下鉄管制室の室長が、メガネで線の細い中年な外見に似合わず、「アポロ13」のユージーン・クランツ主席管制官ばりの男萌え能力を発揮しており、そこが見どころといえば見どころです。

俺？　いや、今回恋するドゥナたんだし。泣いてるとこ見られるし。それで充分。

■「ボーン・トゥ・ファイト」

前情報がなんにもなかったので、ド肝抜かれた。何が？　最初の30分の展開が。のっけから激しいアクション。オトリ捜査が一転ピンチになってアクション、という王道のプロローグ。これがすさまじく体張ったアクションで、走るトラックから落ちる落ちる。で、「バッド・ボーイズ2バッド」でハリウッドがやってた「ポリス・ストーリー」の完コピな、斜面のバラック村大崩壊なカーチェイス。

とはいえ、正直、「マッハ！」で我々は命が安い国にだけできる映画がある、というのをすでに知ってしまっているわけで、うーん、どうだろう。確かに命はってるんだけど、それだけじゃ……という感じがしていたのでした。

とおもったら、主人公の刑事はスポーツ選手の妹について行って僻地《へきち》の村の慰問。ボランティア。この場面にまずびっくらこいた。アクション映画の予感がまるでない、政府広報のようなボランティアの点描。ドラマが停滞。にもかかわらず登場人物ボランティアしまくり。毛布配りまくり。「寒いでしょう」とかいいながら延々と毛布配る。人形とか子供に配りまくる。和《なご》む。すさまじく和み過ぎてこの映画がなんだったか忘れかける。というかこの映画俺何か知らないし。とにかく異様に和みシーンが延々と続き、ちょっと粗暴な村の若者が、思いを寄せる村娘とボランティアのスポーツ選手が仲良くしているのを怒って喧嘩したりする。和む。この和みかたが異様すぎる。

そこへ、きわめて唐突に軍隊登場。村人バッタバッタ。ジェノサイド。ハリウッドみたいに威嚇とかしない。もう「ヒィーハハァー」状態で虐殺天国。村制圧。ハリウッド映画とかに慣れていると、ここが無茶苦茶ブルータルでびびる。だって、政府に要求とか出してネゴシエーションとかうまくいかなかったとき、ふつうは1人ずつ人質殺していったりするじゃん？　この映画そういうことしない。「われわれをナメるとこうだ」といってAKで6人単位で射殺。もうプライベート・ライアンとかシンドラーとかそういうレベルじゃない。とにかくエクスペンダブルに村びとがバッタバッタ。

「マッハ！」で、「命が安い土地だからこそ」できる映画がある、といろいろな人が思ったものだった。しかし、どうやら作劇の上でもそうした感覚は生きているようだ。本当に虫けらのように村びとが殺されて行く。アメリカ映画だったら、日本映画だったら、1人の人質をテロリストが殺すまでに、ありとあらゆるドラマ的なタメを作って、この人が理不尽に殺されるのは現代文明にあってはものすごい大変なことなんです、という感じにある程度したうえで、やっとこさ1人殺され、観客は悪役に対する怒りをもたされる。この映画はそんなことはしない。ドカドカ死ぬ。この「エロス＋虐殺」ならぬ「和み＋虐殺」のコントラストがヘンすぎて、ここ最近の映画ではひさしぶりにびっくらこいた。なんなんだこれわ。

で、刑事が1人逃れたところで、まあいわゆる「ダイ・ハード」パターンの映画か、と思っていたら、この映画、最後は戦争映画に突入するという、予想の斜め上30度を行く展開にもう一回びっくり。

タイってヘンな国だ。ちなみに、この映画はゲッベルスもびっくりのゴリゴリな国威発揚映画でもあり（村人が銃撃戦の中、国旗を掲げて走る！）、そこがまた「ヘンなものを見た」という感覚を強めてくれて、とにかく奇妙な映画を見てしまったとしか言い様がないです。スタントがすごい、とはまあ、確かに言えるかもしれませんが、そういうのは「マッハ！」でもうおなかいっぱい、別に驚きはいまさらないです、正直。しかし、この映画にはそうしたスタントがどうとかいう以前の、異文化に触れてしまった衝撃があります。ヘンな映画みたいひとにはオススメ。すごいヘンです。

■「ガルーダ」

ガルーダ、というのはガルーダ、ヒンドゥー教のガルーダです。まんまです。というわけで、ついにタイ映画からもきましたよボンクラが！　え、「マッハ！」ってボンクラ映画じゃないの？　って、あなた。あれは「ボンクラ（なぼくら）が見たかった映画」であって「ボンクラが作った映画」じゃないでしょ。しかし、これの作り手は間違いなくボンクラです！

劇中では設定がイマイチ不明瞭なのですが、美少女（というか大学生だけど）研究者が首から重要アイテムの爪の化石を下げている、というのが勾玉感醸し出しすぎ。伝説のガルーダが現代に蘇り、とゆーお話ですが、中身はまるごとモンスター・ムービー。そういうの専門の極秘特殊部隊、という設定もシンパシー倍増。仲間が次々とやられ、隊員から飛び出す絶望のセリフ「相手は神なんですよ！」などは、妄想俺設定中学生を経てきたボンクラでなくては書けぬ、あまりに親しみ深い感じではないか。

しかも、この映画は後半、モンスター・ムービーから突如、怪獣映画にシフトする。あ、こいつはボンクラだ。タイにもボンクラがいるんだ。という確信はここにいたって決定的なものとなる。軍隊出撃。市街戦。怪獣映画ですよみなさん。バンコクで怪獣映画ですよ。ギャオスですよ。

まあ、あまりにあっさりしたオチはげんなりしますが、それでも、世界中にボンクラはいるんだ、ということを、その魂の存在を確認したい方は、新春にDVDを見てみたらいかがでしょうか。「伝奇→モンスター→怪獣」という、あまりに馴染み深い流れがタイにもあるんだ、ということを知るのも、そう退屈なことではないと思いますよ（映画としてはどうかとは思ったのも確かだけど）。

■「リザレクション」

翌日（てか今日）の秘宝イベントを考えると、睡眠の必要から鑑賞は断念せざるを得ませんでした。未見。舞台挨拶にきた主演の女の子（イム・ウンギョン）は可愛かったんだけどなあ。残念。

10-17, 2004　ファンタ（その2）

■ファンタ三昧

というわけで金土日とファンタに参戦してきたのだった。といっても日曜日は実は予定に入っていなかったのだけど、映画オタクとして相当にツワモノであるところのあるお方から、チケットがあまったのでどうですか、とありがたいお言葉をいただきまして、「まんがまつり外伝」にも参加してきたのでした。なんでこのお方が招待券を持ってるのかしら、と思ったらコナミが協賛してて会場にスネークイーターのムービーデモがあったりしました。なるほど。

■ジャッカス

というわけで秘宝。例によって。

ようやく日本公開が決まったジャッカス・ザ・ムービー。コメント不能。御存知ない人は（あまりいないと思うが）、ジャッカスでぐぐるとよろし。

これこそまさに観たあとで何か言うような類いの映像ではないわけです。びっくりカメラとか電撃ネットワークとか観たあとで何も言うことがないのと同じ。危険度とか尋常じゃないけど。ただ、リアクションの薄い観客が一般的な日本という風土にあっては、一般公開で近所の劇場で反応の悪い客とこじんまりと見るよりは（そういう見方が悪い、というわけではございません。ただ、この映画ではそれはツライ）、こういうイベントで満員の劇場で、みんなでゲラゲラ笑いながら、ポテチかなんかぱくついて観る、ってのがいちばん正しい見方のような気がします。つまり、このファンタの、秘宝読者というある特定の傾向があるメンタリティの持ち主が多く集まった環境での上映は、この映画にとってはいちばん幸福な形態だったんじゃないかしら。

■「ヘブンズ7」

またタイ映画。意図せずして、今回3日のファンタで観た映画の半分がタイ映画ということに。

なんというか、ユルいテンポのコメディ映画。会場の反応は今一つのようでしたが、実は自分、これ結構好きです。オフビートというよりは間の取り方を間違えただけのような気もしますが、しかしこのユルいムードとベタベタでありつつも我々の感覚とはちょっとズレているギャグとか、ウェスタンへの愛に溢れたマカロニぶりとか（というか基本的に全編ウェスタンです、これ）、ニコニコしながら観てました。スケッチブックギャグが最高。

基本的にアクション・コメディなんですが、プロットはベトナム戦争を背景に、米軍がタイに持ち込んだナパームを、お宝だと思い込んでいる連中が奪いあう（これ、冒頭で明かされるのでネタバレじゃないです）という「勘違いお宝争奪」の正しいマクガフィンっぷりが、知性というか「映画的な真面目さ」を感じさせてくれて、少し感心しました。

■16日「まんがまつり外伝」

上映前にミラノ座の前で某氏を待っていたら、となりに「ゴジラ・モスラ・キングギドラ」の特技監督だったり「アヴァロン」の助監だったり「ガメラ」の樋口組助監だったりする神谷誠さんと、「ガメラ3」や「GMK」の特技撮影だったりする村川聡さんがいたのでびっくりしました。ま、樋口さんがゲストだし。

しかし、樋口さん（と庵野さん）がゲストということで期待していた「ローレライ」のフッテージ上映とかは無かったです。残念。

■「ガンマー第3号 宇宙大作戦」
深作のSF、というとあの（笑）「宇宙からのメッセージ」なわけですが、SF映画としては「宇宙からのメッセージ（78年）」の10年前に撮られたはずのこの作品（68年）のほうが、まっとうなSF映画になっているのには驚きます。もちろん造型とか造型とかそういうものは時代とか予算とかあって「宇宙〜」よりもはるかにさみしい出来ですが、スター・ウォーズをパクろうとして真田広之が宇宙暴走族役で登場するというものすごい事態になってしまったあの映画よりは、シンプルなプロットが功を奏して簡潔で経済的なモンスター映画になってます。

『「エイリアン」の元ネタ』とか司会のショッカーO野さんが言ってたので「それはフカしすぎだろ」とか思っていたのですが、惑星でモンスターを（意図せず）拾って宇宙ステーションが惨劇の舞台になる、とか、惑星から帰ってきたあと指揮官と副官が検疫をめぐって対立する、とか確かにカブる細部がかなりあり、上映が終わる頃まではすっかり「オバノンはこれ、ひょっとしたら観てたんじゃないかしら」という気分になってました

（まあ、よくあるネタなのでただのカブりだというのがほんとのとこだとは思いますが）。

■東映版「スパイダーマン」

チェンジ！　レオパルドン！　なわけですが、わたし、いちおう子供の頃これ観てた記憶があるんですが、すっかり忘れてましたよ、レオパルドンに変形する前、このメカは「マーベラー」って言うんですな（爆笑）。オリジナルとまるで関係のない話だから、マーベルに申し訳ないとか思ったのかしら。しかしそれにしてもマーベラーはねえだろう。

しかし、これ今の特撮番組じゃ考えられないアクション満載。ロープで屋上からスタントを吊るして、うまくロープが見えないアングルを選びつつ、壁に張り付いているという映像は、いまじゃ危険すぎて絶対にできません。これはすごいっす。

10-23, 2004　キャシャーンがやっちゃったので俺はどうすれば

■「CASSHERN」ってなんだったのだろう

自分が劇場で観たものはいったいなんだったのか。恐ろしく下手っぴいな映画を観た気もするし、恐ろしく愚直で正しい映画を観た気もする。よく憶えていない、というのが正直なところだけど、それを確認するためにもう一度観てみることにした。というわけでDVDを観る。

〈サイゾー〉のインタビューは言い訳でも何でも無くて、たんなる（制作前から覚悟していたことの）ぶっちゃけである、というのは、ロフトプラスワンで脚本家の佐藤大さんが言っていたことを考えるに、正しいと思う。脚本家チームが「ここは台詞で言わないほうがいい」「台詞で説明すると嫌がられる」「アクションで示したほうが」と書いてきたものをすべてダメ出しして、全部言わせるように、とこの監督は逐一（「台詞で語らない」方向であるパートが書かれるたびに）ダメ出ししていったそうだ。そのほうがスマートな（そして常識的な、美しい）ラインであることをがっつり承知で、しかしそういう「普通の映画」としての方法を、この映画の監督はとことん嫌悪していた、というほかない。

「CASSHERN」に対する否定意見を読んでいて、大体の部分では「そうだよな」とうなずきつつ、しかし心のどこかではなんか嫌な感じがしていたのだった。たとえばこの映画を「幼稚な主張」と斬りつつ、「マッハ！」とかゾンビ映画とかいったボンクラ系映画を誉めていたり（俺もそうだ）、大体、この映画の言っていることってそんな「幼稚」なのか？　という気がしていたのだ。

言いたいことをそのままストレートに言うこと、それはカンフーに憧れたりボンクラ引きこもりが救世主になったりする物語と同じところに根っこを持つ「中坊っぽさ」だったはずなんじゃないか？　ゾンビ映画を観ること、カンフー映画を観ること、そういう「中坊っぽさ」はオッケーで、なんで「言いたいことをストレートに言っちゃった」中坊っぽさはダメなんだ？

まあ、単純に言えば「かっこわるい」という理由になるのだろう。しかし、ある種のボンクラを認め（それは〈映画秘宝〉のボンクラぶりだ）、ある種のボンクラ（つまり、キャシャーンの青臭さ）を認めない、それは書き手がある種の「文脈」、映画を語るときのいやらしいスタンス、「サブカルチャーの殿堂」に列せられた「安全圏のボンクラぶり」で戯れることの（そう、たぶん「秘宝」的なものはある種のぬるま湯的なコミュニティ、所属することの安心を保証する防護壁になりつつあるのだ）、安心感を守り抜くための「選択」でしかないいんじゃないか。


だって、この映画は間違いなくボンクラ映画なのだもの。この映画の醜さは、ボンクラの妄想が持つ醜さであるはずなのだもの。それを心地よく見せてやれば「マトリックス」や「ファイト・クラブ」になり、醜く見せてしまうと「CASSHERN」になる。見返してみて、はじめてそのことに気がついた。それは遅すぎる認識なのだけど、たぶんあのときはぼくにも「ボンクラの選別」というスノッブ的で矮小な気取りがいささかなりともあったんだろう。だから「かっこ悪いボンクラ」であるこの映画を、ぼくは「通常の判断」を下して、多くの観客と同じく「ダメ出し」をしてしまったのだろう。

カッコ悪いものはカッコ悪い、カッコよくない映画は罪悪だ、と、それはまったく正しい。だが、遺憾極まりないことに現実世界の俺はまったくカッコ悪い。醜い。生まれてすみません。写真家でウタダの旦那でいらっしゃるキリキリはまったくもってカッコいいスカした勝ち組であろうとは重々承知しているけれど、少なくとも映画監督という局面に限っては恐ろしくカッコ悪いボンクラだ。

ようするに、この映画に対して感じたものは、そのまま自分（文字どおりの自分。あなたがどうかは知らない）が有する醜さ、カッコ悪さだったんじゃないか。だから下手なものをわざわざ下手だと解りきっていることを書いて否定しなきゃならなかったんじゃないか。だってよくよく考えたら、この映画、ぜんぜん反戦映画の体をなしていないんだもの。皆が戦争はよくないね、愛が大切だね、命は大切だね、っていいながら、そのおおまかな正しさのなかのディテールの違いがものすごいことになってしまって、その主張そのものが戦争になってしまって、だれも止められません、もうズブズブですわ、って話なんだもん。これがどうしたら「戦争はよくないね」って話だと受け取れるのかしら。言いたいことを言っているだけ、そうだろうか。「テーマを台詞で語ってる」そうか？　いろんな人物にその「テーマ」を語らせた結果、それぞれは監督という1人の人間から思考されたものであるにもかかわらず、おたがいにコンフリクトしてテーマそのものは崩壊してるじゃん。登場人物は（悪役ですら）それぞれが微妙にまっとうなことを語りつつ、でもやっぱダメですわ、そういう話じゃん。「言いたいこと」が破綻してく話じゃん。「戦争は良く無い」そんな一言でぜんぜん回収できてない話じゃん。

　というわけで、やっぱこの映画はダメなのだ。ダメなのだけれども、そのダメさを語ることはそのまま自分の中坊的ダメさをさらけだすことにすぎず、このダメさをダメだと処理しているというのはある種の逃避にすぎないのだと思う。オタクでない人がこの映画を観て「ダメだ」というのはよくわかる。ていうかそうすべきだ。だけど、オタクが「キャシャーン」を否定する場合、それはぼくにはどうしてもある種の無自覚な自己言及にしか見えない。キャシャーンのダメさは、ぼくのダメさだ。そしてそれがどうあがいても肯定できるものではないと知っているゆえ、同時にまた、キャシャーンも肯定できないし、やっぱりダメなのだ。

　愛すべき、決別すべきダメ風景。キャシャーンをきっぱりと否定することのできるオタクは、強いオタクであり、自己愛、醜いナルシシズムから決別できた人なのだと思う。そうでなければ、無自覚であるか、のどちらかだ。

　俺はまだそこまで行ってない。がんばる。がんばるよ母ちゃん。

10-30, 2004　エースコンバットと冷戦

■エースコンバット5／ジ・アンサング・ウォー

　熱で家から出られなかったんですが、そんな体調にもかかわらず横になりながらエース

コンバット5やってます。てかやりすぎて幻覚が見えるようになりました。レチクルが視界にかぶってくるのです。注視対象に四角い枠がつくのです。眼がHUD化してきました。

各国の戦闘機が幕の内状態で節操なく選択できる、といういままでのシリーズの基本仕様を別にすれば、今回はなんというか、エースシリーズではじめて現実世界の意匠を露骨に使用したものになっている。このゲームの架空の世界での、それぞれの国の経済がどうとか政治がどうとかいうのは当然のことながら一切出てこないのだけども、オーシアにアメリカ的意匠を、ユークトバニアに共産圏的意匠を、それぞれ露骨に適用している。

エースコンバット5の舞台は架空の世界だ。んが、いま、この米ソ（だってオーシアの国家指揮権限者（NCA）は「大統領」で、ユークは「首相」なのだもの）になぞらえられる2大スーパーパワーが戦争になだれ込む世界の危機、という物語は「今」の物語ではない。公式な戦争、公式な軍事力、という局面においてはアメリカがイラクを一方的にタコ殴りにしてしまう「つまらない戦争」。そして非公式な戦争、非公式な軍事力においてはどろどろの消耗戦、一般市民をまきこんだユビキタスな戦場の「描きにくい戦争」。

そんな現代の戦争の構図からすると、2大国が戦争に突入していく今回のエースコンバットの物語は、えらくアナクロだ。しかしそれはこのゲームの物語が時代遅れの遺物であることを意味しない。むしろこれは現代的な物語なのだろう。ノスタルジーとしての冷戦を楽しむ、そうした「ガーンズバック連続体」的な感覚。

なぜそんなふうに思ったのかと言うと、ぼくは、空母というのは優れて80年代的な意匠ではないか、と思うのだ。それはたぶん、トニスコの「トップガン」の呪いのせいだと思うのだけど、90年代の戦争をイメージするとき、それは湾岸戦争でありソマリアでありユーゴでありコソボだった。ここに空母の居場所は（あまり）なかった。勿論現実に行われた戦争は、空母の居場所がないなんて、そんな馬鹿なことないのだけど。

空母には80年代のイメージが張り付いている気がする。そしてそんな空母を軸に展開する今回のエースコンバット5は、そうした80年代に訪れなかった全面戦争のファンタジーとして、いまノスタルジーとともに消費される。

で、ミッション27、最終面がクリアできないんですけど……。

11-13, 2004　クリスマスと死

■誰にでもやってくるらしいぞ

さて、今日は買い忘れていたアメコミを買いに行こうと思い、15時頃家を出て、駅のケンタッキーで遅い昼飯のチキンフィレサンドセットを喰っていたら、こういう曲が聴こえてきた。

クリスマスは誰にでもやってくる〜♪

初耳だ。少なくとも俺には来たことがない。俺が気がついていないだけかもしれんが、まさか誰にでもやってくるものに世界で俺1人だけ気がついていないなどというディック的状況などあるわけがない。誰にでもやってくるのは死だけだ。死が暴力的なのは有無をいわさず誰にでもやってくるからだ。ちなみに俺はこの「暴力的だ」という断定が大好きだ。「電話の呼び出しベルは暴力的だ」「メールは返事を強要するから暴力的だ」「地震の際に緊急放送『なんか』より種デスを放映しろと電話やメールをよこしてきたアニオタが1万件以上いるという現実が暴力的だ」「矢田亜希子の微笑みは暴力的だ」「ペ・ドゥナの瞳は暴力的に可愛い」

というわけでクリスマスは暴力的だ。なにせ誰にでもやってくるそうだから。死と同じく。そうなると「たかが毛唐の偉人の誕生日」などと言ってはいられない。森見登美彦の名作『太陽の塔』はかかる事態を「クリスマスファシズム」と形容していたが、誰にでもやってくるとなればもうこれはファシズムどころの騒ぎではない。ファシズムなら国外へ逃亡すればいいのである。だが死から逃亡することはできない。なぜなら、それは国も時代も関係なく、誰にでもやってくるものだから。クリスマスが誰にでもやってくるものならば、それはファシズムよりもタチが悪い。回避不能を宣告されたわけだから。クリスマスが叫ぶ。クリスマスが高らかに笑いながら叫ぶ。「我が名はオジマンディアス、王の中の王！　我が業を見よ全能の神！　しかして絶望すべし！」

となると、私はクリスマスに備え防衛しなくてはならないだろう。やってくるのはかまわんが、俺の砦には一歩も入れさせん。退かぬ、媚びぬ、顧みぬ。俺をクリスマスに屈服させたいのならば、愛のひとつでも持ってきやがれ。

お願いします。愛があれば、いいんです。それさえあれば、私はユダにブルータスにカシウスになります。愛です。

というわけで『アキラ・アーカイヴ』と『リーグ・オブ・エクストラオーディナリー・ジェントルメン』を買ってきた。

11-15, 2004　The Prince of Darkness

■『恐怖の詩学／ジョン・カーペンター～人間は悪魔にも聖人にもなるんだ』

ヒーローというのは、目的がひとつしかない人物のことだ。

とカーペンターは語る。「そのただひとつの目的がなんであるか、その目的が邪悪であるか軽薄であるかポジティヴであるかにかかわりなく、それがヒーローなんだ」と。

手帳を十五冊も持っているヒーローなんかに興味はないね。

フィルムアート社の『バートン・オン・バートン』とか『クローネンバーグ・オン・クローネンバーグ』とか『スコセッシ・オン・スコセッシ』とかの、《映画作家が自身を語る》翻訳シリーズ。原著はシリーズじゃないとは思いますが。ちなみにこのラインナップの中では『クローネンバーグ・オン～』が最高に面白い。

というわけで、このシリーズにカーペンターの名が列せられることになったわけだが……最近、『映画の魔（高橋洋）』とこのカーペンター本、と映画より映画にまつわる書物の方に衝撃を受けっぱなしなのはちょっと危機的というか……俺って、観客として衰えつつあるんじゃないか、という恐怖を感じているんですが。たまたまいい映画に出会えてないだけかしら。

まあそれはともかく、これは凄い本だ。映画それぞれのインタビューはいままでのこのシリーズの中では最もボリュームに乏しく、薄い。それが猛烈に残念ではあるが、仕方がない。もっと凄い本が出来たはず、とか言ってもはじまらない。これはこれで、じゅうぶん凄い。というのも、題材がカーペンターだからそれだけですごいのだ。

薄いことは薄いけれど……訊いてほしいことはきっちり訊いてくれてますよみなさん！

「どうしてゼイリブの格闘場面は10分もあるんですか？」そう！　それだ！　それを訊い

てほしかったんだ！　で、カーペンター曰く、長い喧嘩を撮りたかったし、それをできる肉体を持った役者がいたからだ！　一ヶ月半もかかったが！　とすがすがしいお答えをくださるカーペンター翁にもうただ平伏するしかないですよみなさん！「やりたかったし、できたから」これ以上にシンプルな解答があるだろうか！　欲望、そう、あの長い長い喧嘩は欲望によって生まれたのだ。

という楽しさとは別に、この本はカーペンターのストイックさを、力強さを、ズバリ端的に伝えてくれる本でもある。カーペンターの口から次のように語られるとき、ぼくは深く感動し、うちふるえる。

わたしがアクション監督なのは、ただ次の意味においてだ。つまり、映画というのは、動いているときに、アクションを描いているときに、なにかが起きるときに、争いや相反する力があるときに、最高のものになるということだ。

11-20, 2004

■もののけ姫

ＤＶＤは持っているのだけれど、会社から出る２３００時までだらだらと観ていた。宮崎作品でこれがいちばん好きだ。傑作だと思う。

「トトロ」はあまり好きではない。というか嫌いだ。ああいう風景は小岩で生まれて江戸川を眺めて育ち、千葉北西部のスプロール、東京に通う会社人が寝るために買った新興住宅地で育った自分には、憧れようがないあらかじめ喪われた風景だからだ。あの映画に出てくる背景の、物語の、どこにも自分は惹かれようがないし、それに惹かれることがあたかも「正しい」と言われているような映画のたたずまいには正直「貴様に憧れの対象を指し示される謂《いわ》れはない」と文句のひとつも言いたくなる。

ナウシカ、は今見るとたまらないやるせなさを憶える（だからこそ漫画の方は映画でやらかしたことを周到に回避し、回避はしたものの逡巡しまくり、だからこそ傑作になったのだけど）。大ババ様の「なんといういたわりと友愛じゃ」なんていう台詞はとてもじゃないけど聞いていられない。恥ずかしいのではない。陳腐なのではない。やるせないのだ。自分でも嘘だと解っているその言葉を、しかし観客に「終りの言葉」として「しれっと」言わなければならない、そんな嘘がたまらなく辛いのだ。そのやるせなさは耳を塞ぎたくなるほどで、正気の人間が真顔で画面と正対しながら聞ける台詞ではない。

とかまあいろいろある。かといって世間に背を向けた（としか思えない）「カリ城」を傑作と言う気にはとてもならない。

「もののけ姫」はそんな宮崎作品の中にあって、唯一宮崎駿がヤバいところまで行った「狂気」に限り無く近いものが、ある種の逡巡と傲慢さが同居した結果落とし所がまったく不明なまま物語が暴走する、「手に汗握る絶望」が全編を覆っている凄い作品だと思う。会社で一緒に話していた人は、漫画のナウシカを映画にしたらこんなふうになるんじゃないか、と言っていた。

宮崎駿が唯一、絶望をはっきりと指し示した作品。宮崎駿が真摯であろうとした結果、まったく答えを指し示せないまま終わらせてしまった作品。この映画と「紅の豚」が、ぼくは宮崎作品の中でいちばん好きだ。

これを見ると、エヴァって物凄い勢いで古びているのがわかる。劇エヴァを観ているあいだ、ずっと感じていた退屈さ。見え見えの落とし所に、すべてがきれいに収まっていく退屈さ。映画はこんな退屈さをフィルムに焼きつけるものではなかったはずだ。少なくとも、その種の退屈さは「もののけ」にはなかった。今ならわかる。なぜエヴァが退屈だったか。それは「常識」を延々と2時間かけて説教されただけだったからだ。一方、もののけが退屈でなかったのは、それが全然説教になっていなかったからだ。

たぶんエヴァの悲劇、エヴァの弱さというのは、巨大綾波を観て「うははは、でかすぎだろそれ！」と笑ってくれる観客があまりにも少なかったことにあるのじゃないか。あれが公開された夏を思い出すに、そんな気がする。

11-22, 2004 叙情と叙事

■ハウルの動く城

なんだこれわ。

なんか凄い映画を観てしまった。何か狂ったものが映画全体を覆っている。たぶんそれは高橋洋が「自主映画」と呼んだ状態、誰にも望まれず生まれ落ちた企画であるかのような呪われた手触りなのかもしれない。

何が凄いって、宮崎アニメなのに話がさっぱりわからない。押井の「イノセンス」が話はわかるが何を言ってるんだかわからない映画、とするならさしずめこのハウルは何を言ってるんだかはものすごくわかるんだけど話がどうだったかはさっぱりわからない、という感じ。

その場その場で展開することに疑問を差し挟んでいる余地はない。適確なレイアウトと、エモーションな台詞と、滑らかな編集によってシーン単位で何が起こっているかは淀みなく、疑問の余地なくわかる。が、物語がどう、と言われるとたんに不明瞭になる。

この徴候は「千と千尋～」ですでに表れていた、と言うことはできる。んが、まさかここまであのヤバげな匂いをこのオッサンが全面展開するとは思っていなかったので、ものすごくびっくりした。

これにくらべれば「イノセンス」はなんとまあ実に愚直に「映画」していたことか。この作品の混乱と「イノセンス」の混乱ははっきり別種のものだ。どちらもマスに望まれないもの、ある種の弱さや欠陥ととられかねないこと、において共通しているだけで、「ハウル～」の混乱はものすごい歪《ゆがみ》だ。

これに似た感触の映画。それは自分でもどうかと思うが「アカルイミライ」や「カリスマ」だ。恐ろしいことだが「ハウル～」は黒沢清の映画に似ている。「ハウル～」は出来事の連鎖にすぎない。「ハウル～」は首尾一貫した「メロドラマ」ではない。登場人物は確かに愛を叫び号泣する。にもかかわらずだ。

宮崎駿に首尾一貫した物語が書けないことはない。それは彼の今までの作品群を見れば解ることだ。しかし宮崎駿は今回、そうした美しく誠実な構成を組むことを心底どうでもいいと思ったようだ。だって、伏線もはってなければ因果関係を説明しようともしていないんだもの（伏線が生きてない、とか言ってる人、そもそもこの映画には伏線なんてひとつもありゃしないんだよ）。これは「失敗」じゃなくて最初からそういうのをとことんやる気がなかったから、脚本上その種の因果や伏線は存在しないのだ。そのエゴに対して拒否反応は出て当然だし、その意味でこれはウエルメイドな傑作では到底ない。この映画は異様であり、どう考えてもマスの方向を向いた映画ではないのだ。この映画は叩かれてしかるべきだ。

この映画は宮崎アニメですらないのかもしれない。単なる出来事の連鎖。因果も連鎖もない残酷で無情で理不尽な出来事の連鎖。それを通常人々は神話と言い、叙事という。今までの宮崎アニメははっきりと叙情だった。それは偉大なるメロドラマだった。登場人物の感情とともに寄り添った物語が展開して行く、人間から見た世界の有り様だった。が、この映画は180度正反対の方向を向いている。ここで展開される物語（と呼んでもいいのだろうか。もしかしたら物語ですらないのかもしれないのに）は意味を拒む、残酷で人を翻弄する出来事の群れにすぎない。何か大きなことが成し遂げられるわけでもなく、その場その場の出来事に対して人々がそうあるべき反応を返しつつ対立と衝突が発生し、物語が収束する。それは叙事だ。

この映画の魔法もまた、そのような「出来事」としてある。なんでハウルは溶けるのか？　サリマンが出した魔法陣の周りを踊る抽象化された人影のようなものは何か？　それは多分、解釈を拒む物理的現実としてそこにあるだけだ。飛行石だったり王蟲だったりといった何かのメタファー、意味や解釈を付与されたいわば現実の影だったりはしない。そうなってしまったもの、そうだったもの。そういう叙事としてこの映画の魔法はあるのだろう。「ハリー・ポッター」の魔法は現実にある何かの劣化コピーに貶められているわけで、それは「我々の現実にある何か」の影でしかない。しかしこの映画の魔法はそうした現実との対応を拒む「現実」として、「出来事」として有無をいわさぬ説得力で描かれる。その説得力は理解不能な出来事として描かれることから生まれる力だ。

なんでこうなるの？　なにがしたかったの？　今までの宮崎アニメはその問いに対する

答えをきちんと用意していた。それがメロドラマの正しい在り方であり、誠実さだった。しかし、このハウルはメロドラマではない。叙情ではない。それが記号にすぎない以上、現実の「象徴」にすぎない以上、アニメで叙事をやることは本質的に不可能だとぼくは思うが、宮崎駿はそれをやろうとして、しかも今回それをある程度成功させてしまった。「カリスマ」でハンマーが人間の頭を静かに砕いた場面のあの匂い、シンドラー〜でアーモン・ゲートが射殺したユダヤ人のあの物質感、それと同じぶっきらぼうな「ただ存在し、起こる」圧倒的な世界の有り様を、ぼくは「ハウル〜」に見てしまって狼狽したのだ。

人にお勧めできないタイプの傑作。いや、傑作という言葉はやはり語弊が……少なくとも、過去の宮崎作品の焼き直しでは決してない。だってこれは、今のところ宮崎映画の特異点、宮崎映画の奇形なんだもの。今までの宮崎映画とぜんぜん違うことやってるんだもの。

あと、押井が出てた。絶対あれは押井だろ。押井に対する冗談だろ。

11-27, 2004　みらいのちきゅう

■スカイキャプテン　ワールド・オブ・トゥモロー

予告篇の素敵さでごく一部の人間に話題を呼び起こしつつも、公開前になると「話が御都合」「ストーリーがだめ」などなどよろしくない評判が出回りはじめ、ああ、こりゃ期

待しないで行った方がええんかいな、と思いながら見に行ったら隣の劇場は「いま、会いにゆきます」なんかかかってたりして、そこには恋人たちが列を成していたりして、ひるがえって「スカイキャプテン」に入ってみれば、どう考えても世間に堂々と顔を向けて恋愛と仕事に励んでいる健康的なライフフォース、というやつが欠けまくったしょっぱい顔といでたちの野郎が何人かいたりして、いわばムジナーズ、俺と同類というやつなんですが、それがまばらな客席に点在している様は実存的な疑問というやつのトリガーになりがちなわけでして、気分はわりとどん底に近かったんですが、

劇場から出たときはとても幸せなきもちになっていました。

「(それっぽい要素を集めつつも)ツボは外している」「単なるファッションで本気じゃない」とか「ロケッティアは良かったなあ」とかいろいろ嫌な話を事前に聞かされていたんですが、俺に限ってはまるまるオッケーでした。

確かに、興奮するような映画ではない。意外な展開があったり、思いも寄らぬパッションがほとばしったり、そういう映画ではない。「こういうの、好きです」という監督のスクラップ帳、それだけで構成された、すげえ後ろ向きな映画だ。だが、だが！　後ろ向きってたら「となりのトトロ」だってどうしようもないくらい後ろ向きだ。そして、トトロの風景をほとんど憎悪しているといってもいい自分にとって、これこそが俺のトトロだ、と劇場で大声を上げたい気分になったのだけれども、恋愛とかクリスマスとかそういうも

のに背を向けたしょっぱいファッションのしょっぱいオヤジである俺様は気が小さいのでそんなことはしませんでした、まる。

スカイキャプテン、という名前にまず痺れる。なにせスカイでキャプテンだ。「デアデビルのデアってなんだ」「Xメンのxってなんのxだ」「マトリックスってどういう意味だ」「自分の目で確かめろ」などという疑問の余地がない直球ヒーローだ。パニックでルームだったりファイトでクラブだったりするくらいストレートだ。しかもそのヒーローの名前が題名になっている。さらに追い討ちをかけるがごとく「ワールド・オブ・トゥモロー」ときた。ワールドでトゥモロー。微妙に国道沿いに看板が立ち並ぶ消費者金融の匂いが漂う単語だが、それぐらい馬鹿でもわかるというか馬鹿すぎる明るさに満ちあふれたタイトルだ。この時点で「ストーリーが」とか「御都合が」とか言っている人間は馬鹿である。スカイでキャプテンなどという題名がついた映画を見に来て、そのような文句を言う輩《やから》は八百屋で魚を求める阿呆である。スカイでキャプテンの時点で気が付け。場を読め。しかし制作者がわざわざ「スカイでキャプテンです。しかもワールドでトゥモローです。そういう映画です。そういうのが嫌いな人は観に来ないでください」と題名で親切に映画のコンセプトを観客に示していても、場を読めない不粋者というのが大多数をしめる世の中なので、そういう阿呆も出てきてしまう。

そういう題名から、失われた未来への憧憬と、そのスタイルを題名にまで貫徹する頑固さと、そのスタイルがもたらす必然としてのユルさと、それが映画の中でいかに徹底されているかを読み取ることができれば、もう安心して劇場の椅子に身をまかせればいい。まず、のっけから「ヒンデンブルグ3号」と来た。3号ですよみなさん。ヒンデンブルグが3号まである世界、それがエンパイアステートビルに接舷するところから映画が始まるわけですよ。あの、われわれの世界では使われることのなかった（風が強すぎて使い物にならなかったんですよね）エンパイアステートの飛行船係留塔にヒンデンブルグが繋がれるわけですよ。1次大戦後、ドイツの飛行船が発達した世界を書いた「あの飛行船をつかまえろ」ってフリッツ・ライバーの短篇がありましたが、なんだかしみじみです。

そして有名科学者失踪事件、という「わかっている」プロット。科学がプロジェクトと化し、個人の閃き「だけ」でなくなってしまったことを皆が知っている現在、「天才科学者」を誘拐して何かをたくらむ、というお話は消滅してしまっているのですが、それを堂々と採用している時代錯誤ぶりからも、この映画は現在なんてこれっぽっちも顧みる気はないんだ、ってことがわかろうというものです。それの事件を調査するのがこれまた新聞記者という現在はとんとお目にかかれないプロット。この映画は昔をうわっつらだけ取り入れてアップトゥデートするのではなく、とことん後ろ向きに、非生産的に組み立てようとしていることが、馬鹿でもわかるようになっています。本当に後ろ向きな映画です。私はその後ろ向きっぷりにほとんど泣きそうになりました。

そして御存知フライシャーロボット襲来。この後ろ向きさはみなさん予告篇で見ることができるのですが、そのロボットに蹂躙《じゅうりん》され、警察はなすすべがない。そのときニューヨークはどうするか。助けを呼ぶのです。「スカイキャプテン、スカイキャプテン、応答せよ」と電波で助けを呼ぶのです。助けを求める電波が、電波塔から輪っかになって眼で見えるように描かれます。後ろ向きさはどんどん重症度を増してきました。こうなると後退ぶりはもう止まりません。この映画はどんどん映像的記憶の中へと埋没してまるっきり外へ出ることはない、と臆面もなく宣言しはじめます。でもいいのです。スカイなキャプテンでワールドがトゥモローという題名でわかりやすく皆に事前に説明してやっていたはずなのですから、それを読めなかった観客が悪いのです。

スカイキャプテン。このP40を自在に駆るヒーローは、自前の秘密基地と軍団を持つ、傭兵部隊のリーダーで、世界中の難事件を解決している国際的英雄で、難事の際は各国がこぞって頼りにするという、これまた現在では到底許されない、だからこそ圧倒的に正しいヒーローです。自前の部隊を運用しつつも財源確保は無縁な、こういうヒーローは、われわれの国でいえば金田正太郎に代表的な「少年探偵」に近いものがあり、これまた私の心を熱くさせる設定です。

予告篇にはマンハッタンと海しか出ていませんが、この映画はパルプの匂いを網羅する「だけ」というコンセプトであるため、舞台はそれに留まりません。パルプといえば……

そう、秘境です。土人です。この映画はパルプに欠くべからざる要素である秘境を大フィーチャーしています。その秘境っぷりはサイードの『オリエンタリズム』も逃げ出しそうになるステロっぷりで、ネパールの人が観たら怒ること間違い無しです。さらにこの映画は文化的秘境だけでなく、恐竜の登場するような人外魔境（この言葉ももはや消滅しつつありますが）もちゃんと押さえており、一点たりとも前向きになってたまるか、という網羅ぶりでスキがありません。

しかし、この映画でいちばんしあわせな気分になれたのはなんといってもジョリ姐演じるフランキー・クックRAF中佐。ユニオン・ジャックをデカデカとあしらった空中空母を率いての登場。潜水艦から発射される対空ミサイルに翻弄される空中空母の場面は、もうほんとうにほんとうに幸せいっぱいな気持ちでスクリーンを眺めさせていただきました。こいつらが世界中で戦う映画を俺は観たい。こいつらが主人公のスピンオフ映画誰か作ってくれませんか。

さらに、登場するキャラクターの厚みのなさっぷりもまさにそうあるべき正しさで、ここで下手に人間を描かれたり感情移入させられたりした日にゃ「それ、違うだろ。パルプじゃないだろ」とゲンナリしたことでしょう。だが、この監督は自分が好きなものは何か、それを描くためにしてはならないことは何か、をはっきり知っているので、そういう色気や深さは注意深く賢明にも避けきっています。

だから、それなりに気の利いていると思われがちな「カメラの残り枚数ギャグ」や「ヒロインの足手纏《あしでまと》いっぷり」や「スカイキャプテンとヒロインの恋」もそのような後ろ向きの意匠として存在するのであって、それがたまたま観客にとってはこの映画で最大値の共有できる部分であろうから、かろうじて普通の映画のアクセントっぽく機能したにすぎません。基本的にこれらの要素の本質は観客を楽しませようとする意思よりも「こういうの、好きです。だって映画ってこういうものだったでしょ」というやはり後ろ向きな意思が先にあったものだと思います。

その後ろ向きさは、トーテンコフ博士に端的に表れています。自分でも気持ち悪いと思うのですが、私はいまだに青臭い人間なので、観念型の悪役が大好きなのです。金とか女とか政治目標とか永遠の命とか世界征服とか、そういう具体的なものを欲する悪役ではなく、何かの状態を達成すること、自分の利益にはこれっぽっちもならないけれど、それでも自分の脳裏に宿ったイメージを、映画を撮るかわりに世界というキャンバスに叩き付けようとする、自閉的な悪役が好きなのです。それは分かりやすいところでいえばパトレイバーの帆場であったり、柘植であったりします。そしてこのトーテンコフもまた、そのような「悪役」のひとりです。かれのたくらむ恐ろしい計画が「明日の世界計画」という名前であるところに、自分はたまらなく興奮します。それが皮肉でつけられた名前で「ない」ところに、よりいっそうの後ろ向きさと恐ろしさを感じて嬉しくなるのです。

え？　映画として面白くない？　確かに。だけどいいんだよ！　俺にとってこいつは映画じゃねえ！　おもちゃ箱だ！　「おもちゃ箱をひっくり返したような」映画とは違う！　そういう「楽しさ」をいささかも背負ってはいねえ！　おもちゃ箱そのものだ！　他人のおもちゃ箱。自分が好きなものだけを溜め込んだ箱というものは普通、怨念や暗さやアクや苦味も詰まっているもんだ。だから他人のおもちゃ箱を覗いたところで、趣味があわなきゃ苦痛で仕方がないだろう。だからこの監督は最大限の親切として箱の外に「スカイキャプテン　ワールド・オブ・トゥモロー」と書いておいたんだ。みんなに見えるように。

というわけで、この長い長い文章が何を意味しているかというと。

ごめんなさい、これ好きです。映画の面白さとかは関係なく、大好きです。

というあまり中身のない文章でした。

12-04, 2004　最終戦争

■ゴジラ／ファイナルウォーズ

これは凄い。まさにファイナルウォーズだ。なぜファイナルかというと、それはゴジラのファイナルであるだけでなく、人類のファイナルだからだ。

開巻、いきなり人類は滅亡寸前であることが描かれる。54年のゴジラ上陸以来、世界各地にゴジラは上陸し、凄まじい放射火炎によって世界中の都市という都市、文明という文明を破壊し尽くし、半世紀を経て東京を除く全世界が焦土と化した経緯が描かれる。ボンが、パリが、ニューヨークがモスクワが、地表に穿《うが》たれた巨大なクレーターの底に叩き込まれ、空は放射能の暗雲に覆い尽くされている。ここまでまだメイン・タイトルもはじまってないのだ。サミュエル・フラーの「最前線物語」かこれは、というくらい物語る経済効率の高さに、完全に圧倒される。「A Ryuhei Kitamura Film」というクレジットとともに、カイル・クーパーによるオープニングクレジットが流れるが、そこにカイルのグラフィカルなテクニックはない。今回、カイル・クーパーはゴジラという「魔物」の前にかしずくことを、積極的に選択した。そのオープニング・クレジットは人類がこれまで行ってきた様々な戦争のフッテージで構成され、その上にゴジラという「魔」が君臨するという重苦しいもので、流れる伊福部テーマは人類への弔鐘のように陰鬱だ。

そして1999年、というテロップ。武装要塞都市と化した東京の異様な景観が見事な空撮で描写される。ゴジラ上陸から実に45年後。ノストラダムスの予言は思いもよらない形で間近に迫りつつある。ユーラシアもオーストラリアもアメリカも海の底に沈むか草一本生えない被曝地帯と化すかして、もはや残された文明は日本列島の一部。関東圏だけだ。この資源の乏しい島国で人類最後の抵抗勢力が反撃戦力を維持すべく、焦土と化した南米やオーストラリアに渡り、鉱物などの資源調達やわずかな生存人類の「救出」を行っているが、アンギラスやラドンなど世界中を己がものにした怪獣たちによって阻《はば》まれ、その生還率は限り無く低い。

主人公はそんな「資源調達師団」の隊員。TOKIOの松岡演じる彼は指令部からインドの奥地に残った鉱山跡に赴くよう命じられる。そこに何があるかは、同行する情報部の要員・明石大佐だけが知っている。焦土と化したインドに上陸した彼らを襲う怪獣の群れ。部隊の人間が次々に命を落としていく中、彼らはようやく目的地に辿り着く。そこはかつてインド政府が核開発のために掘っていたウラン鉱脈だった。

日本政府――この地上でもはや唯一の政府である日本政府、は決断を下したのだ……核兵器によってゴジラを殲滅《せんめつ》する以外方法はない、と。情報部は5年前、焦土と化した北米に上陸し、リバモア研究所の廃墟から核兵器の設計図を入手していたのだ。その任務ではほとんどの隊員が怪獣との戦闘で死ぬか、命綱の防護服を損傷し、激烈に被曝して苦しみながら死んでいった。しかし、生き残って帰ったただひとりの隊員が、バンカーバスターと核弾頭の設計図を持ち帰ったのだ。バンカーバスターによってゴジラの体表を突破し、内部で核分裂を炸裂させる。それが、この地上で最後に残った人類の軍隊の、最後の望みだった。

核はかつてゴジラを生み出した。それなのにそんな兵器が生み出した息子を殺せるわけがない、効果はないかもしれない、と主人公は明石に問うが、しかし米・ソ連のいかなる通常兵器によっても殺せなかったこの怪獣を、他のどんな兵器で殺したらいいのか、と明石は言う。

結局、その放射性物質は主人公らによって東京へと持ち帰られる。武装要塞都市東京の中心で……かつて人類同胞によって被爆し、軍事力を永遠に封印すると誓ったはずのこの国で、核兵器の製造が開始される。折しも、大平洋の外周を警戒していた艦隊からゴジラ発見、進路は東京、との報告が入る。ゴジラとの艦隊戦。核兵器完成までの時間を稼ぐため、艦隊司令は苦渋の決断を下す。彼我《ひが》戦力差という言葉も滑稽な「神」と「ヒト」との戦い。放射火炎の滑らかなストロークが空母のブリッジを竹のように切断する。デッキのクルーや航空機が吹き飛ぶ。生存艦から砲が斉射されるが、効果はない。

沈み行く大型空母。まるで艦隊の墓標のごとく、ゴジラが背後にした海面に太い煙が幾筋もたちのぼる。生存者はゼロ。脱出し水面に漂うクルーをラドンが食糧にする。しかしゴジラはその光景を一顧だにせず、ゆっくりと東京へ歩みを進める。

そんな中、主人公はかつてゴジラを滅ぼした唯一の化学物質の噂を聴く。オキシジェン・デストロイヤー。その名前は武装要塞都市東京の住人の間では有名な都市伝説だった。ゴジラを倒したい、ゴジラから解放されたいという願望が生み出した存在しないマクガフィン。情報部の明石にその存在の可能性を問いただすと、情報部はあらゆる可能性を追求し、オキシジェン実在の調査も実際に行われたという。結果的にその存在は否定され、今回の核兵器によるゴジラ殲滅の決断が唯一の希望だとして残ったのだと。

果たして人類は滅亡するのか。核攻撃のスポットは東京湾内。決行の暁に東京湾のド真ん中に立ち昇るキノコ雲は、果たしてゴジラ、人類、どちらの弔鐘なのか。ゴジラと人類の最終決戦が迫る……。

という夢を観ました。たぶん高橋洋『映画の魔』の影響です。

映画のほうは……怖くてまだ観ていません。

12-05, 2004　音色からぼくは逃れられない

■観てきたよ

いや、昨日の日記は別にほんとうにあぁいう夢を観ただけなので、北村ゴジラに対する悪意とかそういうもんではないわけです。大体あの時点で観てない映画に嫌みも何もありゃしません。

というわけで、意を決して観てきましたよゴジラ。「ゴジラ　FINAL WARS」。

予習に「ゴジラ対ガイガン」のDVDを観たんですが、これが壮絶にコストパフォーマンスの高い映画で、今じゃ絶対考えられないいい加減さに満ち満ちているわけです。なんたって凄いのは、メーサー車や都市破壊の場面などで、過去の怪獣映画のショットをアニメのバンクのごとく使い回し使い回しさらに使い回す壮絶な節約。さらに怪獣がフキダシで喋るんですよこれが。親分のゴジラが「いそげよ！」「すぐ　ていさつに　ゆけ」とい

うと子分のアンギラスが「ＯＫ！」と返すフキダシ会話。まあ、これとは別にゴジラのシェーとか空を飛ぶとかもゴジラの歴史にはあるわけで、「本物の怪獣映画」というとき僕らの世代は「本物って、どれが本物なの？」という疑問にかられるわけです。

第一作目はいまでこそ原水爆の業を背負った日本代表モンスターのように誇らしげに語られていますが、唐沢翁などはゴジラを指して、54年3月の第五福竜丸事件の騒ぎをアテこんで速攻で製作され公開された王道キワモノ映画としてとらえるべき、と言っておりました（『怪体新書』だっけか）。

ゴジラの姿、というのは長い歴史の中で恐怖の対象から子供のアイドルへと変化してきたわけです。「ゴジラ対ガイガン」に収められた樋口真嗣コメンタリーでは、この映画（というか東宝チャンピオンまつり）をリアルタイムな子供として経験してきた視点から「ガイガン」が語られているわけですが、樋口さんの世代にとってのゴジラっていうのは、最初からフキダシがあったりシェーしたり怪獣島に怪獣がたくさん住んでたりする世界だったわけで、子供はまさかそんな業を背負った怪獣だなんて知りませんから、オールドファンの子供騙しだのふざけ過ぎだのそういう批難が（当時は）理解できなかった、と語っておりました。

この「FINAL WARS」を観て感じたのは、そんないい加減でデタラメでユルい設定だった時期のゴジラ映画のテイスト、楽しいから怪獣たくさん出そう、サッカーとかやらせよう、みたいなゴッタ煮娯楽テイスト、オールオッケーなムードの怪獣映画でした。北村龍平の暴走が、奇妙にあの時期のゴジラ映画の雑多な感じとシンクロしたというか。だから「怪獣映画としてどうか」という意見はなんだか読んでて気持ちが悪いのです。「怪獣映画って何だ？　どの時期の怪獣映画と比べてんのか」と。少なくとも、今回のゴジラはある時期に照らし合わせればまごうかたなき怪獣映画、ある時期の怪獣映画の子供が喜ぶんならなんでもあり感とユルさを体現していると言えましょう。

問題があるとすれば、「ガイガン」がかつてそうであったような「量産されたゴッタ煮娯楽の中の一本」でなく、とりあえずの一区切り、最終作、として送りだされたことと、予算をこれまでのゴジラ映画で最大に使ったことでしょう。こういう水準のものが毎年毎年低予算で送りだされ、時折「ヘドラ」のように異様な作品が作られてしまう、というような状況が、たぶんゴジラ映画にとって一番しあわせなのではないでしょうか。しかし90年代から映画はイベントとしての側面を帯びてしまい、入場料も高騰し、気軽に入れる娯楽ではなくなってしまいました。観客もそれなりのものを賭けて劇場に足を運ぶわけです。こういう状況下では「楽しい、軽い、子供が喜ぶ、低予算の」ゴジラ映画を毎年送りだすということは不可能です。

はっきり言って、悪い映画ではないと思います。少なくとも私は中途半端に重かった「GMK」よりずっと好きです（ガメラ3部作からずいぶん後退したなあ、という印象しかなかった)。なにより、劇場で子供が退屈していなかった。作り手が面白いものを作ろうという意思が画面からみなぎっていますし、それがウザいという人もいるでしょうが、最近のメカゴジラの何とも中途半端なロボットアニメっぷりにくらべれば、単純に画面を面白くしようという意思が上映中ずっと続いているだけでも、近年のゴジラ映画にはなかったことです。私だけでしょうか、子供が退屈していないゴジラ映画をはじめてみたというのは。少なくとも、私はここ数年のゴジラ映画は退屈したガキが映画館内をうろつきまわったりお腹減っただのトイレだのうるさくてしょうがなかったのですが、この「FINAL WARS」を見に行ったときは、劇場を埋め尽くす観客(これも実は、ここ数年のゴジラで見ていなかった光景です)の大半である子供達は、食い入るようにスクリーンに見入っておりました。

ただ、繰り返しますが、こういう「ゴッタ煮」の、しかも「そこそこに楽しい」映画がレギュラーに制作されなかったことに、ゴジラの凋落があるのではないでしょうか。こういう水準の作品がコンスタントに作られつつ、時に「GMK」のような作品もある、それを望むのは贅沢というものでしょうか。

ただ、ここ数年の子供をなめ腐った(「GMK」は除く)ゴジラ映画にあっては、これはひさしぶりに子供が観て楽しい、いい映画だと言えるでしょう。

え、子供はいいからお前の感想を聞かせろ? えっと……

すみません、プログレに悪意はないんですけど、キースのエンディングテーマは物凄くツラかったです。「レディホーク」のDVDを買って、わくわくしながらデッキにかけたら、音楽がアラン・パーソンズだったのをすっかり忘れていて、ヘボいシンセメロが流れはじめた瞬間やるせなくなり、80年代との和解は不可能である、と思い知ったときのツラさ、寒さ、やるせなさに限り無く似た感情に襲われ、子供が誰1人立たない幸福なエンドクレジットの最中ひとり身をすくめておりました。ＥＬＰファンの方、ご免なさい。

12-11, 2004　「ここ」から出られない

■ヴィタール

９日木曜日、半年に一度のオラクルをききにいった。これぱっかりは慣れないものだ。転移ということばが頭からはなれないまま、ＧＥ製のＣＴのＳＦっぽいリングに、体を輪切りにされてくる。

そんな週が「ヴィタール」の公開週だというのはたちの悪い冗談だ。

自分の体に、感覚のない場所があり、動かない、糸の切れた操り人形のようにぷらんぷらんな関節がある。その奇妙さはあっというまに自分自身となり、もはやこの脚がまともに動いたときのことを思い出すのも難しくなってきている。いま、ここ、それが自分のすべてだ。自己啓発とかで出てきそうな胡散臭《うさんくさ》さたっぷりの金言も、こと「からだ」に関す

る限りまったくそのとおり。この足首は、どうやってうごいて、どう感じたんだっけ。わからない。思い出せない。

まっさらな肺とまっさらな術後創。自分の体の中を輪切りにされ、それがフィルムに焼きつけられ、ライトボックスの光を受けて浮かび上がる。

喘息。癌。障害。日々身体を意識せざるを得なかった自分にとって、「イノセンス」の身体はまるで香具師の口上を聞いているような気分だった、と今だから言ってしまおう。身体はない、と押井は言って、肥大した「不在の身体」という妄想を犬に押し付けた。それが「外部にある自分の身体」だと。それはしかし、決して「自分の」身体ではないし、身体からは逃れられない。匂いを追放し、病気を追放し、人は身体を排除する方向へ向かっている、と押井は言う。そのとおり。だがそこで忘れられているのは、「匂いを排除し、病気を排除し、それでもなおそれは身体なのだ」という単純な事実だ。

「身体を生きざるを得ない」そうした生の存在を、押井は意図的にか無意識にか、「イノセンス」から排除した。犬は身体ではない。「思い」や「怨み」は身体ではない。押井はそこにしっかりと蓋をして、動かないぼくの足首を置き去りにする。たぶん、そこで身体という言葉は持ち出されるべきではなかったのだ。それはどこまでいっても「拠り所」でしかないと、正直に表現するべきだったのだ。身体という言葉はどこまでいっても言葉でしかない。あの映画の公開直前、ぼくは10年以上付き合った愛犬を失った。肝臓癌だった。

だから押井の言いたいことはすごくよくわかる。だがそれは絶対に身体の問題ではない。ぼくは「イノセンス」が大好きだけれども（そりゃまあ、あんなコメンタリー注釈を作ったくらいだから）、それは身体を語った映画としてではない。こと身体と自我に関する限り、その映画は最悪の種類の無邪気さを振りまいていると思う。

彼岸があると信じられない者にとっての救いは、「イノセンス」ではなく、「ヴィタール」にあると思う。素子が彼岸からやってきた瞬間、それは物語としては思いを寄せるものとの再会であり、そこに感動しつつ、しかし心のどこかでこれは絶対嘘だ、これはあり得ないんだ、と怒りすらおぼえていた自分。彼岸と此岸の往来がかくも無神経に描かれていること（それは「黄泉がえり」や「いま、会いにゆきます」も同じだ）にものすごい嫌悪感をもった自分。

じぶんが、からだでしかないということを知っていて、そこから逃れられないことを知っていて、死ぬのが怖い自分。

たぶん、そんな憶病者には、「ヴィタール」はどこまでも誠実な映画に見える。解剖されていく身体、スケッチされていく身体。それをみながら、ぼくはひさしぶりに映画を観て感動していた。

12-20, 2004　強敵《とも》こそが真理

■AVP

狩りの、時間だ。

だが問題は、どこで狩るかだ。

自分が思うに、プレデターにもいろんな狩りのバリエーションがあるのだ。森派、都市派、迷路派。狩りというのは普通森でやるものなので、「1」のプレデターはノーマルな趣味の人という感じだろう。他国の文化を紹介するのに、その文化におけるイレギュラー、つまり変態を紹介したらとんでもない誤解を受けるに決まっている。日本文学を紹介するのにヤプーを読ませる馬鹿はいない。

しかし、バロウズも言っているように、最初の1発めのハイは、2度と得られない。すべては「慣れる」。薬中は最初の1発のハイを求めて、より多くのドラッグを使おうとする。普通のプレイに飽きたカップルが野外でしたり交換したり縛ったりするように、プレデターは都市へ出た。

都市はそれなりに複雑であり、けっこう楽しかった。しかし飽きない、飽きられないものはない。なんといっても獲物が多すぎる。そこでプレデターは考えた。マップを複雑にすべきだ。何度プレイしても楽しめるように時間軸でランダムに変化するマップにしよう。これはつまりセックスでいえば変態だ。ジャングルは飽きた。街も飽きた。じゃあ動的に生成されるランダムマップだ。というか、ぶっちゃけ人間飽きた。より強い刺激を求めて複雑なフィールドと、より難度の高い敵を求めた結果がこの映画だ。

　というわけで変形するドラえもん迷宮については変態プレデターということで納得してもらえませんかねこれ。

　というか、プレデター映画。自分はエイリアンオタですが、この映画の話ではどうしてもプレデターに感情移入せざるを得ない。「あいつは……完璧な有機体だ」という生存機械であるところのエイリアンというのは、非人間ゆえの美しさ、圧倒的に人間を無視して存在する無慈悲な現実であるところの美しさであって、そんなエイリアンさんに比べこれが少年マンガだったら「強敵《とも》こそが真理……」と人間だったらつぶやいたであろうジャンプ的強者イズムによって、それが強ければ下等生物であるはずの人間をも戦友として認めてしまうという純粋さを持った戦闘部族プレデター、というのはそもそも感動するベクトルがまったく正反対であるわけで、非常に食い合わせが悪いわけです。

　この両方の美しさを一本の作品の中で両立させることは不可能であるわけで、このプレデター的純粋さを充分に表現するならば、エイリアン的純粋さというのは単なる繁殖生物の浅ましさと見えてしまうわけで、エイリアン的純粋さを充分に表現するならば、エイリアンの前では人間もプレデターも「感情」を持った生物は「生存機械」として純粋さに欠けるゆえ失格であり美しくなく卑小な弱い生物である、と描かれなければなりません。で、この映画がどっちをとったか、というと、完全に前者でした。

なんだかテキトーな脚本ではありますが、プレデターと人間の間に芽生える種族を越えたつかの間の共闘関係は、なんだか「ゴースト・オブ・マーズ」のアイス・キューブ&ナターシャ・ヘンストリッジや「要塞警察」のナポレオン・ウィルソン&ビショップ警部補みたいな、カーペンター映画を彷彿とさせるテイストで不覚にも感動してしまいました。いや、ほんとの話。

エイリアンファンとしては悔しいものがありますが、この作劇上かなり馴染みの悪い二者を並べることが前提の企画なのですから、二者択一でばっさりエイリアン特有の美しさを切り捨て、プレデター美学を前面に押し出したジャンプ的強者《とも》イズム映画にしたことは正解だったと言えるでしょう。逆に言えばエイリアン特有の美しさを選択した場合、それは人間もプレデターも蹂躙される映画になるわけで、これってじつはジャンルとしてアクションを選択するか、ホラーを選択するか、という選択だったのかもしれません。

「目配せ」的ファンサービス、つまりスタッフクレジットはプレデター文字で映画のタイトルロゴはエイリアン方式、とか、ビショップ社長が指の間をペンでこつこつ叩いたり、とか、そういうネタには事欠きませんが、しかしここはやはりプレデターの勇姿を見ていただきたい。そして強者を認めるがゆえにエイリアンを倒したヒロインと共闘する戦士の絆。爆発の炎を背後に走り来るヒーローヒロイン、というアクション映画お約束の画ヅラが、プレデターと人間のヒロイン、というけったいな置き換えで演じられるとき画面はくらくらするようなギャグと化し、劇場に笑いをもたらすと共に、なにかすがすがしいものが観客の脳を通り過ぎてゆくはずです。この「爆発から逃れる必死なプレデターとヒロイン」が個人的にはこの映画で一番笑い感動したカットですな。

しかし最後の長老というか長《オサ》っぽいプレデターがやたらかっこよかった。マントをひるがえして母船に歩いていくその威厳に痺れました。あの船に長老以下そうそうたる猛者クラスの戦士たちがゾロゾロ乗っているのだと想像すると興奮して夜も寝られません（嘘）。

プレデター萌え映画。

12-26, 2004　ポテチとクリスマス

■台風一過

クリスマスの夜、俺は何をしていたか。ポテチを食っていた。一言で言えば、そうなる。というかそれ以上表現しようがない。ポテチを喰っていた。この単純な叙事的記述が祇園精舎の鐘の音のような虚しさを漂わせる日というのは、1年のあいだにもそうない。いや、あった。戦後、GHQのバレンタイン少佐（G2）が焼跡の子供達にチョコレートを配ってあげたのがはじまりと言われるバレンタインデーだ。彼は戦中はOSSで心理戦研究に携《たずさ》わり、対日宣伝工作では主要な役割を演じたと言われるがすべて俺の妄想であるというのが実情のようだ。今年のバレンタインデー、俺は何をしていたか。思いだした。俺は六

本木ヒルズにいて、カポー向けオサレ映画として「イノセンス」を売り出そうとする鈴木敏夫の陰謀を打ち砕くべく、「イノセンス」前夜祭に参加して、オタクと幸せカポーとの実存を賭けた闘争に参加していたのだった。修羅の道である。とくにこのときは年末にふられた直後だったので酷かった。

それはともかく、クリスマスの日、俺は何をしていたか。まず、「ULTRAMAN」を観にいってビデオ撮りだったのにショックを受けていた。子供連れの家族とショッパいオタクの2種類の人間だけが劇場にいた。カポーはウルトラマンなど見ない。カポーは素直にハウルを見たり、「マスター・アンド・コマンダー」もかくやという詐欺宣伝に騙されて「マイ・ボディガード」を観にいって、肛門にC4を押し込められ爆砕するオッサンのケツを見せられてびっくりしていたりするはずだ。わたしはヒゲのオッサンのケツを見に映画館にきているわけじゃないわ、などと女がタワゴトを言って気まずくなっていればしめたものだが、困ったことにこれはいい映画なので普通に感動されて帰っていくだろう。トニーがいい仕事をしてくれて私はたいへんうれしいのだが、この日に限ってはカポーの気分をブチコワシにするエゲツない映画を作ってくれていたら、と思わずにはいられなかった。

オッケー、そして俺は本屋に行く。映画館→本屋という彼女がいないオタクの黄金コースだ。ここで俺は《レム・コレクション》の新刊『高い城・文学エッセイ』と『スターリンの外人部隊』を買う。よくよく読めば『スターリンの外人部隊』という題名は大きく間違っている。だって、外人部隊、というよりはポーランドとかの軍隊の話なんだもん。

その次はヴィレッジヴァンガードに行く。確かにこの店はサブカルを扱っているが、なにぶん「イケてる」サブカルの店なので、予想通りカポーに満ち満ち溢れている。俺のようなデブオタが入っていくには逆ATフィールドが強すぎる。「あなたはどこにいますか？」と言われても実存的疑問などとうてい持ちえなさそうな幸せな人間がいっぱいでいっぱいで、俺は思わず存在しない鳥取の実家に帰ってしまいたい気分でいっぱいになったけれど、我慢して初期の目的を果たす。

目的は何かというと、オリーブオイル・ポテトチップの入手である。

なぜ俺がただのオタでなくデブオタかというと、おおむねポテチが元凶だ。俺は酒も煙草もやらない人間である。ジュースも飲まない。ウーロン茶か生茶だけだ。それでは健康かと言うとさにあらず。俺は想像を絶する脂肪肝に蝕《むしば》まれている。なぜかというと、俺はポテチを大量に喰うからだ。コンソメは喰わない。コイケヤののり塩、それだけをひたすら喰う。どれぐらい喰うかと言うとビッグバッグ一袋を一回でたいらげる。我ながら異常である。彼女ができないわけだ。ポテチには発ガン性がある、とニュースで流れたとき。俺の母親はあんたがガンになったのは間違いなくポテトチップのせいだ、頼むからやめてくれ、と懇願されたのを思い出す。

いわば自作自演のスーパーサイズ・ミー。なのだが、そんなことはどうでもよくて、職場で「信じられないほど旨い」というこのポテチの話を聞き、ポテトチップ・ジャンキーである俺は矢も盾もたまらずこれを買うためにヴィレッジヴァンガードに向かったのだった。

そうしてオサレサブカルショップを突破して（ヴァンガードか一部のドンキでしか買えないらしい、いまのところ）、俺はこれを入手した。一袋430円。もはやポテチとは思えぬ値段ではあるが、おれはこれを3袋所望して帰還した。竹内まりやが「クリスマスは誰にでもやってくる」と唄う。そうか。俺は知らん。俺はポテチを喰う。

高い。けど旨い。分厚い。

12-30, 2004　「じゃあ、逝くわ」

■今年観た映画の記憶

物凄い勢いで忘れている。自分が今年、何を観たのか。そんなに数を観ているわけではない。月にせいぜい5、6本がいいところ。それなのに思い出せない映画がたくさんある。悲しいことだ。

1：「ヴィタール」

「バレット・バレエ」から塚本晋也は変わった。分かりやすい無邪気さと暴力性はなりをひそめ、かわりにびくびくした映画を撮るようになった。それは一言で言って死が怖い映画であり、死に脅かされる人間たちの寂しさを扱った物語だ。「バレット・バレエ」からの塚本映画は、常に「終りの刻」を見据えながら、その虚無に怯えながら撮られているように思う。その怯えが発する匂いが、この映画をある意味で美しく、また悲しくしている。「六月の蛇（実はこちらのほうが好きなんだけど）」とこの映画。塚本がこのままこの方向で行くなら、ぼくはものすごく嬉しいのだけど、「やっぱり『鉄男』のほうが」という人の方が多いんだろうなあ、やっぱり。こんなきれいな映画にあまりお客が入っていないというのは悲しいことだ。

2：「マイ・ボディガード」

この映画の結末は断じて、原作を台なしにした「ハッピーエンド」などではない。この映画はどん底に暗い。それこそトニーを怨みたくなるくらいに。「復讐によって生きる希望を得、愛する者を再獲得し、もりもり人間として回復してゆく」原作にくらべ、この映画は（回復期間をおいて、しかも訓練しなおす）原作とは違い、最初の傷も癒えぬまま、血を流しつつ歩いてゆく道としてあり、その当然の帰結としてあの美しい終幕がある。少女が無惨に犯され死んでいればそのほうが容赦ないのかというと、当然だがそんなことはないのだ。「神は俺たちを赦すと思うか?」「無理だな」そこから始まって、そこで終わる物語。ベッソンの「レオン」などではとうてい達することのできない「悲劇」を、トニーはあっさりと達成してしまった。これは、煉獄に留められた者が「地獄へ落ちること」を許可される物語なのだ。

3:「イノセンス」
「CGが浮いている」と言いつつ、かといって多分「フツーの」背景ではもう満足できないだろう。そういう予感がものすごくある。あれほど緻密だった「スチームボーイ」や「ハウル」の背景美術に感じた退屈さが、それを証明している。いわば、「まだそちらに行くべきではなかったのに、踏み出してしまったために、過去の技法が退屈になり、しかしそれが採用した新たな技法はまだ成熟していない」というところ。

4:「ソドムの市」
この人にちゃんとお金を与えて映画を撮らせてあげたら、凄いものができると思います。

5:「殺人の追憶」
ドロップキック。

圏外：「IZO」「マスター・アンド・コマンダー」「ミスティック・リバー」「パニッシャー」「誰も知らない」

「ロード・オブ・ザ・リング」は叙情ではなく叙事であるべきだった。ピーター・ジャクソンは神話をメロドラマにしてしまった。それはそれで正しいのだけど、もっと凄い映画ができるはずだった地点からのもっとも妥当な妥協としてしか、あの映画を評価できないところが辛い。それがとてつもない才能と情熱の産物だと知っているだけに。「キングダム・オブ・ヘブン」もそうだけど、リドリーは絶対に「架空の現場の段取り」を想定したカメラワークしかしない。ピーター・ウィアーもそうだろう。どうせフィジカル感を無視したカメラをやるのだったら、ゼメキスが「コンタクト」でやったような、地球から銀河系まで引いていっちゃいましたすいませんだってそれ出来るから、くらいのことをやらなきゃだめだ。

と並べてみてから、1〜3が愛するものとの距離の遠近を測る映画、近づくために払う代償についての映画であることに気がついた。今年はいろいろ辛かった。認めたくはないけれど、人生が映画の嗜好に露骨に干渉してきたようだ。

個人的には「アトミック・カフェ」とか「アレキサンダー大王」とか「戒厳令」とかが

再上映されたのが嬉しかった。

12-31, 2004　明日の世界

■よい年を探して

年末は鹿島神宮へ初詣に行く。男だけで。年始は松本の方の温泉に行く。男だけで。

絶望は深い。

といいつつ、自分が本気で誰かに愛されるための正当なコストを支払っているかと言うとそうではなく、私の給料の大半は映画とＤＶＤと書籍に消えている。先日もディッシュの『アジアの岸辺』とベスター『願い星、叶い星』、文庫で『潜水艦戦争』を買った。いわゆるキモオタというやつだ。そういえば昨日、コミケで知人たちと会っていたのだが、そこで衝撃の事実をきいた。ニートには年齢制限があるというのだ。34歳まで。俺は定義から言えばニートではないが、それでも34を過ぎれば一夜にして「かっこいいニートがカッコ悪い無職になる」という篠房氏の発言に心底打ちのめされた。俺は誰だ、だれだ、だれだ、とデビルマンの歌詞を実存的にマイナーチェンジして唄ってみたが事態は一向に改善しない。目の前ではサークルの知人（男）がタチコマが擬人化された少年となってバトーに玩《もてあそ》ばれるタチコマ擬人化ショタ攻殻同人を開いて俺に見せてくれている。少年の耳にはインカムというかヘッドホンがあり、そこには小さな穴が３つブチ穴風に刻まれてい

るのでタチコマだとわかる記号の役割を果たしている。この偉大なアイデアには正直してやられたという感慨を持ったのだが、それはそれとしていま有明で女性向けエロ同人誌を友人に見せられしてやられたと感じている俺はだれだ。絶望が深い。俺は誰だ。

つまり、そのためには正当なコストを支払え、ということになる。困った。困りながら今日もこうしてはてなを書き、本を読む。どうしようもない。俺は本気ではないのだろうか。『ラース・フォン・トリアー～スティーグ・ビョークマンとの対話』によると、ラース・フォン・トリアーは病気パラノイアで、自分はいつもうん10種類の癌に犯されているという不安（というか確信）に苛《さいな》まれているそうだ。このオッサンがヤバげな人間なのは知っていたけれど、この話でちょっと親近感が湧いた。

年末、俺は友人と鹿島神宮へ初詣に行く。男だけで。年始は松本の方の温泉に行く。男だけで。

じゃあ、また。

伊藤計劃：第弐位相

2005年

初出
「伊藤計劃：第弐位相」（2005年）
＊同題の伊藤計劃個人ブログ（http://d.hatena.ne.jp/Projectitoh/）掲載。

編註：個人ブログに書かれた記事を抜粋したもの。あきらかな誤植や、他ＵＲＬへのリンクを紹介したものに対する修正、最低限度の表記の統一を加えたほかは、基本的にそのまま掲載している。

01-30, 2005　俺の腹がインクレディブルだ

■冷戦抜きのヒーロー

『メタルギアソリッド3：スネークイーター』『エースコンバット5：ジ・アンサング・ウォー』と、去年は冷戦が懐古的にフィクションの舞台として使用されはじめた年だった。

　というわけで攻殻の2ndを見てみると、一見難民問題がメインに見えなくもないけれど、これもやっぱり最終的な落とし所は冷戦だったりする。デ・ニーロが監督作として準備を進めている「グッド・シェパード」はＣＩＡのスパイハンター、ジム・アングルトンをモデルにした主人公の半生を描くものだそうだ。アングルトンの布《し》いた、魔女狩りかマッカーシズムかというくらい苛烈で行き過ぎた防諜体制は70年代にＣＩＡの弱体化を招き、その弱体化は後にエイムズ事件を招く遠因となる。

というわけで、ここにきてフィクションのネタとして冷戦がホットなものとなりつつある。現在映画化が進行中の「ウォッチメン」はこの流れに乗るものなのだろうか。ニクソン体制下の80年代、という架空世界はしかし、明らかに右傾化したレーガン体制の写し絵だった。ニクソン云々は抜きにしても、あれは明らかに冷戦という背景を抜きにしてはあり得ない結末だった。いま「ウォッチメン」のあの結末が成立すると思える人間は少なかろう。テロリズムが新たな戦争の形態と化し、暴力が遍在化し、国家が戦争行為を掌握できなくなりつつある現在では、あの「世界平和」は絶対に信じられない。しかし、ふたつの国が軍事行動を掌握していた（かのようにみえた）あの時代には、そういう物語はじゅうぶん信じられたのだ。

たぶん「ウォッチメン」から冷戦を抜き去ったものが「Mr.インクレディブル」なのだろう、と思った。今日。

というか今日やっと観たから。インクレ。インクレディブル夫人がエロいと思いました。

02-01, 2005　よき商売は、つねにそこにある

■『戦争請負会社』P・W・シンガー、NHK出版

Take a close look at the track record of this company, and you'll see that we've gambled in markets traditionally regarded as non-profit-hospitals, prisons, space exploration. I say "good business is where you find it".

と、ディック・ジョーンズ氏はおっしゃられたわけです。オムニ社ことオムニ・コンシューマ・プロダクツ社の重役会議において。病院や刑務所や宇宙開発とかいった利益をあげない分野を、我々はマーケットとして開拓してきた、と。「よき商売は、そこにある」というロボコップの「警察が民営化された未来」というのは、87年当時、中学生で劇場公開時に観た私の心にはものすごくインパクトのある設定として映ったわけです。警察が民営化なんて、そんな無茶苦茶な、でもブッ飛んでて凄い、と。

それから18年を経て、世界を見回してみると、なんとそれが現実になっているどころか、軍隊までもが民営化されようとしているではありませんか。

というわけで、『戦争請負会社』を読んでいるんですが、ひさしぶりに本を読んで興奮しています。なんだかＳＦ読んでいる気分です。ここに書かれているのはまぎれも無く現代であり現実である「いま、ここ」なんですが、特に第二章「軍事民営化の歴史」と第四章「なぜ安全保障が民営化されたか？」を読むと、組織化された暴力が国家に集約されていたついこの間までの状況が、歴史的にはむしろ特異なのだ、という価値観の逆転、センス・オブ・ワンダーが味わえて、ここまでくるとほとんどＳＦの興奮に近い。

おしえてお爺さん、そうか教えてやろうハイジ、軍事教練だ。腐った口を開くなこのオフェラ豚。とハートマン教官のように言ったかどうかはともかく、アルムのおんじことハイジのおじいさんは昔、スイスから統合直前で荒れまくっていたイタリアに傭兵として出稼ぎに出ていたことがあるわけで、軍事力というのはかつては個人レベルで切り売りされていたことがあるのです。

マクニールの『戦争の世界史』によると、

16世紀のヨーロッパ諸国の海軍力のひとつの重要な特質は、そのほとんど民業的な性格であった。たとえばイギリスにおいては、英国海軍は、民間所有の商船から分化しはじめたばかりだった。実際、１５８８年にスペイン艦隊と砲火をまじえた船の大部分は商船であり、そして商船といっても、その平時のなりわい自体が、貿易と掠奪が半々くらいだった。

とあるように、そもそも軍事行動と犯罪行為と商業活動とは未分化の、一体となった活動であり、

同じことはアルマダ艦隊そのものについてもいえた。アルマダのうち40隻は武装商

船で、専用の軍艦は28隻にすぎなかったのである。（『戦争の世界史』）

つまり、戦争は単純に儲かったわけであり、完全に経済サイクルの一部をなしていたわけです。

この本のインパクトは、読んだあとに戦争行為が完全に既存の経済システムの枠内でサイクルを成す「流通の一部」に見えてしまうことで、これは「戦争は儲かる」といった紋切り以上の衝撃を覚えました。たしか『アイアンマウンテン報告』の論旨のひとつに、戦争は完全に人工的な需要であり、経済システムの外にあるがゆえ、経済コントロールにおけるバッファの役割を果たすことができる唯一の機能である、というものがありました。

（「戦争」の経済的代替になるシステムは）ことばの常識的な意味で「無駄」でなくてはならず、次に通常の需要供給システムの外で機能しなくてはならない。（『アイアンマウンテン報告』）

代替案に無駄な宇宙探査計画が提示されていることからもわかるように、『アイアンマウンテン報告』においては、戦争はまさしく壮大な無駄そのものであることによって、社会に欠くべからざる機能を有していることになります。

しかし、この『戦争請負会社』が導き出すビジョンは、よりぞっとする面白いもので、戦争がむしろ無駄などではぜんぜんなく、さらに完全に通常の需要供給システムの内側にある、またはそうなりつつある、というものです。ここまでくるとほとんどSFですが、びっくりすることにこれは現実だったりして頭がクラクラします。

「戦争の民営化」という題材以上の起爆力を秘めた、ほとんどSFといってもいい価値の転倒を（私のように歴史にも経済にも無知な人間にはとくに）ひき起こさせてくれる本。

02-11, 2005　判断しろ、いますぐ

■ボーン・スプレマシー

ここ最近、冒険小説の名作の映画化が続いている。こういうタイプのアクション映画の企画は90年代後半から消えはじめ、一時期は誰も求めていないもののように思われていた時期もあった。しかしここにきて「マイ・ボディガード（燃える男）」とこれだ。

邦題が「殺戮のオデッセイ」でないのは、ここまで来るともう原作関係ないからどうでもいい。小説の原題なんだし。「マイ・ボディガード」とこれ。いずれもがタイトに締まった傑作であり、観客の大半が映画にやたら説明的な情緒ばかり求める、そんな世の中の流れに逆らった、行動によって物語をビシッと示す映画的ストイックさを持っている反時代的な作風である、という2つの点においてこれらの作品は同じだ。タイプはまったく違

うけど。

というわけで、映画を観てひさしぶりにテンションがあがりましたよ。最近これってたえてなかった。映画見てアッパーになるなんて。

これがどういう映画かというと、ザクザク判断しまくる映画、とでもいいましょうか。疑心暗鬼に陥ったり悩んだり後悔したり、そんな苦悩の表情を延々と映して観客に「心理描写してますよ〜」と「言い訳」する時間なんてねえ！　こいつらはプロだ！　すべてが行動の中で語られるべきだ！　そんな作り手の意思があったかどうかは知りませんが、この映画は確かに言い訳がない実に正々堂々とした「映画」であり、それが証拠にマット・デイモンの台詞少な！　語る前にざくざく計画し行動するジェイソンが映画をぐんぐん前進させ、うわあこの進む感じ、これが映画だ、という快感に1時間40数分私はひたっておりました。

序盤、凄腕の暗殺者がインドで主人公を狙って繰り広げるカーチェイス。主人公の巧みなドライビングによってぐんぐん離されていった暗殺者は、前方に川があると見るや、あっさり車を捨ててダッシュ！　この「車ではもう追いつけないという現実的な判断↓しかし川を渡るには橋を通る↓つまりそこばかりはルートが確定しているうえ左右に振れる幅もない↓狙撃にうってつけ」という判断を瞬時にこなして、暗殺者が車を捨てて走り川べりに狙撃位置をとる、という描写にまずしびれる。主人公もまた、その局面局面であるときは周到に準備し、あるときはMASTERキートンのごとく有り物を使いまくり、とざくざく判断してピンチを切り抜ける。行動のオプションがものすごく多い人が、テキパキ鬼のように判断し判断し行動していく、それだけで構成されたかのようなタイトな映画に、悩んだり泣いたりして観客に言い訳するためだけに演じられる「心理描写」の居場所はありません。そんなものがなくとも、主人公の行動の中に、マット・デイモンの表情の微妙な陰の中に、映画的なエモーションは宿っているからです。

一応前作の要素が大きく絡んでいる物語なので、前作を憶えていない人は見ておいた方がより楽しめます（前作見てないと、中盤の家で戦う男が誰だかさっぱりわからんだろうなあ）。

余談：ラストにロシア美少女が出てきます。しかも泣きます。

どうでもいいことだが、グリーングラスって激しく謎な経歴なんだな。映画監督としては知ってたけど、まさか『スパイキャッチャー』をピーター・ライトと書いてたグリーングラスと同一人物、って最初ネタかと思った。『対決・スパイキャッチャー事件の舞台裏』っていう例のスパイキャッチャー発禁騒動を扱った本では、11章「グリーングラス登場」って、チャプターのタイトルロール（笑）になってるじゃん。残念ながらこの『対決』は手許にないんだよな。古本屋で探そうかしら。

02-12, 2005　機械くん

■マシニスト

　この映画の主人公は認めたくないものからひたすら目をそらし続けているのだが、俺もこの際だから認めたくないが認めてしまおう。俺はロリ顔の歳上を常に欲望しているということを。なぜここでそんな告白をするのかというと、もはや脱いでいない作品を探すほうが難しくなってきたＪＪＬがこの作品に出演しているというのを全く知らず観にいったので、いじらしい娼婦役として画面に登場した瞬間おもわず口許がほころんでしまったからだ。デビュー作から一貫して脱ぎ続けてきているので、いまさらこの人のおっぱいなど見ても嬉しかないのだが、しかし劇場で見るとやっぱりおっぱいはいいもので、ＪＪＬありがとう、と感謝しながら性的にアグレッシブになり、僕を見て、僕を見て、僕の中のモンスターがこんなに大きくなったよ、とDr.テンマに報告したくなった。とはいえ、俺は「未来は今」の脱いでいないＪＪＬがベストなんだが、それはどうでもいい。ついでにいうと、俺は永作博美も大好きである。緒川たまきも大好きである。だからなんだ。

　さらに言えば、俺は中盤まであれがマイケル・アイアンサイドだということにまったく気が付かなかった。あまりに体型が違っていたし、目つきが人を殺しそうではなかったからだ。しかし、あの役がマイケル・アイアンサイドであると理解し、舞台が（何を作っているんだかまったくわからないが）事故が起こりそうな気配だけは濃密に立ち籠めている工場であるということとあわせて考えるに、アンダーソンはこれをギャグとしてアイアンサイドにキャスティングしたに違いない、と確信した。「トータル・リコール」のエレベータで彼がどうなったか、「スターシップ・トゥルーパーズ」のラズチャックがどういう人間だったか、それを思えばこのキャスティングはギャグ以外の何物でもなかろう。もはや、「志村、後ろ後ろ」の世界であり、アイアンサイドは期待通りの部位に期待通り悲惨な目にあってくれる。

さて、日本のオタクのあいだではすっかり「ハムの人」ならぬ「ガンカタの人」と化してしまった感のあるクリスチャン・ベールだが、画面で見た瞬間笑ってしまった。いくらなんでもヤバすぎる。冗談ではすまされない死臭がプンプン画面から臭ってくる。監督や脚本家は最初はCGや特殊メイクで処理しようとしていたらしいが（当たり前だ）、月並みな言い方にはなるがやはり現物が映し出されると、そのディテール、皮膚や骨格が醸し出すテクスチャの意外性はたぶん人間の想像力の範疇を越えていて、それは「セブン」の怠惰《たいだ》の罪の犠牲者（ロブ・ボッティン仕事）と比べるとはっきりする。ロブ・ボッティンが拙かったのではない。というか彼は凄い。しかし、やはり現物の凄まじさにはかなわないということだ。クリスチャンの体作り（役作り、とはもはや言うまい）の凄まじさは尋常ではない。「こいつ、死ぬ」と観客をはらはらさせる肉体というのはいったいなんだろうか。

アンダーソンは頑張っている。「カフカ」でソダーバーグがやらかしてしまったようなことをアンダーソンは周到に避け、不眠症、匿名の街、と「不条理」の誘惑があまりに強いこの物語を、奇妙なバランスで現実に着地させる。謎はない。というか、この映画の「ネタバレ」の仕方に自分はけっこうびっくりした。まるで解答が見え見えの○埋めクイズをやらされている気分だ。脚本家も監督も謎を露出しつつ隠そうという気がまるでないかのように、最初から最後まで親切丁寧に何度も何度も同じモチーフを反復させて「答え、禁じられているから言えないんだけど、ほら、これです、これなんです、みなさんわかるでしょ」というたたずまいで映画は展開していくのだ。反復なんてのは映像の文法としてよくあることじゃん、と言われるかもしれないが、この映画が奇妙なのは、反復していることそれ自体を、観客に露骨に指し示すことにある。言うなれば「いまから反復します。ほら、これ反復しているでしょ。これがヒントなんです」とすべての観客にわかってほしいとでも言うかのように。この映画は反復によって匂わせる、という文法を採用していない。反復箇所を指し示し、それが答えであることを指し示す。その意味でこの映画には「予想」する楽しみはない。このやりくちの身も蓋もなさに、正直俺はびっくりした。

とはいえ、やはりベールの肉体だ。死。この映画は不眠症についての映画ではない。記憶についての映画でもない。答えはあらかじめ指し示されている。ベールの肉体を見た瞬間、アンダーソンにはある種の確信が芽生えたのではないだろうか。眠れないことも、記憶が断片化していることも、このクリスチャン・ベールの肉体の前にはいかにも弱すぎる題材だ、と。ベールの肉体の前に準備されていた脚本は崩壊したのではないだろうか。いや、脚本の魅力は、というべきか。この肉体が伝えうるものを撮らねばならない。この肉体が宿している、えらくたちの悪い胸のつまるようなものを焼きつけなければならない。その「現物」を前に、この以前は魅力的に見えた脚本は、ヘボいメメントのようなもの(「メメント」自体がヘボい映画だ、ということは置いといて)でしかなくなってしまった。

謎はどうでもいい。映画はこの肉体が牽引する。そんな確信がアンダーソンの中にはあったのではないだろうか。

これは不眠症の映画ではない。肉体の映画、オブジェについての映画、それが存在するただそれだけのことの凄まじい迫力についての映画なのだ。

02-26, 2005　199X年……人類は絶滅していなかった

■日常としてのジェノサイド

数年前から、ずっと妄想してきたことがある。いま、核を扱う物語とはどのようになるのだろうか、と。核爆発によってニューヨークが、ロサンゼルスが壊滅し、ウン10万、ウン100万の人が死ぬ。それを防ぐために主人公たちが駆け回り、テロリストは政治的目

標やあるいは個人的な復讐のために核による虐殺を完遂しようとする。それで物語は収まるものだろうか。

冷戦が終わってからこのかた、ハリウッド映画で核爆発を何回見ただろうか。ジェームズ・キャメロンはいうまでもなく冷戦の子供としての物語を一貫して作りつづけてきた監督だ。ターミネーターは核戦争後からやってくる。エイリアン2で主人公たちにタイムリミットを切るのは核融合炉の臨界時間だ。アビスは核弾頭をめぐる物語であり、完全版によってその背景で「第二のキューバ危機」が進行していることがわかる。キャメロンは核と、それが象徴する冷戦的な巨大科学の破綻を一貫して描いてきた。

しかし、そのキャメロンがキノコ雲を夫婦の愛情を確認するキスの背景として扱うというものすごいことをやったとき、なにか世界のタガが外れたような気がしたものだ。ミミ・レダーの「ピースメーカー」において核爆発は冒頭でいきなり炸裂し、クライマックスの座を与えられることはない。

核は日常化する。核はこれからありふれた風景になるのだ、という予感。それがたぶん、ぼくが「トゥルーライズ」に感じた無気味さの正体だったのだ、と今はわかる。

核爆発を防ぐ話が時代遅れで、ビビッドではない、という人は、たぶんその風景を予感できない人なのだろう。大きな物語はぜんぜん死んでいないのだ。アメリカでも、ロシアでもない、北朝鮮やパキスタンのような国が、あるいはテロリストが核を爆発させたその日、確実に世界は変わる。核はその瞬間、神棚から降ろされ、通常兵器の座につくだろう。単に威力の強い爆弾として。

ハリウッド映画の中で、映画どころかテレビドラマの中で、核が炸裂し炸裂し炸裂する時代が感じるべき「予感」。核の使用を防ぐために戦ってきた「メタルギア」シリーズも3作めにしてついに核が炸裂してしまった。しかも「ピースメーカー」と同じく物語の冒頭部でだ。

ぼくがぼんやりと考えたのは、政治目標でも個人的怨恨でもなく、その「タガ」を外すために核を爆発させようとする悪役の存在だ。最初の一発を担う者として。核が見慣れた風景となり、大量死と汚染に「慣れた」世界を地上に出現せしめるために、核を爆発させようとするキャラクター。

メタルギア3発売前にデイビー・クロケット核無反動砲について書いたとき、そのような小型核を生み出した思想についても触れた。爆撃機の時代が終わり、ＩＣＢＭによる相互確証破壊の時代がやってくる直前、マクナマラは核が通常兵器として使用される世界を構想した。柔軟反応戦略というやつだ。かつて、アメリカはそのような世界を想像したことがあるのだ。核が歩兵に配備される世界を。

柔軟反応戦略が継続していたら、世界はどのようになっていただろうか。大量死にすら日常として「慣れ」た人々が暮らす、別の価値観を持った世界になっていただろうか。あるいは米ソの核戦争が起こっていただろうか。

それはわからない。だけど、核が日常と化す時代は別のかたちで、そこまできているのかもしれない。

03-20, 2005

■匂い

この3週間、膝が痛くて痛くてたまらんかった。いろいろな病院に行き、いろいろな診断をされた。やっかいなのははっきりした原因がとんと思い当たらないことで、しいて言えばその前数週間、びっこ引きの脚を無理矢理動かしてウォーキングマシンで歩いていたことぐらいか。てかそれか。

とはいえ、この膝は3年前の術創にとってもちかい。このすぐ近くまでガン細胞がきていたわけで、手術のあとに見せてもらった座骨神経の写真はとっても黒ぐろしていてほんとにこれが神経だったものかいな、って感じだった。座骨神経が16センチほど、太腿の裏側の筋肉まるごとと一緒に写っているが、まるで自分のからだじゃないみたい。肉屋で肉を見ている感じだった。

なわけだから、骨に、膝にかかる体重は当然健常者とは違う。そこを忘れて頑張って歩いたものだから、無理が出たのだろう。と思いたいのだけれど、やっぱり転移という言葉が頭からはなれず、それはあり得ない、とっても確率が低い、と自分に言い聞かせても、夜眠れないという現実はいかんともし難かったのだった。弱いなあ。

整形外科の外で順番待ちをしていたら、深刻な顔の人が廊下に立っていた。かたわらには医者っぽい人が立っており、親族の方を呼んだ方がよろしいかと、などと言っている。危険な状態でしょうか、とその人がきくと、医者らしき人は頷いた。扉には緊急処置室、と書いてあった。なぜこんな場所が通常の外来の脇に位置しているのか、わからない。改装中らしいので、その関係かもしれない。

診察を受けて、出てきた時、その人は電話をかけているところだった。

あそこで誰かが死につつある。

座薬をケツにつっこむと、痛みが引いて行く。が、どうなのだろう。膝は痛いが、そこから下はどうなのだろう。この足首をねん挫しても、ぼくはその痛みを感じることは出来ない。右足にとって、膝が痛みという感覚的アラートの最終ラインだ。膝から下の事は、ほとんどわからない。

あそこで誰かが、その日死につつあった。

死んだかどうかは、わからない。ぼくはすぐに病院を出て、家に帰ったからだ。ＭＲＩをとったものの、やはりアレの主治医である医科歯科で、という話になって、ＭＲＩを貸出してもらった。たぶんただの炎症ですよ、と医者はいい、ぼくもはっきり言ってそう思う。転移ではあり得ない。

けれど、ひた、ひた、とそこかしこに足跡を感じる。祖母が死んだとき。後輩が自殺したとき。愛犬が死んだとき。あのとき感じた匂いが、この数週間膝の痛みとともに、ずっとからだにまとわりついている。

その匂いを、自然として、日常として生きることができる日がくるのだろうか。それは努力して獲得できるものなのだろうか。そうであるなら、努力したいけれど。逃れ難い感覚であるならば、せめて異界でなくそれを日常としたい。生活というフレームに収めたい。たぶん、ほとんどの人はそれができているのだろう。ぼくはそれを獲得できるだろうか。

03-21, 2005　彼岸アニメ

■劇場版ワンピース～オマツリ男爵と秘密の島

「なんかこれ、すげー怖いんだけど」

と隣の席の少年は言った。それは具体的には劇中のある箇所の描写に関してなんだが、そこ以外でも劇場は後半、分厚い沈黙に包まれ、子供達は押し黙っていた。退屈していたのなら雑談が聴こえはじめるはずだ（他の映画でそういう経験をしている）。しかし子供達は押し黙っていた。

この映画をどんな層がどんな楽しみを求めて劇場に来ているか、ぼくは知らない。漫画

はさすがに読んでいないということはないけれど、ときどき眺める程度でキャラをある程度知っているにすぎない。だから、キャラへの（事前の）思い入れもまったくないし、かくあるべし物語の方向性もない。

そういう人間にとって、この映画ははっきり言って驚いた。「これはワンピースではない」とか「こんなものを観客はワンピースに求めていない」とかいう物言いは、押井のBDやパト2の劇場公開時にさんざん言われたことでもある。十年一日のごとし。いまそれらの映画が「うる星」というコンテンツよりも「パトレイバー」というコンテンツよりも強靭に「映画として」生き残ってその存在をゴリゴリに主張していることを思えば、結局映画は映画として生き残ったり忘れ去られたりするしかない、という真実を語るまでもないだろう。作り手が「映画」に忠実であるしか、映画が生き残る道はないのだ。それでもなお、これを「ワンピースとしては」などという保留をつけるものがいるのなら、そいつは映画の敵であり、自分はワンピースの熱心な消費者でなかったことを素直に喜ぼうと思う。

とにかく嫌な映画なのだ。嫌、というか、「嫌な予感」が全編を覆っていると言うか。その「嫌な予感」の正体はいわゆる「後半」になって明らかになる。なぜそれが「予感」だったか。それは、その到来する世界が現実の我々にとっても「予感」としてのみ接しうる世界であるからだ。我々はそれを予感としてしか経験できない。

冒頭の飛行機雲を模した「パッション」もどきの航跡から、それはすでに漂いはじめている。ここまで書いたんだから、もう言ってしまってもいいだろう。それは彼岸の予感だ。この映画を覆うのは死者の風景だ。後半で突然転調しているかのように見えるこの映画も、しかし前半部からしっかり死の匂いをあちらこちらに貼り付けて、それを観客に気取られないように動画は動き回り、巨大な物体はその巨大さをゴリゴリレイアウトで主張し、と煙幕を張りまくって覆い隠す。

前半部でのどこか空虚な明るさは、まさしく後半の展開を支えるための空虚さなのだが、それはそれで充分楽しい。距離感やスケール感を適確に表現する画面構成が、その「楽しさ」にぐんぐん機能していくさまは見ていてほんとうに楽しい。その画面構成力が、後半部に登場するオブジェを見せるツールとして使われるとき、この映画はその正体をあらわす。それはまさに「予感」としてぼくらの人生に漂う、漠然とした「死」のひろがりを描くことだ。

後半でこの映画は「死」の風景から始まっていたのだということがわかる。「仲間」という言葉が劇中幾度も登場し、あたかもその関係性の取り結び方についてのある解答を指し示してるかのようにみえるこの映画。しかし、オマツリ男爵の場合、「仲間」という関係性は破綻したのではなかった。それはある種理不尽に奪い去られたものだった。脚本上ははっきり混乱しているのだけれど、男爵が主人公であるルフィたちの関係性を破綻に導こうとする欲望と、彼の関係性を永遠に固定しようとする欲望は一致しない。なにせ、彼の仲間は奪い去られたのであって、オマツリ男爵自身は仲間と破綻したことなど一度もないのだから。彼は関係の破綻を経験していない。奪い去られたそれを、取り戻し、永遠に維持する。それがこの映画の悪役の欲望だ。

この映画に登場する、色褪せた写真にノスタルジーが与えられていないのも、そのためだ。それはまさにオマツリ男爵の関係性が永遠に固定された風景なのだ。完全に静的で変わることのない関係性が永遠に続く世界、それはまさに死の世界だ。この映画の「島」は彼岸として有り、あの写真はそれを指し示す自己言及のつぶやきなのだ。

「新しい仲間をつくってもいいいんだよ」

かつての仲間はオマツリ男爵にそういう。死んだ仲間が、だ。もちろん、そうだ。人間は愛するものの死を乗り越えて生きて行く。それが前向きな正しい物語の在り方というやつだ。しかし、それが同時に残酷であることをオマツリ男爵は知っていた。前向きであることが同時にどんなに残酷であるかを。それに全力で抗《あらが》って、たどりついたグロテスクな地平。それを否定する力は、この物語にはない。

一方、この物語を終えたルフィたちが帰って行くのはどこだろうか。関係性は固定し、はじまりも終わりもなく、死の予感をはく奪され、それゆえ逆説的に永遠の倦怠すなわち死を蔓延《まんえん》させる「ワンピース」という、いや、すべてのキャラクターコンテンツ、の中へ帰って行くに過ぎないんじゃないか。

「なんかこれ、すげー怖いんだけど」

と隣の少年が言った。ぼくもとても怖かった。きみもいつか、自分が、他人が死ぬということを予感として常に抱えつつ生きなければならない、そんなことを意識してしまう日がくるだろう。だからぼくは、この映画がとっても怖いんだ。「斬られたのに死んでいない」彼を見ていて、ぼくはいつのまにか泣いていた。

05-03, 2005

■ローレライでできればみたかったもの

いまある本を読んでいたら、2次大戦中の米艦のCICの写真があった。たぶん艦長以下のえらい人たちが「当時の」でっかいコミュニケーションツールに囲まれて、でっかいヘッドホンを頭につけ、円形のテーブルをぐるっと囲み、顔突き合わせて座っている。

CICというシステムの黎明期。艦長がブリッジに常駐せず、窓のない部屋で戦闘指揮を組み上げてゆくことになる、そんな未来の予感が見える写真だった。

「あの時代」をファンタジーとして扱うことに決めたあの映画だから、というのにたぶん密接に関係しているのだけど、映画では原作にあったCZ探知のくだりがざっくりなくなっている（というか、最初からなかったのかも）。樋口さんの画コンテ集に載っている、かなり原作にそった中島かずき初期稿にもＣＺのくだりはないから、最初からこのテクノロジーに関する部分は末節だったのだろう。

実は、自分は福井作品では『終戦のローレライ』が一番好きなのだ。それはこの作品がいちばんＳＦっぽいからだ。というと超能力美少女が、と勘違いするひとがいそうだから念のために言っておくと、福井作品ではこの作品が唯一、テクノロジーというものに（どのようなスタンスであれ）作者がコンシャスになった小説だからだ。

ローレライにＣＺを併置する思考、そういう眼の付けどころがちょっとＳＦっぽいのだ。「当時の」最先端の技術を登場させる、とはそういうことだ。いまわれわれの「現実」となっている技術の、その萌芽を「フィクションとして」描くこと。世の中のシステムが変わっていくその初期段階を、技術に託して触れること。

今日、このＣＩＣの写真を見て……これが映画で描けていれば、この窓ひとつない部屋での戦闘指揮が映像化されていれば、「たたかい」の在り方が、そして「時代」がこれからテクノロジーによって変化するという、その「予感」を映画にとりこめたんじゃないか、と想像してしまう。

というわけで、これから「ドッジボール」観てきます。

05-14, 2005　アイ・ラブ・オーリー・ザ・ホロウ

■キングダム・オブ・ヘブン

幸福なるかな、憐憫ある者。その人は憐憫を得ん。幸福なるかな、心の清き者。その人は神を見ん。幸福なるかな、平和ならしむる者。その人は神の子と稱へられん。幸福なるかな、義のために責められたる者。天の御國はその人のものなり。

――マタイ　5：7‐10

オーランド・ブルームは若すぎるかどうか、それはまったく問題ではなかった。オーランド・ブルームが軽すぎるかどうか、それもまたまったく問題ではなかった。かれに映画を支える力があるかどうか、という抽象的な問題も、じつはこの映画に在ってはまったく問題ではなかった。

ぶっちゃけ、リドリー・スコットの人選はほぼ完璧な選択だった。

この映画の主人公は、子を喪い、子を失ったことに絶望した妻を喪い、自死を選んだ妻を受け入れぬ天国の掟によって信仰を喪い、からっぽの状態から旅立ちを迎える。そこに主体的決意はなく、鍛冶屋として暮らす村を離れたのも一時の激情によって堕落した司祭を殺《あや》めたから逃げ出しただけだ。捕まえにきた領主の騎兵には逮捕してくれと言い、乗っ

た船は難破し抗うことはかなわない。ただひたすら、流され、流され、流され続けてかれはイベリンの領主になる。

彼はイェルサレム国王ボードワンⅣの妹・シビラと関係を持つが、この映画ではそれが不思議と亡き妻、その自死を侮辱され人を殺めたほどの想いを寄せた妻への裏切り、には感じられない。彼はフランスの寒村の鍛冶屋だったはずだが、剣の腕については指導されるからまあいいとして、灌漑《かんがい》をし、測量をし、戦略を立て、士気を鼓舞し、交渉を行う。おそらく彼の教育についてカットされたシーンが大量にあるはずだし、そういう意味ではこの映画は彼がこのような鍛冶屋から多彩な人物に変化したことについて、説明ナッシングでえらく納得がいかないはずだ。

が、ぼくはそんな主人公を、バリアン・オブ・イベリンを、普通に受け入れてしまった。それもこれも、バリアン・オブ・イベリンの、というよりこの映画におけるオーランド・ブルームの見事なまでのキャラクターのなさ、透明人間っぷりのおかげである。

彼はこの映画で鍛冶屋から領主になるが、その劇的な生活の変化を猛烈な当然顔で受け入れる。というよりいつ受け入れたのかもわからぬままに、いつのまにかそこにいて、そうなっている。彼の瞳だけは「この人は絶対に悪いことはしない」程度のことを観客に伝えるが、バリアン・オブ・イベリンについて我々が理解することを許されるのはその点だけだ。

正直、彼が何を考えているのか、我々にはさっぱりわからないのである。かれはその思考を顔に出すことを極限まで抑制しているし、しかもあまり喋らないからだ。「こいつ、こういうスキル持ってるからそこんとこ夜露死苦」というナメ腐った事後承諾の数々を、しかしオーランドのニュートラルというよりはゼロに近い存在感が、「あ、そうなのね」と観客に納得させる。思えば、彼は確かに鍛冶屋だったが、しかしその鍛冶屋ですら本当に自分の「キャラクター」だったのか。オーランドはこの映画であらゆる階層に出現しながら、しかしあらゆる階層に不在である。彼は暴力的なまでの不在っぷり、キャラクターの纏わなさっぷりで、鍛冶屋になり、騎士になり、領主になり、王女と恋に落ち、都を守る。

あらゆる局面に顔を出すことのできる所持スキルの多様さと、あらゆる階級に当然顔でなりすます順応性と、妻を失ったあとに別の女性と容易《たやす》く寝てしまうことを不義と感じさせぬ性格の不透明さ。この「なんでもアリ」を可能にするキャラクターの薄さを完璧に機能させる俳優として、オーランド・ブルームは完璧だった。そして政治から戦闘の場までさまざまなレイヤーを描くことを最優先の目的としたこの映画にとって、それはこの上なく幸福な選択であった。さまざまな場所を描くために、さまざまな場所にいてまったくうるさくない主人公を創出したのである。

あらゆる場所に立ち会うことを許された主人公が、そのさまざまな場所で出会うのはしかし強烈なキャラクターばかりである。父親のゴッドフリーは無論、「宗教など言葉に過ぎん」という宗教者「ホスピタラー」、ハンセン病に冒され爛《ただ》れた顔を仮面で覆う瀕死の賢王ボードワンⅣ世、その瀕死ではあるが敵でもある賢王に「私の医者を差し向けよう」と申し出るイスラムの英雄サラディン。いずれもが魅力的なキャラクターばかりであり、映画は彼等のその時々の行動によって輝きを帯びるが、我々観客がそれら多彩なキャラクターに出会うことを許されるのは、あらゆる場所に立ち会うことを許された透明人間、バリアン・オブ・イベリンのおかげである。

おそらくリドリー・スコットはある種の確信を持って、オーランドの「人格の薄い」資質を全面展開させたのではないだろうか。結果、彼はあるミステリアスな影を保持しつづけながら、その不明さゆえに大局に顔を出してそれを咎《とが》められない。なぜ鍛冶屋風情が、と我々観客がこの映画に接して口にすることを、オーランドの薄いキャラがやわらかに封じる。じゃあ、そもそもこの鍛冶屋は一体何者なのだ？　と。

この、あらゆる者になり、しかし同時にあらゆる者になり得ず、そしてそれを当然顔でいつのまにか受け入れている俳優を得たことで、この映画は思う存分世界にその戦力を集中することができたのだ。

こっからはいつもの空間恐怖症的リドスコの画面設計が全面展開する。異常な数の小物、旗、装飾によって画面を埋め尽くし、とにかく異世界の空間の容積をブッとして感じさせる。納得できる物語よりも納得できるアクションよりも、「納得できる空間」、分厚い空間を見るとエクスタシーを覚える人間なので、正直リドスコの映画を見る一番の快楽はそこにあるのだけど、この映画は予算が大きいせいか、ディテールがいつもの10倍増量でやってくるので、できればひたすら画面を見ていたかった。これもひとえに、空間を脇にやって存在感を発揮したりしない、オーリーという俳優のおかげである。他のキャラもまた、仮面をかぶせられたり、たっぷりとした布がひらひらする衣装を着せられたりして、人間と言うよりはディテールの一部、ブッとしての存在に還元されるよう配慮されている。あの衣装いいなあとか、あの椅子いいなあとか、あの建物いいなあとか、要するにそんな映画なんだが、そんな映画であることを許されたのも、ひとえにオーリーが主人公をつとめたおかげである。

ディテールといえば、この映画はほとんど投石器映画である。燃え盛った火の玉が着弾時に爆発するので、もはや投石器ではない感じだが、とにかくクライマックスではひたすら投石器と攻城櫓《やぐら》を見せられる。リドスコは投石器大好きであり、今回騎馬戦とか白兵戦はかなりあっさりめ、というか露骨にやる気がなさそうだ。攻城戦は投石器全面展開である。何せ、投石器の石が引っぱりだされる下部から外を臨む、などというけったいなカメラポジションが登場するのである。櫓の基部に人がたくさん乗っているのも初めて見た。思えば「指輪」ではただ人がぶつかりあって主人公達がアクション映画の如くアクロバットを繰り広げているだけで、こういう戦争のディテール描写は皆無だった（だから「指輪」の戦争シーンってあんまおもろくないのよね）。しかし、この映画はドンパチそのものを単純に映すよりも、画面を埋め尽くす旗と旗と旗とか、下品に輝くキリストの聖十字架とか、そういうものを見ていたい人間にとっては最高の一本だ。

帰りにこの映画の公式ガイドなる本を本屋で立ち読んだが、リドスコは序文で「自分でも認めるが、私は重いものを遠くに投げ飛ばす巨大な装置にも愛着が強い」などとのたまわっている。職権乱用である。実物大のを作って実際に投石したそうだが、こうなるともうリドスコ好きなもの大会である。

いろいろ文句はあるだろう（俺はないけど）。あまりにのっぺりしている映画だし、あまりに説明不足な映画だ。それでも、ハンセン病の若き賢王が、サラディンをはじめて打ち破った16歳の夏（すごい青春だ）を語る今際のときに「あなたは美しかった」と言うエヴァ・グリーンにぼくは不覚にも泣いてしまったし、サラディンはひたすらかっこ良かったし（黒いターガっていいよなあ）、なにげに（主人公以外の）キャラ立ちが激しいので、人が言うほどのっぺりもしていないし、説明も不足していないようにも思えるんだが。

そして、個人的にはこういう話に弱いというのはある。「天の王国」という題名がいい。そんな場所はないが、そんな状態はある。つかのま、人類の歴史にあらわれて泡のように消えてゆくそんな時間。愚か者たちが支配する歴史のはざまに一瞬だけ出現する、賢明さにあふれた、しかしはかなすぎる一瞬。しかし人々はそれを求めながらも得られていない。そんな「はかない時間」の失われていく物語。

　この映画、俺は好きだ。なので、出来不出来はもうわからん。

05-28, 2005　水中生活

■ライフ・アクアティック
　やらしい。デビッド・ボウイの使い方とか、DEVO持ってくるあたりとか全部やらしい。ウィレム・デフォーの使い方とかゴールドブラムの役どころとか、もう全部下品な感じ。いや、下品は下品でいいんだけど、楽しくない種類の下品さというか、収まるべきところに収まり過ぎたキッチュさがぜんぶやらしい。なんか、楽しくないのだ。楽しいはずなのに、これだけやってくれれば楽しくないはずがないのに、それでも見ているあいだまったく楽しくない（退屈、ということではない）。

　うーん、困った。ぼくの感性が摩滅しつつあるのだろうか。「キングダム・オブ・ヘブン」の評判の悪さといい、「ライフ・アクアティック」の評判の良さといい、他にもいろいろ、世間とのズレを感じはじめているのだけど、結構それが辛くなってきた。

　いや、全部が全部楽しくないわけじゃなくて、飛行機がフレームを低空で横切っていくカットとか、そういうのは良かったんだけど、見ているあいだ、すべてがきれいに収まり過ぎて、これって映画なのかしら、という疑問がずっと頭から離れずにエンディングを迎えてしまった。最後に男の子をビル・マーレイが肩に担いだときは本当にがっかりしたのだけど、それを説明するのってけっこう難しいなあ。

断面図セットをワンカットで、とか絶対に楽しいはずなのに、なんだか椅子に座ったぼくは終始カチコチで、ひたすら100点満点の答案を見ている気分だった。架空の水中生物のポップな感じとか、楽しいはずなのに。大好きなはずなのに。すべてがこなされているのに、こなされているがゆえにまったく楽しくない、ってぼくが歪んでいるのかしら。やらしいのはこの映画じゃなくて、ぼく自身がやらしいのかしら。これだけ揃っていれば楽しいはずなのに楽しくない、って、あれ、「スチームボーイ」に似ているぞなんだか。

まあ、「スチームボーイ」ほどフラットではなく、少なくとも退屈はしなかったのだけど、なんだかフィクションをあまり信用していない感じが、ウェス・アンダーソンと大友さんって似てる。どっかで無条件になれる瞬間を許さない感じ、段取りばっか整えてキューブリックとかアンゲロプロスとかとはまた別種の完璧主義を発動している感じが。

ケイト・ブランシェットも、デフォーも、ゴールドブラムも、なんだか窮屈そうだ。ものすごい自由を使いこなせていない感じで終始演技している感じがする。そんな窒息しそうな自由をものともしないビル・マーレイだけが、この映画の中では一番映画っぽくて、全力でフィクションしているというか、フィクションも現実もない、ただ突発的であるがままのケイオティックな世界を生きているというか、とにかくしぐさのひとつひとつや表情のすべてが「うおっ！」という驚きに満ちていて、ラスト、そんな驚きに満ちた表情で感極まるマーレイはひたすら凄いとしか言いようがなく、それはなんだか生気のないケイト・ブランシェットが彼の肩にそっと手をやる、などというがっかりするようなことをその場面でやらかしても、その驚きはいささかも傷つけられはしないのだった。

ビル・マーレイだけが、ウェス・アンダーソンの窒息しそうな自由から自由で、そこにこの映画唯一の驚きと感動はある。いい意味で俺俺映画な感じなんだけど、この映画自体はぼくが映画館に行って期待する「うおっ！」という瞬間、逸脱、思わぬところでのっぴきならない現実に出会ってしまったような不意打ち、をいささかも備えてはいなくて、いや備えてはいるんだけど、それをビル・マーレイという役者1人が全面的に背負っているというのは、やっぱり演出の敗北なんじゃないかしら、とそんな納得いかなさがずっとつきまとって離れなかったのだった。決定的なところでフィクションを信じていないような、期待も失望もないひたすらのっぺりしたフィールドで撮られたような、そんな感じ。

うーん、書けば書くほど、単にぼくの「優等生に対するひがみ」でしかないような気がしてきたなあ。自分を嫌いになりそうだ。

05-31, 2005　ドツボ

■キングダム・オブ・ヘブン再考

思ったのだが、これは9・11以降はじめての、押井守言うところの空爆映画、都市を空爆する／されることを描いた映画なのだった。「ブラックホーク・ダウン」でも低烈度紛争における戦力の逐次投入という歴史的事実の放つ軍事的な面白さ（というと不謹慎だが）へのフェティシュをフリチンで描いていたリドリーだが、やはりこのオッサンの目付けどころは早い。神山さんが攻殻2ndで中途半端にしかやれなかった押井守の課題「空爆」を、あっさりと徹底的に、しかもよりによってエルサレムを空爆というキワドイ場所を狙って描写するリドリーの腹黒さは、やはり恐ろしい。

いや、腹黒いのではなく、単に世間を気にしなくなっただけかもしれん。老人が「よかんべ」モード、青山真治言うところの「しごくニュートラルなオッケー状態」に入る場合、黒澤明／宮崎駿型（因果律のプライオリティが徹底して下落し、突発的かつユルい物語が全開する）になるか、押井型（好きなものしか映さない、というヲタ的欲望が全開し、世間体を無視してフェティシュに走る）になるかどちらかだと思うが、リドリーは明らかに押井型の「老人的よかんべ状態」に突入したとも言える。

06-04, 2005　ガチンコ！

■競技的な種別としての個人戦から集団戦への移行が呼び込んだ、ジェンダーやら文明の

衝突やらの政治的事象について

イラク戦争に対する批判であるとか、ネオコンに対する皮肉であるとか（同じか）、そういう読み方も間違ってはいないのだけれども、それは実は、リドスコがデビュー作から一貫して扱ってきた主題がミクロからマクロへ移行する傾向と、世界情勢が奇妙にシンクロしてしまっただけであって、そうでなければネオコンのプロパガンダという誤解を生んだ「ブラックホーク・ダウン」と、ネオコンへの当てつけという評価がある「キングダム・オブ・ヘブン」をたてつづけに作れるはずがない。

〈TV Bros〉でミルクマン斉藤はリドリーを「リドリーのノンポリも極まれり」といっているが、それはある意味正しい。が、その後「クローサー」と比較してリドリーを「スキルだけの奴のほうがマシ」といっているところから見ると、世間でよくある「職人監督」としてのノンポリだと捉えているようだなあ。

しかし、彼は決して節操がないわけではなく、実は同じ主題を描いているだけで、それを政治と絡めて読み込んでしまった場合、「ブラックホーク・ダウン」と「キングダム・オブ・ヘブン」のあいだに政治的齟齬《そご》を見出すことになってしまい、その矛盾を説明する（というより説明を放棄する）ために「ノンポリ」という言葉が用いられたり、あるいは「職業監督」とレッテルを貼って安心したりしているだけであって、実は政治という観点をスカっと忘れれば、リドリーはあいもかわらずおんなじものを撮っていることがはっきりわかる。

つまり、いまリドリーの映画の受け取られ方で起こっている事態とは何か。

「二つの存在が出会ってドキドキ→萌え〜orケンカ」が「文明の衝突」と受け取られてしまっている。それだけなのだ。

最初に書いた「リドリーが一貫して扱ってきた主題のマクロ化」とはそういうことで、「デュエリスト」で衝突していた「ふたつの異なる人間」が、「二つの異なる文化」にスケール的にスライドした、それだけだ。ぶっちゃけ、歳をとるとでっかいものが撮りたくなってきたわけで、主題の「単位」もそれに伴って個人から集団へ、集団から文化へ、グレードアップしただけなのだ。

それがあるときは生物として相容れない存在との衝突（エイリアン）であったり、人間とアンドロイドであったり（ブレラン）、ブルーカラーと上流階級であったり（誰かに見られてる）、西洋と日本だったり（コレデ、ぱんデモ、カッテ）、男性社会と女性社会だったり（G.I.ジェーン、テルマ&ルイーズ）するだけで、そのケンカの後はデレデレであったりツンデレであったりすれ違いであったり両者の破滅であったり単なる近親憎悪であることに気がついたり、バリエーションこそ様々だが、こうしてみると実に同じ話ばっかりで、この軸で見る限りリドリーはいささかもブレてはいない。

ただ、なんでも政治的にしか映画を見れない困った人というのはどこにでもいるもので、そうした人間からするとこのブレを説明するためには「ノンポリの職業監督」という説明を持ち出すしかない。フィルモグラフィーから見れば実に単純極まる一貫性を、野暮な見方が曇らせてしまうわけで、けっきょくリドリーは「ガチンコ」にしか興味がない、ということなのだ。

「ブラックホーク・ダウン」と「キングダム・オブ・ヘブン」は二つの文化圏のガチンコ、ということで、実は同じコインの表裏ですらない。ガチンコ好きリドリーという多面体のひとつの面でしかないのだ。

ちなみに、「キングダム・オブ・ヘブン」に対応する映画は「ブラックホーク・ダウン」ではなく、「１４９２コロンブス」だと思う。何と言っても「コロンブス」の英語題名は「コンクエスト・オブ・パラダイス」なのだ。「天の王国」と同じものを感じさせずにはいられない題名じゃないか。

06-16, 2005　万国の労働者よ、ゴッサムに集結せよ

■バットマンビギンズ

ブルース・ウェインがバットスーツのアーキタイプを「俺色に染まれ」とスプレーで黒く塗装するとき、その光景はまるでガレキやプラモを塗装する風景にしか見えず、そのマニファクチュアの生々しさが生じせしめる卑近さは、しかしスパイダーマンの卑近さとは

明らかに性質の異なるもので、ピーター・パーカーがコスチュームを裁縫する過程のヘボさが、我々自身のヘボさ、時に「等身大」と呼ばれる我々自身のパロディとしてのヘボさであるのに対して、そのガレキ塗装的空間の醸し出す笑いは、ひとえにブルース・ウェインが我々自身のパロディなど決して演じ得ない、暴力的なまでの金持ちである、ということに由来する。

この映画の上映前にやっていた予告篇が「チョコレート工場」だというのは何とも皮肉な話だが、徹底的に「いま、ここ」ではない空間を演出したバートンに比べ、いや今迄のすべてのバットマンにおいて、今回のバットマンはその金持ちっぷりが暴力の域にまで達していて、それはラストシーンで、彼の屋敷の立地が明らかになる衝撃的な切り返しによって完璧なものとなる。こいつ、ゴッサムに住んでねえじゃん。それまで頑固なまでに屋敷を正面からしか捉えなかったカメラが、ヒロインの顔アップをなめて恐ろしいまでの緑の野を、それはもう地平線の彼方まで広がる緑の田園を捉えたとき、その衝撃は「メメント」など比較にならぬほどの衝撃の結末と化し、そして我々の心に生じる静かな怒りは、貧乏人が金持ちに対して抱く殺意のそれであるだろう。また怒らぬものはこの切り返しの暴力的なまでの緑色によって完結する「ブルース・ウェイン〜ブルジョワジーの密かな愉しみ伝説」という物語のクライマックスに心地よい笑いを発するだろう。

その金持ちエピソードを逐一挙げるのは鑑賞者の愉しみを奪ってしまうだろうから割愛

する。しかし、すさまじいまでの金持ちがコウモリ型の手裏剣を手作業で削り出すのを目撃するとき、我々はこの「ブルース・ウェイン」の、金持ち故の、変態趣味を間近に観察しているという奇妙に倒錯的な悦楽に襲われることになる。マイケル・ケイン演じる執事アルフレッドが、シコシコとバットスーツの耳の発注について想いを巡らし、ブルースがコウモリ型の手裏剣を悦にいった表情で研摩するのを、ホモセクシュアル的な慈母の微笑みで見守るのを目撃するとき、われわれは青年のマスターベーションを温かく見守る師、という低劣極まる比喩を、しかし想起せずにはいられないだろう。「ぼくを見捨てない？」「Never.」この言葉に込められた親父パッションの奔流は、忠誠心や疑似父子といったありていの表現を越え、クリスチャン・ベールとマイケル・ケインとの男色的桃源郷をスクリーンに打ち立てるだろう。

あの「寒々しい」ベトナムをキューブリックのために建設し、フランク・ロイド・ライトやガウディを参照しつつ、徹底して現実味、「いま、ここ」を排除した故アントン・ファーストのプロダクション・デザインの居場所は、クリストファー・ノーランのゴッサム・シティにはない。彼のゴッサム・シティはまるでニューヨークだったり、ロサンゼルスだったり、きれいにガラス張りされたごくごく普通の街で、その中央を貫通するモノレールと、ウェイン・タワーのディズニーランドめいたアトラクション性は、周囲のビル群の凡庸さ、というよりもフィクションを徹底して排除したリアリティによって、ファンタジーという逃げ場を失って、普通の街に突如出現した特撮空間と化す。このバットマンは、「現代性」を排除することにまったく熱心ではない。これは時代場所不明が持ち味のバートンと決定的に異なる点だ。ノーランは「いま、ここ」の物語としてバットマンを描き出すことを選んだ。

その意味で、バットモービルが夜の道路を疾走し、パトカーから逃れようとする場面はその頂点と言っていい。そのあまりに報道カメラじみた即時性、我々が「ロサンゼルスで、強盗が警官の制止を振り切って、高速道路でカーチェイスを演じました」というアナウンサーの言葉とともにブラウン管に見出す「衝撃映像」のヘボい、しかし生々しい臨場感が、この映画をどこまでも現実に釘付ける。

そうした、前作群にくらべて抽象度の度合いが恐ろしく低くなった美術・カメラ・小道具の構成する現実の中で、ただブルース・ウェインの暴力的な蕩尽ぶりが異様な輝きを放つ。そして、バートンにおいて「フリークス」としばしば形容され称揚された残酷なファンタジーのキャラクターは、「変態の金持ち」という猛烈に下世話なレベルに引きずり降ろされるのである。これは夢ではない、現実だ。そうノーランが叫んだとき、バットマンはフリークスから変態になったのである。その境界線が限り無くあいまいであるどころか、実は同一であり、紙一重である、という言い方もできるが、しかしやはり言葉に対する幻想は大事にしたいものだ。フリークスは「切なかった」が、「金持ちの変態」はただただ面白いのだ。つまり、この映画は傑作であるかもしれない、ということである。バートン版とは別の意味で。

06-30, 2005　ギャラクティカ

■BATTLESTAR GALACTICA　サイロンの攻撃

こ、これはいい。面白い、が、渋い。渋すぎる。

何が渋いって、音楽が渋い。音楽というか、和太鼓メインで渋めに鳴らす。これがえらくかっこいいのでオープニングからしびれる。この和太鼓テーマがクライマックスの戦闘でも流れるので渋いことこの上ない。俺的ドツボである。

渋いのは音楽だけではなくて、ドッグファイトも渋すぎる。音がないとは言わんが、効果音はかなり渋い音を選んで地味に鳴らしている。それが和太鼓の鳴る宇宙空間でソリッドに戦闘を繰り広げるのだ。

「エピソード2」でずっこけたのは、実はパドメとアナキンの花畑でラブラブという、八甲田山幻覚シーンもかくやのベタベタっぷりなどではなくて、ラストでジェダイ軍団とクローンが突っ込んで乱戦を繰り広げるときに唐突に持ち込まれる無節操なカメラワークだった。無節操なカメラワークとは何か、というと、手ブレ＋クイックズームのコンボ。リドスコが「G.I.ジェーン」でやりすぎてドリフ化し、「ブラックホーク・ダウン」に至

ってかなり洗練の度合いを見せた疑似ドキュメンタリズム的カメラワーク。これを無分別にある種の映画に持ち込むとギャグになってしまう、というのが「エピソード2」で証明されてしまったわけだが、実はこれとまったく同じ手法を「ギャラクティカ」も使用している。が、恐らく空中戦や宇宙空間でこれを全面展開した映像は初めてなんじゃないか。「エピソード2」にしても地上戦だったわけだし。基本パターンは「フレーム内に注目点を発見∨そのあたりへクイックズーム∨ズーム後対象を中心へ補正PAN」という王道の繰り返しなんだが、これを宇宙でやられるとけっこうびっくりする（まあ、これは流行りモンなので、いずれ時間の問題とは思ってたけど）。メイキングで「ブラックホーク・ダウン」を参考にしたとスタッフが語っていたのだけど、クイックズームin宇宙をいっちゃん先にやったということは評価されていいかもしれない。

そしてSFらしいスケールのでかさに感動する。何が、って核がけっこう通常兵器としてドッカンドッカン炸裂しまくる点。都市攻撃はともかく、艦隊戦でも核ミサイルが飛んできたりする。戦闘機もメインエンジンドッカン吹かすだけじゃなくて、機体各部のスラスターをシコシコ噴射して姿勢制御したりするし、スペオペなんだけどリアルな味付けのバランスが気持ちいい。

SF者は観てもいいかも。ってみんな観てるか。今頃観ているの、俺だけか。

07-01, 2005　ヒストリー・オブ・バイオレンス

■宇宙戦争

「ははは、人がゴミのようだ！」

――「天空の城ラピュタ」

　要するに、たかがキャッチボールをこれだけ暴力的に演出できる男の才能とは一体なんなのか、ということだ。「見せること」がまさか暴力になるとは思っていないルーカスなどとは、演出の地力がケタ違いだ（どう考えたってEP3より「映画力」が上でしょ、この映画）。

　冒頭近く、父親と息子とのぎこちないキャッチボール。しかし、ここで重要なのはそのキャッチボールが描き出す主人公と息子とのドラマにあるのではない。我々が驚くべきは、そのキャッチボールが、たかがキャッチボールであるはずの風景が、スピルバーグの手にかかると物凄い暴力の予感に満ちたやり取りと化す、その異常な演出力だ。質量とスピードを持った物体が、大きなインパクトとともにミットのなかに押さえ込まれる。ズバン、ズバン、とやり取りされる毎に、その質量はより大きなパワーを獲得してゆく。心理は映らない。画面に映らないドラマ云々言う奴はひっこんでろ。それをとことん知っている男

スピルバーグは、親子の関係を質量をぶつけあう暴力のやり取りとして描くという、常軌を逸した方法をごく自然に選択した。これだけ物質感に満ちた、これだけ息苦しいキャッチボールははじめて観た。そして、トムの放ったボールがガラスを割って、この場面は終わる。その硬球が自宅のガラスをブチぬいたとき、それは漫画で描かれるあまたの草野球の風景とまったく同じ風景であるにもかかわらず、鈍器で誰かが殺されたようなインパクトを持って、このキャッチボールは終りを告げるのだ。これは決して大袈裟に言っているのではなく、事実、ぼくはガラスをボールがぶち抜いたとき、おうっ、と思わず劇場で声を上げてしまった。こんなこと、もう何年もなかったというのに。

たかがキャッチボールをここまで暴力として演出してしまう男。それは、この映画がたとえPG－13（本国）であろうとも、ありとあらゆるものを暴力的に描くことができるという、スピルバーグの勝利宣言に他ならない。これから貴様らに、びっくりするほどいろんな暴力を見せてやる、そうスピルバーグが笑っているのだ。キャッチボールが暴力と化すこの風景に接して、映画という視覚を操作するメディアにあっては何気ない風景ですら暴力と化す、あなた方がこれから接するのはそういう風景だ、という予感を感じ取れぬ者は、ドラマやカタルシスの欠落といった、「視ること」、視ることによって風景が変貌すること、の喜びを忘れた十年一日の念仏を繰り返して、映画とすれ違っていくことだろう。

画面に暴力が炸裂するとき、スピルバーグは映画を支配する。

つまり、ぶっちゃけ大人気ない。スピルバーグは今回、大人気なく本気汁ドバドバの暴力を画面にぶちまけまくる。「レイダース」でトラックの前に落ちた男の体が、轢《ひ》かれて折れ曲がったあの風景。血も、グロ描写もないのに、あの一瞬、この監督は暴力を撮るために生まれてきたのだと確信した。「ジュラシック・パーク」で便器に座ったままTレックスに喰われ振り回される男の体。そして「シンドラーのリスト」で、後頭部を撃たれ、クニャッと倒れるユダヤ人。「個」の殺戮に関して、スピルバーグは悪魔的な才能を画面に叩き付けてきた。「暴力」を描かせたらペキンパーもイーストウッドも、スピルバーグの足許にも及ばない。なぜなら、スピルバーグは子供のような無邪気さで暴力を描くから。ペキンパーの暴力が纏ってしまった詩情をいささかも背負っていないから。バーホーベンがやるようなシニカルギャグですらなく、暴力そのものに意味を与えないから。彼の残酷さは、子供の残酷さだ。

ホロコーストを描きながら、その暴力は「個」へと向けられていた「シンドラー」までの映画とは異なり、「プライベート・ライアン」以降、スピルバーグは集団の殺戮、すなわち「虐殺」を描写するテクニックに関心を抱きはじめる。そして「シンドラー」が「個の殺戮」の頂点をあっさりと極めてしまったように、この「宇宙戦争」で彼は～PG－13であるにもかかわらず～「虐殺」の頂点を極めてしまった。

「シンドラー」の射殺場面を視たとき、背筋が凍るとともにこう思ったものだった。リュミエールが映画の創成期に死刑を撮っていれば、こういう映像になったのではないか、と。

虐殺とは、人をゴミのように処分することだ。と、字ヅラ書いてもそれはレトリックに過ぎない。しかしスピルバーグは視覚の人だ。たぶん視覚で人を変えることができると信じている男だ。「人がゴミのよう」、結構、ではあなたが軽々しく使ったレトリックを、実際に映像としてお目にかけよう。そしてスピルバーグは実際に人間をゴミにするのだ。大人気ないとはそういうことだ。殺人光線を浴びた犠牲者の肉体だけが灰になり、残された数千人分の衣服が天からヒラヒラと降ってくる。ウン百という死体は川面をうめつくして流れ行く。ゴミのように。

映画における暴力とは何か。それは否応なく見せつけられるということだ。真の意味で「見世物」だということだ。ドラマに、因果に堕ちることなく、「宇宙戦争」は崇高ですらあるくらい「見世物」であり続ける。

呼吸は映らない。ならばその口許に蜘蛛の巣を置こう。そして、ダコタ・ファニングの喘ぎはひらひらする蜘蛛の巣として視覚化される。それがスピルバーグの映画の在り方だ。

そして、そのような視線で我々は終末の風景に立ち会うことになる。目撃すること、「否応なく」見せつけられること。それはまさに、この映画の主人公の立場に他ならない。「A.I.」で人類滅亡の唄を描いたスピルバーグは、この映画で再び終末を描く。通信が途絶し、軍隊は通り過ぎてゆく。外界と遮断され、地下室に閉じこもったまま、外の世界を知る術はない。見事なまでに終末SFの王道っぷりだ。世界が「寂しく」なってゆくこと。世界からさまざまな要素が抜き取られ、閑散とし、やがて風の音のみが唄う風景がやってくるだろう。そんな終末への憧れを、スピルバーグは怪獣映画として描く。

そう、これこそ我々が夢見ていた怪獣映画ではなかったか。実際に怪獣が街に現れたらどうなるだろう。巨大な歩行物体が都市を蹂躙しだしたらどうだろう。道路に立った我々の目にはどう見えるだろう。樋口真嗣はガメラの足許にカメラを置いて、見上げることでそれを表現しようとした。しかし、この「宇宙戦争」はそれを否定し、町中に怪獣が出現し、それを目撃するとはこういう状態だ、とはっきり宣言する。そしてそれは圧倒的に正しかった。

われわれが怪獣を目撃したらどうなるだろう。そういう願望に限定した場合の「怪獣映画」の役割は、図らずもこの「宇宙戦争」が達成し、またとどめを刺してしまった。「ゴジラ・モスラ・キングギドラ」DVDの特典で、樋口真嗣、神谷誠、品田冬樹、村川聡、押井守が対談しているが、そのとき樋口と神谷が怪獣ファンの究極の願望として語っていた「怪獣映画版ブラックホーク・ダウン」、つまり「ライアン」の素晴らしい冒頭15分を2時間全面展開した映画としての「ブラックホーク」に対して、2時間ずっと怪獣の怪獣映画というものの可能性を語っていたが、この「宇宙戦争」はまさしくそのものだ。

人がゴミのように死んでいくなか、世界は寂しくなっていく。怪獣が世界を蹂躙し、我々は反撃の機会すらロクに与えられず、ただただ暴力の羅列を観ているしかない。そして、世界が終わる。そんな映画が観たい人は、迷わず劇場に行ったほうがいい。この映画には反撃を命じる大統領も、軍の高官も出てこない。そんなものは終末を語る上でジャマなだけだからだ。終末は、個人の視線から世界の断絶として描かれる時にのみ、それ独特の感動を生み出すのだ――「ターミネーター」で、嵐が来るというガソリンスタンドの主人の言葉に答えを返すサラ・コナーの表情を観ていてなお、反撃する人類や大統領や活躍する軍隊を、カタルシスを描け、と阿呆のように要求する者は、終末の喜びを理解せぬ者たちだ。個人の視線から世界の終わりが描かれることの喜びを、冷戦が終わってから久しく忘れていたこの感動を、「宇宙戦争」はひさびさに味わわせてくれる。世界が終わることの安らぎを。

イーストウッドとは別の方向で、スピルバーグはいま、アメリカ映画最強にして最凶の監督になってしまった。このおっさん、次どーするつもりなんだ。

07-04, 2005　もうひとつの宇宙戦争

■駄目な上司のいる会社が、そのまま駄目な組織である可能性

「はい、電話相談です」

「すみません、ぼくはいま、とてもとてもたいへんな悩みがあって、思いきって上司に相

談してみたんですが、『執着は危険だから、気をつけたほうがいいよ』とか『未来を見るときは注意が必要だね』とか注意だの気をつけろだのジェダイとしてはだの、まるで役に立たない一般論しか語ってくれません。注意もしてるし気をつけてもいるってんだよ！　こんなタワゴトじゃなくて具体的な処方を言ってくれ！　……取り乱してすみません。こんな上司を持ってしまった私はどうしたらいいんでしょうか」

「暗黒面がイイと聞きます。一度ためしてみては？　暇つぶしにもなるしマジおすすめです」

「はい、電話相談です」

「すみません。私の部下が悪い仲間に感化されてしまいました。それもこれも執着が原因です。私の組織のモットーは『執着は悪への道』なんですが……私の部下はある女性に執着するあまり、私たちの組織を捨てようとしています。あまつさえその女性とのあいだに子供までつくってしまいました。できちゃった、ってやつです。本当に腹立たしい。彼女と付き合い出してからは私のほうなんてこれっぽっちも見てくれません。このあいだ、『いままで至らない部下ですみませんでした』なんて殊勝なことを言ってくれたのに……あれは嘘だったんですよ、結局。こんど、その彼女が遠場に出張に行った私の部下にわざわざ逢いに行くとぬかしているので、二人が対面している現場に乗り込んでいって、おまえが誰の部下か教えてやろうと思っているのですが……」

「あなたのほうがよっぽど部下さんに執着しているように聞こえます。冷静になりましょう。あと、ふたりが喧嘩していたらちゃんと止めに入ってあげましょう。とくに部下を奪われ憎しとは言え、男として女性は守ってやらなければなりませんよ」

「はい、電話相談です」

「銀河皇帝とかいう誇大妄想の気があるひとに、組織が乗っ取られそうなんで、上司が直接対決に乗り込んでいったんですが、数分したらあっさり諦めて帰って来てしまいました。『私では力が及ばんかった』とかあんまりな言い訳をしています。こういう上司を持ってしまった私はどうしたらいいんでしょう」

「田舎に引っこむしかないでしょう」

「はい、電話相談です」

「いや……この前相談した者です。その、なんというか、解決しました。部下は諦めました。ですが、田舎に引っ込んだら、大好きだった元上司と水入らずの生活が待ってました。人は脳内上司だって言いますが、そんなことはありません。実在します。だから、とてもしあわせです」

「それはよかったですね。お幸せに」

……別に「エピソード3」が嫌いなわけではなく、もちろん大好きだ。前の日記じゃ『映画力』は宇宙戦争のほうが断然上」とか書いたけど、スター・ウォーズはそもそもイベントであり文化事業でありワールドカップとか地球博とかと同じ全地球的共同体験なのであって、映画ではない。いや、これですら映画だというのが映画というメディアの底の深さであり、いい加減なところでもあるのだけれど。そんなお祭りに「映画としては」なんていうのは野暮ってもんじゃありませんか。実際、面白いし。

ただ、あれほど「お話皆無」「ドラマが薄い」言われている「宇宙戦争」に比べてもドラマが薄いというのは、まあドラマなくてもいい人（あってもいい人である）なんでどうでもいいっちゃどうでもいいんですが、納得いきません。「父親になった瞬間に父親であることを放棄せねばならない」あのどうしようもなく意地悪なエンディングの濃密さだけで、軽くSW3本ぶんドラマしていますから。

……で、旧3部作を家に帰って見直してみてショックだったのは、レイアが可愛く見えたこと。自分がオヤジになって美的基準がだいぶんユルくなったということなのか。正直、うろたえた……が、字幕で見たらそんなに可愛くなかった。ぼくがひさしぶりに見て萌えたのは吹替えのレイアだ。今出てる最新版のDVDって誰がアテてるの？　やっぱ高島雅羅さん？　詳しい方、情報ください。

……で、何が萌え萌えしいかというと、字幕ではフツーに喋っているのだけど、吹替えではお嬢言葉。ハン・ソロとの「好きなくせに」「うぬぼれないで」掛け合いも姫言葉モードだとびっくりするほど萌える。そして萌えているうちにキャリー・フィッシャーが可愛く見えてきて洗脳完了し、あの「愛しています」「知ってる」で身悶えするまでになるのだった。

レイア萌え〜。

とかキモい叫びを上げながら、エピソード3を見てみると、ビジュアル的に圧倒的に勝っているとばかり思っていたナタリーのパドメがまったく可愛くない。ぜんぜん綺麗じゃない。まあ、ルーカスはスピルバーグ並に女性の顔を綺麗に撮るのが下手だと分かってはいるんだけど（スピの「宇宙戦争」にしても、ダコたんの顔はまったくもってクソガキモードで撮られていたので、m@ster 氏が言うようにロリっ気皆無だったし）、だったらそもそもお姫さまなんか枢要な位置に出すな、と言いたくなる。もうひとつ言えば、「ターミナル」では少なくともキャサリン＝ゼタ・ジョーンズが可愛く撮られてたので、スピは進歩しているのかもしれん。

撮影の問題は映画にとっては（そして女優にとっては）致命的なんだけど、それを抜きにしても（そしてぼく自身のブサイクさを抜きにしても）、レイアとパドメ、どっちといちゃつきたいかと言ったら圧倒的にレイアだ。たぶんここに新SWの問題のすべてが集約されているような気がする。それを確認しに行くためにもう一度、こんどは吹替えでEP3を見に行くつもりだけど、EP1&2を吹替えで見た限りでは、意見がかわりそうにはないなあ。

　というわけで、

「議長逮捕後は元老院は一時的にジェダイ評議会が掌握する」「あなたを逮捕する、議長」あんさんそらクーデターやんけ、な政治的強権を発動するジェダイ評議会萌え〜。

「私は政治が嫌いだ」「ジェダイは正義と平和を守ってきた」正義と平和という言葉自体の政治性に知らんぷりを決め込むジェダイ萌え〜。

「それは脅しかね、マスター・ジェダイ」ライトセーバーを抜くや否や宙返り決めてジェダイ3人を瞬殺する最強モードのパルパティーン萌え〜（皇帝メイクよりマクダーミドさんの素の顔の方がかっこいいのにな〜）。

「オーダー66を実行せよ」オーダー66という言葉自体に萌える。

　政治化した武力集団の壊滅、という点では、新撰組や押井のケルベロスっぽくて、そこがツボでした。世界がファシズム化していく過程で、旧時代の組織が潰されていくという物語は、私のハートをたまらなくゆさぶるのでした。ラストで皇帝とベイダーと若きターキンがデス・スターを眺めているとこで、デッキにいる帝国軍の制服を着た士官達を見ていると、妙にティターンズを連想してしまって苦笑。いや、劇Zはまったくもって見に行くつもりはないんですけど。なんとなく。

　というわけで、この映画の主役はアナキンでもオビワンでもなく、俺的にはパルパティーン銀河帝国皇帝陛下であらせられるので、そこんとこよろしく。

07-06, 2005　ほんの話

■オタとしてのスピルバーグ

実は、このオッサンが怪獣映画に興味があるなどとは、考えたことがなかったのだ。そりゃ、ゴジラぐらいは見ているだろうけど、この人の映画って「サブカルっぽいものへの愛着」を感じたことがなかったんですわ。

この人がＷＷⅡヲタで飛行機ヲタであることは「１９４１」の前からわかっていたことで、クラシックな戦争マニア、現代戦にはあんまり関心のない類いの戦争ヲタなことは確実なわけです。てか、今回の宇宙戦争で軍隊が活躍しているシーン、戦車とかヘリとかは現代のものなのに、なんかクラッシックで、私にはどうにも現代戦というよりＷＷⅡにしか見えない。

それ以前からやっていたのかも知れませんが、たとえば「マイノリティ・リポート」に登場する偽ＩＤ「ヤカモト氏」はもちろんパイソンズの「偽ヴィスコンティの日本人」からとられたもので、このとき私は「こういう元ネタギャグって、なんだかスピルバーグらしくねえなあ」と思ったのでありました。スピのヲタ関心領域とは違うような気がしたんです。「マイノリティ〜」が東京国際映画祭に出品されて来日したときのインタビューで、パイソンネタを喋っていたので、真正パイソニアンの可能性はあります（まあ、向こうでは基礎教養、という可能性もあるのですが、しかしやはり『目玉ギャグ』はパイソンっぽい）。

そして今回スピは、「怪獣映画」という私が正直予想していなかった（というか、勝手に「スピの趣味じゃねえだろう」と思い込んでいた）引き出しを開けてきたわけです。今回スピは、来日したとき「大阪はガメラをはじめ、いろいろな日本のモンスターを倒している経験豊富な場所だ」と語った、というニュースが流れましたが、これ実はスピルバーグ、ガメラではなく「ゴモラ」と言っているのに、怪獣の素養のなかった記者（ガイジンに自国文化を教えられることの切なさよ）が「ガメラ」と書いた、という説もあり、そうなるとこのおっさんの引き出しはほんと恐ろしいことになっているわけですが、この歳になってこういう引き出しを見せてくるのがなんか底しれない、というか無気味です。

■ Reading Baton

id：crow_henmiさんからいただきました、奇をてらわず、オーソドックスにいきたいと思います。

・今部屋の棚に並んでる蔵書の冊数

わからんす。一列の冊数×棚数の計算上では600冊くらいだと思います。

・最後に買った本

西村書店のレンブラントの画集。と思ったらSFマガジンだった。冷戦モノが多くて今月号は俺的ヒット。ストロスの「コールダー・ウォー」はスターリングの「考えられないもの（『グローバルヘッド』収録）」＋バクスター「軍用機」みたいで痺れる。

・今読んでいる本

昨日買ったSFマガジン。雑誌じゃなければ、中原昌也の『続・エーガ界に捧ぐ』

・よく読み返す本、または自分にとって特に思い入れのある5冊

『ニューロマンサー』ウィリアム・ギブスン

中学生のときに初版で読んだ。「俺は今、えすえふ小説を読んでいる」と自覚して読んだ最初の本。これが自覚的に読んだ「小説」初体験でもあるので、世間で言われる黒丸さんの読みにくさというのはさっぱりわからない。てかむしろ読みやすかった。読みやすくてカッコよかった。

『身体の文学史』『日本人の身体観の歴史』養老孟司

別々の本だけど、私はこの2冊はセットになっていると勝手に思っているので。『バカの壁』なんて読まずにこれを読んでほしい。てかこれ読むだけでじゅうぶん。『日本人の〜』冒頭で立花隆をメタメタにする部分はいくら読んでも泣ける。

Batman : Arkham Asylum By Grant Morrison & Dave McKean

いつも眺めてる。

『ディファレンス・エンジン』ウィリアム・ギブスン&ブルース・スターリング

1年に5回は読んでる。

『舊新約聖書』

クリスチャンではないけれど、むかし菓子欲しさに教会に通ってはいた。なんか書くときカッコつけたいので暇なときはいつも読んでる。なぜ（訳としては怪しい部分が多々あるにもかかわらず）文語訳の舊新約聖書かというのはもちろん、カッコつけたいというのが動機だから。まあ、読み物としても楽しいんですが。

・バトンをまわす5人

すみません、book batonがいろんな人にまわっているので、交友関係ない俺にはもう種切れです。というわけで、ここで止めさせていただきます。

07-13, 2005

■死にたくない死にたくない団ってないかな

不死であるというのは無意味なことだ。人間を除けば、すべての生物は不死である。なぜなら、彼らは死というものを知らないから。神聖なもの、恐ろしいもの、不可知なものは、自ら不死たることを自覚しているものだ。

――ボルヘス『不死の人』

というわけで、肺に転移したと告知されてからはや一ヶ月、手術してきます。ちなみに転移はメタというそうです。メタフィクションとかメタボールとかメタセコイアとかの（違う）メタ。

■観たい映画をつなぐタスキ

id：toshi20さんからもらっていたんですが、明日入院で時間がないので、項目4「見たい映画」にだけ答えて行ってきます。

「G.R.M.」（押井守）

以上。

んじゃ、また続きは帰ってきてから。退院明けの1発めは「宇宙戦争」2回めだな、絶対。死病からの帰還にはこのうえなく相応しい映画であると言えよう。

07-22, 2005　ブッについて

■御心配おかけしました

第一ラウンド終了。左のはまだ残ってて、摘出した右の組織のバイオプシーを待って、

手術か抗癌剤かのオプションを決定する予定。長期戦化しそう。肺だけはやるもんじゃないですよ、みなさん。これ無茶苦茶痛いっす。クリーシィ、あんた肺撃たれてそれだけ動くのってあり得ないから。

現在自宅で療養中。お見舞いに来てくださった各氏に感謝。ここでは食い物以外の差し入れが面白かったので、ちょっと書いてみようかと。

友人の成田氏はみうらじゅんの『正しい保健体育』。読んだ後自分の考えが何もかわらない（それはとりもなおさずすでに俺自身がD．T．的イデオロギーに馴染み深いということでもあるんだが）ところがすばらしい本。自分の病となんのかかわりもないところが差し入れとしてはベスト。

Q．先日、女子だけが体育館に集められて映画を見ていました。あれはいったい何を見ていたのでしょうか？

A．だいたいゴダールの映画ですね。ジャン＝リュック・ゴダールかミケランジェロ・アントニオーニがほとんどです。

俺が思うに、AVに登場する女子の部屋に貼ってあるポスターもBlow UP率が高い。これは考察すべき事柄と言える。

しかし、これ中高生向けなのに執筆陣すげえな。刊行予定に小熊英二が入っている。題して『日本という国』。これめっちゃ読みてえ。小熊英二が中高生向けにどんな文章書くんだろ。

対照的なのが篠房氏の『シグルイ』全冊。あんたそれ癌患者に持って来るか。いや、ひたすら読んでましたが。読むとやっぱダメージ受ける。なんなんだ。

DVDもあって、友人の神林氏は吉田喜重の「戒厳令」。あ〜これ欲しかったんだよな〜。

元同僚のNさんは「黄金の七人　1＋6　エロチカ大作戦」これ傑作。

同僚の栗山君がなぜか〈POPEYE〉。これをどうしろと。

というわけでみなさんどうもありがとうございました。ほんとに。

08-05, 2005　亡国の映像とは何か

■亡国のイージス

亡国のイージスは危険な映画である。

というよりもギリギリの映画であると言ったほうがいいのかもしれない。どのへんがギリギリかというと、「よく見ろ日本人、これが戦争だ」という台詞でも、専守防衛について語る寺尾聰でもないし、右とか左とかいった政治的な舵取りの話でもない。

この映画の何がギリギリか。それは「亡国の盾」なる論文だ。

その論文自体は、実は論文というよりは社会科の感想文に近いものではあるが、それは重要ではない。重要なのは、この論文が語られるとき、そこに何が映し出されていたか、いや、そこに何が映し出されていなかったか、である。

よく見ろ、日本人。これが亡国だ。

そう、この映画にとって亡国とは秋葉原であった。いまや「電車男」「Aボーイ」などと世間の持ち上げ激しい秋葉原であるが、この映画が「亡国」として映し出したのは、ほかならぬその秋葉原であった。歌舞伎町でも渋谷でもなく、秋葉原なのだ。画面に秋葉原が映し出されたとき、いたたまれぬ思いを劇場で噛みしめたのははたして自分だけだったのだろうか。それはまさに自分の部屋が世間に曝された瞬間ではなかったか。『趣都の誕生〜萌える都市アキハバラ』にも書かれていただろう、いまやアキバは一個の巨大な個室と化した、と。

これが、この「亡国のイージス」がギリギリの映画であるという証拠である。阪本順治が正気でこの映像を撮り得たものか、自分にはわからない。この場面を5年後に見たとき感じるであろう感情を、例え話で想像するならば、「日本人は堕落してしまった……」というナレーションに被るパラパラを踊る顔の黒い少女たちの映像、という正気の人間には正視できない、それこそ「唯一のイデオロギーであった恥の感覚」を捨て去らなければ見つめることがかなわぬ映像、にかなり近いだろう。この映画に映し出された秋葉原がメッセサンオーの前だったか、ソフマップの前だったか、それは重要ではない。個人的にはメッセサンオーの前だったように思えるが。

阪本順治の映画における空間の切り取り方はストイックで、ほとんどがフィックスかパンで処理される。会話も、会話している人物をフルサイズもしくはそれに近い構図で同時に収めてワンカットで処理し、話者のアップを拾ったりすることはあまりない。ゆえに、阪本映画においてカメラが前進するとき、それは映画全体から見事に浮く。突出した、異様な印象を与えるカットになるのである。そのいちばん分かりやすい例が「KT」で金大中が誘拐されるホテルの廊下を映す一連のカットだ。天井すれすれを無言で前進するカメラの異様さは、あの映画の中で見事に機能していた。

「亡国のイージス」においてカメラが前進するとき、それは物語が動き出す予感に満ちた、「亡国のイージス」の中で最も興奮する場面、FTGの連中が「いそかぜ」に乗り込む場面である。ここで、なにやら怪しげなものを艦に持ち込むFTGたちが描かれるが、カメラはそこで唐突に中井貴一の主観となり、甲板を前進するカメラとなる。士官たちが敬礼し、乗員たちはカメラを、つまり主観者をよけてゆく。ここぞ一発、という決定的な瞬間にカマされる、阪本順治最大値のケレンである。

しかし、カメラが前進するカットがもうひとつ私の記憶に残っていて離れない。それが

「守るべき国の形も……」という切実な台詞に被って映し出される、萌え萌えランド秋葉原のメッセサンオー横である。この萌え萌えしいオーラに満ちた街を前進するカメラが、この国が亡国に瀕していることを告げているのだろうか。この映像が展開しているあいだ、私には下部に「※これはイメージ映像です」というテロップが始終見えていた。あのトニー・スコットですら「メキシコは誘拐花盛りで危険な街です」というのを冒頭数分で簡潔にさくっと「映画的に」提示できていたというのに、この映画はそれをやらんのである。なぜか。

可能性は二つある。つまり、「ゴジラ対ヘドラ」のゴーゴーがどこまでも本気であったように、この風俗描写もまたどこまでも本気であり、ここまでNHK的に凡庸なイメージカットを重ねなければならなかったゆえに、そんなヘボい、「映画的」という言葉から限り無く遠い手法を使わなければならなかったがゆえに、逆説的にそれは作り手たちの追い詰められっぷりを表しており、ゆえにこの映画はギリギリなのだ、という可能性だ。

しかし、ここで阪本順治の聡明さを信じたい私は、もうひとつの可能性を考えたいのである。つまり、「亡国」は写せない、という阪本順治の意思表明である、という可能性だ（そもそも、阪本順治自身がうすっぺらい「亡国」の観念をまるっきり信じていない、ということが考えられるが、あまり関係ないので深くは触れない）。

現実の社会が「亡国」かどうか、というのはここでは関係ない。要するに映画にとって

「亡国」とは何か、ということだ。この映画は「亡国」に対する映像の無力さ、というか畑違いさをさらけ出しているのである。つまり「亡国」なんて写せっこないのである。だからこの映画は秋葉原を写し、工業地帯を写すしかなかった。

「亡国」は映らない。しかもその「亡国」を語る青年は死者であり、彼が亡国という観念について思いめぐらした思考を肉体として写すことも不可能だ。死者の語る映像にし得ない観念。その「不在の中心」に置かれたのが「秋葉原」だというのはまったくポストモダン的な象徴と言える……わけねえだろ。

大体、原田芳雄を総理大臣にキャスティングするという時点で、この映画の作り手のスタンスがはっきり見て取れるわけです。「亡国」なんて映らないモンは知らんが、人間は映るから気合い入れるわ。そういうこと。予想通り、アクション映画にはまるでなっていなかった（イージス艦って船的に見栄えしねえ〜、ってのがけっこうある。砲は細いしブリッジはローポリのCGみたいにカクカクだし）けれど、はっきりいって中井さん最高。この映画、キャスティングにスキがない。とくに国家安全保障会議のオヤジたちは見ていてホント飽きない、「いいツラ」が雁首揃えてて最高。

■『亡国のイージス』、という小説

最初に読んだとき、これなんかに似ているなと思った。それは「アビス」、といってもキャメロンの映画ではなく、オースン・スコット・カードのノベライズのほう。

これは「ノベライズ」といっても脚本をもとに撮影にもつきあいながらカードが書き上げたもので、その一部をエド・ハリスたちは読んで役づくりをしたほどであるから、ほとんどノベライズではない。カードとキャメロンの共作に近い。

どのへんが「アビス」みたいだったかというと、まず小説が主要登場人物3人の（本篇前までの）人生を、それぞれに1章ずつ計3章つかって描き出してから、本篇にはいるという構成（しかもそのうちの一人はブロックで人殺しをする）。これはかなり構造としては似ている。それと、地の文でもかまわず会話体で心理描写をして読者を引き付ける点。これをやると、異様にリーダビリティが高い、感情移入のカタマリのような小説が出来上がる。

最近知ったのだけれども、福井さんはキャメロンに人生を変えられたというほどのキャメロン好きで、「アビス」の映画がベスト・ムービーに入っていたそうな。だったら「アビス」のノベライズを読んでいても不思議じゃない気がする。

08-09, 2005　おもしろい顔の人

■ヒトラー　最期の12日間

とにかくゲッベルスが立ちすぎ。顔とか顔とか顔とか。本物のゲッベルスの写真はふつ

うに整った顔で、こんなに異様ではない。見ているあいだこの役者なんなんだ、と思いながらずっと楽しかった。「マインフューラーがね、マインフューラーがね、わたしに避難しろって言うの！　……信じらんない、こんなに好きなのに」とか言って泣き出すところとかはもう少女だったら完全な萌えキャラだ。だが少女じゃなくとにかく異様な造型のおっさん（というか年齢を超越した顔）なんで面白すぎる方向に暴走する。日本だったらさしずめ竹中直人が演じていただろうし、パトレイバーだったらまんま陸幕2部の荒川があんな顔だ。奥さんが子供をひとりひとり毒殺していく場面は本当に陰鬱で嫌になるのだけど、奥さんが子供の寝室で仕事をしているあいだ、部屋の外に所在なげに立っているゲッベルスがまたダメキャラで救われる。ていうかパト2実写にしたら荒川の中身はゲッベルスの人で宜しく。そんなインパクト大の顔が、あの制服の色とあいまって大本営のいいツラしたオヤジどものなかでものすごく浮いていて、これだけでゲッベルスかなり勝利している。さすが宣伝相。

ブルーノ・ガンツは巧いけれど、まあ、想定範囲内。巧すぎるゆえに割を喰った感じ。観客の先入観の再現度という点では完璧な仕事だと思うし、そのうえ想定範囲を外れると問題のある人物でもあるので、仕方ない。そのぶんゲッベルスが逸脱しすぎて凄すぎる。

防空壕ライフは意外と広いんだな、と思った。いつかは尽きる食糧供給も、この映画に関してはストックたっぷりある感じ。正直、意外と楽しそうだと思った。この映画の防空壕ライフの雰囲気を見て何を連想したかと言うと、実は不謹慎にも「うる星やつら2　ビューティフル・ドリーマー」だったりする。皆終りの予感を感じつつテンパりまくってはいるのだが、そのおわりはじりじりと近づくばかりでいつになるんだべや、という感じ。そんな状態で迷宮っぽい閉鎖空間でわらわらテンパる個たちの姿は、敗北という文化祭を前にした準備の狂騒にも似て、「死」の予感に彩られながらも、いや、それゆえかものすごく楽しそうだ。

ゲッベルスの奥さんは「ナチのない世界なんて無よ」「ナチのない世界で子供を育てたくない」という。つまり、ドイツの敗北は「世界の終り」なのだ。美しいものの終焉。内部的な視点に立ったとき、この防空壕ライフの実感はものすごく核戦争シェルター映画に似てる。この防空壕の外ではセカイが終わりつつある。そして、自分達は「最後の人間」としてここで自決するか、朽ちていくのだ、という。

もちろんセカイはおわらない。という感じで、防空壕の外、ベルリンではSSたちが粛正粛正また粛正。防衛戦の兵士たちは無惨に死んでゆく。その地獄絵図を「現場」だとするなら、ある意味貴族的に「セカイのオワリ」を防空壕で実感する者たちは、「ビューティフル・ドリーマー」がそうだったように、ぶっちゃけモラトリアムを満喫しているのだ。あの防空壕は、モラトリアムの物語だ。そしてまた「ビューティフル・ドリーマー」と同じく、そのモラトリアムの終焉を予感する者たちの物語でもある。ハレはいつか終わるのだ。

・あとシュペーアがえらい男前なんでびっくりした。あの状況でスーツだし
・演劇化したら（日本人がドイツ人を平然と演じる状況というのはいまのところ演劇でしかあり得ないので）ヒムラーは奥田瑛二にやってもらいたい
・ブルーノ・ガンツ以外に一発でわかった役者はフェーゲラインのトーマス・クレッチマン（ゴッド・ディーバのニコポルとか、バイオハザード2の悪役と、戦場のピアニストの大尉とか）だけ
・最後に入る現実パートが「シンドラー～」みたいだ

08-22, 2005　松坂慶子か

もうだめだ、と思った嘔吐地獄を抜け、本日退院の予定、ではあったのだけど、

血小板がたりない

と言われて今週は御茶ノ水に軟禁とあいなりました。
そう、ダリーです。血小板を食うと言えば、ダリーです。

ではなく、当然ながら抗がん剤の骨髄抑制によるもの。これで怪我でもした日には「ふははは、血が止まらない」とかアーカードよろしく余裕かましている状況ではないわけで。しかし土壇場で退院をキャンセルした俺は病院でなにをして過ごせば。荷物も家に送ってしまった手元には『ルビコン・ビーチ』と何度もよんだ『映画の魔』しかないんだが。一週間エリクソン読んですごせと。

08-24, 2005　退院しました

■うそ?　釈放?

「血小板、数値が上がったから伊藤君、退院していいよ」

昨日の今日でそう言いますか。

「白血球はグランの皮下注（ヒカチュー。ポケモンみたいだが、「ヒカチューゲットだぜ」とか言い換えてみるとサトシがオーバードーズしている感じがして楽しい）でまあ上げられるけど、赤血球と血小板は輸血するしかないのよ、減り過ぎると。今回の抗癌剤のプロトコール（という言い方を先生はする。プロト「コ」ルではなく。なので、それを聞くたび私の頭には「シオン賢者の」というエコーがなぜかこだまする。とか言ってたら最近親父が「ユダヤはよう……」とか陰謀史観めいたことを微妙に口走りはじめて冗談と笑えなくなってきた。食後の畳の茶の間でコンスピラシーセオリーについて語るオッサンシ

ャツの酔っぱらいという、じゃりン子チエとロスチャイルドのミシン台の上での野合、というのはネタとしては完成度が高く笑えるのだが、それが家庭に侵入すると冗談では済まされない。陰謀史観趣味はあくまでエンターテイメントに留めておくべきだ。頭が痛い。長い余談終り）は海外の論文に基づいた手法なんだけど、けっこうキッめでリスキーだから、骨髄抑制（この単語の響きが結構好きだ）もキツく出るかも知れない。だから今週金曜まで様子見ね」とか言っていた先生は、今日、にっこり笑って「退院」そうおっしゃった。

さて、昨日一週間軟禁と言われ、今日退院して聖橋を見つめる私の心境に最も近いのは、パフィーも笑った伝説の空耳、ウータン・クランの、

「うそっ、釈放？（チェスボクシングの戦い／原詞「RZA,SHAQUAN」）」

だろう。医科歯科を出た私はそのまま駐車場でタクシーを拾い、

「秋葉原へ」

というわけで、「ローレライ」と「ベルヴィル」と、トレントが参加しているというので Jakalope「It Dreams」と、「たかまれ！タカマル」を買ってきた。

幸地さん萌え萌えである。「デブ系かわいいキャラ」というのは女性キャラとしてはかなり新しい、というか発明に近いのではないか。

退院して萌え萌えしている伊藤でした（また3週間したら薬入れるんだが）。

09-04, 2005

■アドベントチルドレン

「アドベントチルドレン」の映像がそこそこ見れるどころかけっこういいものになっていて（プロモで見る限りね）、数年前の「ファイナルファンタジー：ザ・ムービー」がいま見るとやはりキツいのは、単純に技術が進歩したということなのかしら。きっと違う。

　要するに、顔の問題なのだ。映画と今回の「アドベント～」の違いって何、と考えると、それははっきり言って「美男美女濃度の違い」なのだ。映画版のアキも、仮にCGから「現実に」翻訳したらかわいいのかもしれんけど、CGという表現の中ではあの顔はあまりに中途半端にリアルすぎた。あの技術的精度であの造型を「かわいい」というには、あれはあまりに微妙な美しさ加減だったのだ（というか、可愛く見えない）。

　翻って、「アドベント～」が劇場版のCGほどの微妙さを感じさせないのは、ひとえに、登場人物のほとんどがあり得ない美男美女（しかも若者）揃いである、ということに尽きる。なぜか。美男美女とは多少崩れていて「味わい深い」顔とは異なり、そうした微妙な情感を排した完全な記号的存在だからだ。美男美女の顔というのは、我々がメディア教育されるなかで煮詰まった、その時々の文化の純粋な形態である。要するに、そこに表現の「幅」は皆無に等しく、その目鼻立ちは我々が既に了解した範疇でしかありえない。極端に「整った」顔とは、つまるところ「アニメ」なのだ。我々はそれを記号として了解せざるを得ないのだ。

「味わい深い顔」つまり人間の本来あり得る顔、をCGで表現することが難しいならば、主人公周りを全部美男美女にしてしまえ。「劇場版」の失敗から学んだ彼らは、クラウドやセフィロスを中途半端にリアルにすることを拒んだ。それは記号的存在として了解できるまでに美形でなくてはならない。CGにおいては「ありがち」で「つまらない」くらい面白みのない美形でなくてはならない。

つまり、一生懸命「現実」を目指して敗北した劇場版に比べ、「アドベントチルドレン」のとった方向は明らかだ。要するにあれはアニメなのだ。CGとしての質感表現やライティングといったディティールの精密さは保ちつつも、記号的存在として了解できるまでに純化された破綻のない顔による物語。要するに、あれはセルアニメと大差ないのだ。だから自分は、あのCGの顔をそれほど違和感なく受け入れられるのだろう。セルアニメと大差ないなら、「イノセンス」の人物もセルでなくともよかったか、というとそうではない。バトーは、目があんなサイボーグアイであるにもかかわらず、明らかにおっさんであり、あのおっさんをCGで観たらやはり「ううーん」となってしまう。リアルなおっさんはCGだと記号の範疇をはみ出してしまい、表現がおっつかなくなるからだ。美男美女の世界ではない。いまのところ、CGで納得できるのは「複雑さ」をギリギリまで削ぎ落とした結果としてある美男美女だけだ。

記号的美男美女の次は、恐らく「類型」という段階が待ち受けている。これは「現実の顔」よりは実現容易だけれど、美男美女よりは難易度が高い。

09-10, 2005　CCCDを買うはめになろうとは。

■入院に備えて

月曜から再び薬を入れるので、入院に備えていろいろと買い込む。今回は組織を殺すための「攻め」の薬なので、ローテがきつい。アメリカで2年前に発表された論文に基づいたプロトコルなのだけれど、2年前ということはつまり生命予後の追跡レポートも2年ぶんしかないわけだ。

・小熊英二『単一民族神話の起源』。
　これがありゃ1週間はもつでせう。
・USBバスのDVDドライブ
　病院に持ち込んだノートでDVDを見るために。
・DVD「めざめの方舟」
　昨日、愛知万博の会場から友人が電話をかけてきた。「どうだった？　やっぱ微妙？」

「ガルム」「へえ」というわけで買った。

・「Seven Swords」オリジナル・サウンドトラック

初めてCCDを買った。屈辱だが仕方がない。しかし限定版だからってLPジャケにあんなちっさいもん入れんなや。ツイ・ハーク映画で川井節が炸裂という噂につられて。

これだけ準備しても、入院中は嘔吐容器にかぶりつきでそもそも行動不能かもしれんと思うと憂鬱になる。うげげ。

09-20, 2005　監禁中

■世間は俺をおいて動いていく

入院中につき、TGSにもかかわらず、メタルギア情報はここにはありません。飲まず食わず五日間吐き続けてたった3キロしか体重が減ってくれませんでした。ちえっ。

しかし都心の大学病院の看護婦さんはなんで可愛いひとがおおいのか。やはり寮があると若いひとが働きやすいからかなあ。地元から都心へだんだん近付くように5つの病院を転院したけど、だんだん若いひとが増え、深刻に可愛いひとが増え（深刻に、というのは誤った形容ではない。「その石をしまってくれんかの。その光はワシには強すぎる」というやつでして）ていくのが不思議だったのだ。

■退院した
↓から数時間後、先生が一言「退院」。

09-21, 2005　老人の支配

■『ホーリー・ファイアー』に「老人貴族」ってあったけど

というわけで、みなさんがスネーク老人化して萌え～、とか言っているあいだ、私は病院で抗癌剤入れられてげーげー1hごとに吐いて吐き過ぎて喉を痛めていたわけで、いまmixi日記を「スネーク」とか「MGS4」とか「オタコン」とかいう単語で巡回して片っ端からみなさんのインプレッションを収集している（特に女性）ところでございます。情報自体はもう、大体わかったので、あとはみなさんの反応が知りたいな、と。

はっきり言うが！　俺は「2」の発売以前からジジイ萌えの時代が来る！　と主張していたわけだ！

現役ゲイにして磁界王マグニートー、ナチの生き残り、そしてイスタリのオローリンであるガンダルフ、のイアン・マッケランの最強ぶり！

元串刺し公ドラキュラ伯爵、にして義篤きゆえにジェダイを離れ暗黒に堕ちしシス・ド

ゥークー伯爵、そしてサウロンの野心厚き手下にして堕落した元イスタリのサルマン、であるクリストファー・リーの貫禄！

映画最強の男は誰か？　そりゃイーストウッドとカーペンターとゴダールに決まってんだろ！　アワーミュージックが凄いらしいじゃねえか！　エロ光線ビンビンらしいじゃねえか！　流石ゴダールだ！　まだ観てねえけど！

今や世界はジジイのものだ！　萌えである！　「4」に至ってスネークが老人化したのは、世の最新トレンドを微に読む小島秀夫大監督先生なら当然のことなのである！

さて、CG技術でスタントマンの首をすげ替えるのも簡単になりましたし、これからは映画のほうもどんどんジジイに格闘をやらせ、ジジイに銃を撃たせ、ジジイに決め台詞を吐かせていくべきだと思います。

ボンドも役者交代などせずに（「ザ・ロック」のコネリーが英国人で元SASで、というのは明らかにボンドへの目配せなんですから）、むしろブロスナンに積極的に老けメイクをして、ガシガシ老人化した007をやっていただきたい。

むしろ「Q」のほうが10代の生意気な若造で、理解を絶した最新兵器をガシガシ作りながら「爺さん、こういうのに付いて行けないのってダセえよ。アフタヌーンティーでも飲んでなオールドメーン」とか憎まれ口をきくわけですよ。「M」も巨乳バインバインなオックスブリッジの才媛というかお姉さんで、意味不明にケンブリッジ・フットライツ出身だったりしてジョン・クリーズとパイソン話をしたりするわけですよ。そういう若返りまくったMI6でダイナソーとして「俺は俺だ」を貫くジェームズ・ボンド。

次のボンドはひとつ、「ジジイ」をコンセプトにどうですかねブロッコリさん（「ネバーセイ・ネバーアゲイン」があるじゃないか、という話はナシで）。

■頭文字D

わたしは車に興味がない。大学出るまでセダンとハードトップの違いも解らなかった。だから告白するが、グランツーリスモの車種データの違いは何が面白いのだかさっぱりわからない。

というのも、いやそれが趣味の人には本当に申し訳ないしあくまで個人的な妄想であることを重々心に留めてこれから先は読んでほしいんですが、私は気弱なオタク文系高校生だったわけです。そのオタク文系高校生にとって「クルマが趣味」は何を意味するか、というと、ヤンマガ領域を意味したわけです。

私はヤンマガ読まないオトコノコでした。ヤンキー嫌いでした。なめ猫の頃から嫌いでした。というのも、彼らは強者で私は弱者だったからです。この妄想が病的にひどくなると「ヤンキー＝モテる／もやし＝もてない」という恋愛ヒエラルキーにまで純化されるわけですが、そういうわけで私にとってヤンマガとは、攻殻の不定期な連載を切り取る原本でしかなかったわけです。私はヤンマガに載っている漫画すべてに「ヤンキー／文系」という対立軸を見出し、避けておりました。私にとって、オタクでありコミュニケーション弱者であり、モテない文系である私にとってヤンマガとは、ヤンキーの同義語だったのです。

〈書き途中〉

09-27, 2005　アイソレーテッド

いま、どこにいるかというと医科歯科なのだ。

連休中、わたしは毎朝御茶ノ水に通い、血をとっては白血球の下がり具合を診てもらっていた。そして日曜日、値は当然顔で3桁になった。

保護入院というやつである。その場で。

そのとき、ぼくの鞄のなかにあった本は『ディアスポラ』一冊だけだ。やられた。

これだけ白血球が減り、しかも下げ止まらないと、どんな病気にもかかれるのだ、すげえ容易に。飲み水は煮沸され、食事は加熱され、ペットボトルの飲み物は禁じられ（缶はいいのだけれど、缶入りの水という商品がない）。

まいった。

10-07, 2005　たまにはカタい話でも

■むかしむかし、夢見られたせかいのはなし

『ユリイカ　２００５年10月号　特集　攻殻機動隊 STAND ALONE COMPLEX』を買い、仕事場から夕食に出たときラーメン屋さんで読んでしまった。面白かったわけではない。制作サイド自身の発言は（予想通り）おおむね面白かったけれど。それ以外はどうかというと、正直買わんでいいと思う。なんてったって１３００円だ。

東浩紀さんの発言に感じる、この我が身のような、我が身がかつて経験したような懐かしさと恥ずかしさはなんだろう。それは多分、この人が80年代的な意匠を無自覚に（いや、それはさすがに侮《あなど》りすぎかしらん）纏っていることからくる恥ずかしさなんじゃないかしら。いや、80年代的な意匠を「カッコ悪く」纏っていることからくる、と言い換えたほうがいいのかもしれない。なにしろ、語られている対象である攻殻ＳＡＣは80年代的なものを有効に活用し得ているからで、東さんの80年代臭とは対照的だから。

「（『戦争』を題材にした『2nd GIG』よりも）一見虚構的世界を扱っているかのように見える『S.A.C』のほうが、実は、現代社会のリアリティを捕まえていると思ったんです」

ぼくも、「2nd」より「S.A.C」のほうが好きだし面白かったのだけれど、どこまでも「リアリティ」を参照しつつ「S.A.C」を称揚する態度のうちに、東さんの一貫しない言説を見出すのは、そう難しくはない。なんだ、この人だってけっきょく、自分が（「イノ

センス」の押井にはすでにない、と）言っているような「ヴァーチャルなものをリアルに感覚するだけの体力」を失っている一人じゃんか。つまらん。

　この人が「パト2」の延長線上にある、ありえたかもしれない押井の幻影として「S.A.C」を捉えたがっている気持ちは、よくわかる。ぼくはそうした可能性のところとは別のところで押井に可能性を見出しているけれど、東さんは、どこまでもアクチュアリティ（このアクチュアリティがフィクションである、というところも含めての）と濃密な関係を取り結ぶ押井に拘泥《こうでい》しているのだ。

　たとえば東さんは、9・11後のせかいが「ひりひり」し、非常事態が全面化し、日常に戦闘地域が入り込み、とLICの普遍化した、サリン以降、9・11以降の「戦争を描くことはそのまま日常を描くこと」となる世界を語る（うええ、紋切り）。の、わりにこの人、例の外国人を誤射したロンドンの警官達について、「仮にあれが自爆テロの犯人だったとしても、撃った警官達にそういう高揚感はあったかというと、ないと思う」と言う。9・11で犠牲になった消防士達についても「国家と一体化するような高揚感はなかったでしょう」と。

　ぼくは別にナショナリストではない（むしろサヨクに近いだろう）けれど、そりゃないんじゃないの、と思う。ここで神山さんは「なかったと思いますか？」と疑問符をつけているけれど、そりゃそうだ。東さんが言うに、戦争というやつは「日常の空間を離れて戦争の世界に入っていくことを」「訓練や様々な儀式を通じて」「教育／洗脳していくプロセスがあるから、人々は高揚感を得られる」んだと。それはまあ、いいでしょう。じゃあ、あなたがいままで日常と戦争を区別する意味はない、と言った世界はなんだろうか。非常事態が全面化した世界はなんだろうか。儀式はとっくに終わっている。訓練こそないけれど、ぼくらはすでに非常事態としての世界を「恐怖」として教育し洗脳されている。世界は戦争でいっぱいだ。ビルに飛行機がつっこむ世界に、町中で化学兵器がばらまかれる世界に、ぼくらは生きている。そんな世界で銃をぶっ放すことが「日常の空間を離れて戦争の世界に入っていくこと」じゃないと？

つまり、この人、思いっきり矛盾しているのだ。片方で世界はすでに「非常事態化している」と言っときながら、もう一方で「さっきまで日常の空間であった場所でいきなり銃をぶっ放すわけで、高揚感が生じる余地はない」とか言う。日常と戦争の溶解した世界を語っておきながら。自分の日常が警察官や消防士の日常だと思い込むおおざっぱさ、という問題にも無自覚だ（その種の職業を選びとった人々が「儀式」や「訓練」を経ていない、とでも？　我々と同じ「日常」を生きているとでも？）。というわけでこのひと、いろんなレベルに、ずいぶん柔軟性のあるスタンダードを持ち込んで、ある種の観念を必死に定着させたがっているように見える。むしろ東さん自身が、無意識のうちに日常と戦争の区別を自明のものとしているのだろう。そうじゃなきゃ、あんな素人目にもどうかと思う矛盾は言わないでせう。自分に染み付いたものと観念の同期がとれていない感じ（あ、ひょっとしてそれって「イデオロギー」なんじゃないかしら）。もちろんそれは、ルイセンコが壊滅させたソ連の農地のような、ポストモダンの荒野に留まる者、80年代の亡霊のすり泣きであり、気持ちはとってもわかる気がする。けれど、かつてサイバーパンクが予言した国境の消滅がいまだ訪れず、その方向に向かってもいないどころかかえって強化される始末の現在、かつてのサイバーパンクの夢想した世界と同じ哀愁を、東さんの言説は帯びてしまう。

さて、その上で押井について東さんは「『身体性の回復』に飛びついて」しまった、という。押井さんをもってしても「ヴァーチャルな世界に耐え続けるのはけっこう難しくて」と。「押井さんの場合、銃で撃つというときも、背後に国家を背負って撃ちたいんだと思うんです」「もう彼は物と物の戦争しか考えてないんだなと思った。現実の戦車があり、兵士がいて、空母があって、というような戦争のイメージが決定的に強くなっていて、『パト2』のようなヴァーチャル・ウォーのリアルさは視野から消えたんだな、と少し残念でした」

たぶん、（ヴァーチャルなものをリアルと感じる世界を語る反面）自明な日常を前提とする東さんにとって、ヴァーチャルとリアルの区別そのものに意味を感じない、現在の押井の態度は理解し難いのだろう。東さんは「パト2」と「攻殻」の間に押井の変節を見出しているようだけど、ぼくは違う。

それはたぶん、「イノセンス」と「アヴァロン」の間に横たわっている。「攻殻」と異なって、「イノセンス」でもはやバトーは国家を背負っていない。敵も「人形使い」や「公安6課」のような国家から派生した存在ではなく、単なる営利目的の会社に過ぎず、「首謀者」の社長も社員も出てこない。なんだかんだ言って、攻殻は「パト2」の（「パト2」で確立したレイアウトシステムの流用であるという意味でも）延長線上にある映画で、結局は国家泰平の話だった（その焦点が草薙素子の内面にあるとしても）。しかし、「イノセンス」は究極的には、単なる人身売買の話に過ぎない。しかも、途中で公安事件ではない、と判明してなお個人的な欲望で（素子ォ〜）捜査をすすめる個人の話だ。

押井はたぶん、アクチュアリティを描く気が、とことんないのだ。ここで言うアクチュアリティとは、つまり「S.A.C」や「2nd」がそうであるようなアクチュアリティで、悪い言い方をすれば現実のパロディに過ぎない、ということもできる。しかし、押井は「イノセンス」に見られるように、ある種老人の悟りの特殊版みたいな世界に突入してしまっている。それは、「ヴァーチャル・ウォーのリアルさ」「ヴァーチャルなものをリアルに感覚するだけの体力」という東の言い方が（本人が無意識に）前提としているヴァーチャルとリアルの二元論ではない。たぶん、東がヴァーチャルだのリアルだの言うときは、それらが「混合した」世界、もしくはタマネギのようにレイヤリングされた世界を想定しているのだろう。しかし、「イノセンス」の押井が「アヴァロン」以前と異なるのは、「ビューティフル・ドリーマー」から続いてきた「レイヤリングされた世界」を放棄したことにある。

いくら「現実の曖昧さ」といったところで、そのペルソナがその時点で所属している世界はまぎれもなく「在り」、それは単に「根拠を失っている」だけであって、「モニターの向こう／こちら」「現実だと思い込んでいた世界を含む夢（のいくつかの段階）」「ゲーム／現実」というように、レイヤー分けされているに過ぎなかった。しかし、「イノセンス」は違う。そこでは、誰がいつからハッキングされていたかもわからず（ハラウェイのシーンはトグサの夢か？　キムの事を吐く情報屋の場面はハッキング空間か？　誰にもわからない）、レイヤリングはすでに放棄されている。不確定な状態は自明であり、バトーは逆説的に不確定だからこそ内的な「根拠」でのみ行動する。いままでの押井作品がタマネギだったとするなら、「イノセンス」はゼリーだ。夢とか現実とかいう区別に意味をなさない、レイヤーのない世界。それはつまり、一元論だ。イノセンスは一元論で描かれた映画なのだ。

身障者の立場から、ぼくは「イノセンス」の一元論は嘘っぱちだと思うが、しかし東さんの、押井が「身体性の回復」にとびついた、という話も同じくらいどうかと思う。だってあの映画、身体なんて存在しないんだもの。登場人物はみんな人形で、主人公は「被害者である」はずの少女に向かって魂で人形を汚しやがってと逆ギレするし、「外部として在る身体」であり映画で一番萌え萌えしいはずのバセットハウンドはクローンだ。なんのことはない、バーチャルでいいじゃん、てこと。リアルを求める指向をこのおっさんは脱してしまったのだ。押井のフィルモグラフィーは「現実／夢」の2分にはじまり、「レイヤリングされたさまざまな階層」としての世界を通って、いまのところそれらの「分割」すら無効になったゼリーのような一元論的世界、もはや夢か現実かヴァーチャルかリアルかを問うことが無意味（というより無意味であることが前提）な世界に到達した。フィルモグラフィーとしては、じつに分かりやすく進行していると言えなくもない。東さんは退化と見た「イノセンス」は、実は東さんが好きな「パト2」の、当然の深化でしかないし、そこには退化も断絶もない。「パト2」から見えていたはずの道に気が付かなかった、というのは東さんの見識不足でしかないだろう。押井は単純に、東さんの一見アクチュアルに見えて実は「X元論」でしかない「レイヤリングされた世界」の先へ行ってしまっているだけだ（もちろん、それを評価するかどうかは、また別の話だし、実はぼく自身は、この病気を経てしまったことでもあるし、そこまでついていく気はさらさらない）。東さんの言論は押井さんに比べて、決定的な古さ、80年代的な古さを抱えてしまっている。

続く、かも。

10-08, 2005　腐ってもマンシーナ

■喫煙、アディクト、オタク

いまや記号としてのジョン・ウェインがいかなる存在としてあり続けているかは、誰の目にも明らかだろう。素手をだらりとたらしたままスクリーンに登場することのないこの接触の魔は、たえず掌で何かに触っていなければ居心地が悪く、発射したあとはもとのガン・ベルトへとおさめなくてはならない拳銃よりはコーヒー・カップを握っていることを好み、しかもそれだけでは落ちつけず、手に触れるものがあれば、それを両手にとって胸にかかえこまずにはいられないのだ。

——蓮實重彦『映画　誘惑のエクリチュール』

禁煙ファシズムだとかそれをあえて押し付けるだとかいろいろ話題になっていたらしいのだけれども、そのころ私は肺の腫瘍で入院していたりして、すっかり話題に乗り遅れてしまっていた。とはいっても、私の肺のそやつは脚の腫瘍が転移したもので、いかなる種類の喫煙ともまったく関係がなく、肺をやると辛いと言う程度の事はできるが、だから煙草をやめましょうという話にはどうがんばってもリンクできない。入院してたのも（肺をやられたにもかかわらず、それは脚のやつの転移なので）整形外科なので、肺癌の患者さ

んはまわりにいなかった。

というわけで、この話は喫煙と肺癌の話ではない。

まあ、喘息持ちではあるし、そんな私の持病（5歳から中学までは週1で中～大発作を起こしていた）を前に親父は煙草をブカブカ吸いまくっていたので、煙草のみにいい感情はない。キスが臭いし。とはいっても、自分に累の及ばない煙草はけっこう好きだったりする。てかぶっちゃけ、映画ね。映画の中で煙草を吸っている場面は好きだし、この前も「コーヒー&シガレッツ」なんて題名そのものの映画があった。ブラックホーク・ダウンで捕虜となったアメリカ兵にアイディード派の男が煙草を薦め、断られると「そうか、アメリカ人はもう吸わないんだったな」という場面がある。葉巻大好きな英国人であるリドリーが、アメリカの映画にわざわざ入れたお茶目な皮肉だ（あ、あと「コーヒー切らしてるんで、紅茶を」って場面もあったなあ）。

しかし、自分の知っている人間が煙草を吹かすのは、映画と違ってやや嫌悪に近いものがあると言えなくもない。とくに私の職場は伝統的に喫煙者の多い職場であり、修羅場ってるセクションの廊下にいくと、親の仇のように皆がモクモクと吹かしている。分煙されてりゃ、個人の勝手だとは思うんだが、知り合いだとちょっぴり嫌なものがある、かもしれない。

それは禁煙ファシズムの「愛する人に押し付ける」という話ではない。「いのちをだいじに」とかそういうことではないのだ。

病院にいたとき、そこは完全禁煙だったので、入院患者は煙草を吸うことが出来ない。私の隣のベッドにいた人はこういった。「いや、これを機に禁煙しようと思いましてね」。そして続ける。「けど、なんだか無性に吸いたくなるんですよね、イライラしてくるっていうか」

酒を飲まないとイライラする、などと日常でいう人はあまりいない。いるにはいるが、そういう人間ははっきりこうレッテルを貼られるだろう、「アル中」と。そして職場で酒を飲む人間もいない。煙草は頭をクリーンにし、酒は頭をぼんやりさせるからだろうか。もちろんそうだ。

だけど思うに、煙草というのは、おおおっぴらにアディクト（中毒）しているところを、人に見せつけ、また公言することができる奇妙な嗜好である。禁煙している人間は例外なく（つーと多少言い過ぎかしら）「ツラい」と言い、失敗率も高い。アル中となると病院の世界だけれど（『失踪日記』は生々しかったなあ）、煙草はそうではない。せいぜい禁煙仲良しサークルがあるくらいだ。

中毒はタバコや酒だけではない。人はいろんなものにアディクトする。バロウズ爺さんだって言ってたではないか。「麻薬は人生そのものだ」って。バロウズは麻薬中毒を特殊なものとして描いたのではない。人をアディクトさせ、コントロールのインターフェースとするすべてのものの中心として、麻薬を描いただけだ。

思うに、煙草に対する嫌悪とは、酔っ払いを見たときに感じる嫌悪を思いっきり薄くしたものなのではないだろうか。つまり、我知らずアディクトしている人を見る嫌悪感だ。人はアディクトしている現場を他人に見せたりしない、フツーは。オナニーは自室でやるものだ。麻薬はこっそり打つものだ（まあ、犯罪だからというのはありますが）。しかし、煙草はこれまでアディクトしているまさにその現場をおおっぴらに見せてもいい嗜好のひとつだった。

実際は、煙草だけが管理の対象になっているわけじゃない。アメリカでは肥満が与える経済的損失（生きていればその人間が生産するはずだった経済循環や医療費の負担）が問題になってきているし、崩壊前のソ連では、ゴルバチョフがウォッカに厳しめの規制をかけていた（そういうわけで密造酒が作られた。まるで「アンタッチャブル」だ）。ウォッカにアディクトしている人間が深刻な社会問題になっていたからだ。

煙草に中毒していない人間の割合を測ることは難しい。大体、どのレベルの習慣性から「中毒」なのか。それは単に線引きの問題でしかない（もちろん、それは「中毒」がいないということにはならない）。しかし、煙草を吸うことをやめた人間が例外なく「辛い」と言い、「禁煙」ということが何か特殊な、個人の強い意思が必要な行為として語られることがこれほどまでに多いと（そういうのを聴くたびに、ダイエットとの強い共通性を感じる)、やはり煙草のみは例外なく「中毒」であると感じてしまう。

煙草が、自分の部屋でひとりもしくは「恥」を許容し共有する任意の相手(セックスや、オタ趣味)とで耽溺するべき嗜好だとしたら、これほどまでに(そう、禁煙ファシズム、と言われるまでに)皆が大騒ぎするような締め付けになっただろうか。たぶんならなかったんじゃないか。

つまり、喫煙に対する嫌悪は、昨今の健康志向ゆえと言われてはいるけれど、実のところ、アディクトしている人間を見て感じる醜悪さへの嫌悪という部分もあるんじゃないだろうか。

そこで思うのが、オタクだ。毎年、夏コミの帰り、ロリキャラの紙袋を提げた人間を見て、東京湾花火大会にいく人間たちは嫌悪をあらわにする。アニメのTシャツを来たデブオタ。いわゆる「アキバ君」の格好。あれもまた、その人間が(周囲を無視して)アディクトしていることを身体で表象していることからくる醜さなんじゃないか。自室にエロゲのポスターが貼ってあろうが誰も気にしない(人の部屋など見ないから)。しかし、オタクがそれと分かる形でパブリックなスペースに出ていくとき、状況は一変する。それは、自室から外に持ち出されたアディクトしている身体だ。オタクの服装とは、究極的には外に延長された自室である。『趣都の誕生』はアキバを「巨大な個室と化した」と語ったが、オタクの服装や持ち物はそれ自体が外延された自室であり、そのオタクの自室は生活空間という機能以上に、ある（人目をはばかるはずの）メディアに中毒するための空間という意味合いが強い。つまり、オタクの服装、体形、ノートパソコン、リュックなどの装備とは、外に持ち出された中毒空間の表象なのだ。

もちろん、アディクトの対象はオタクと煙草に限らない。人はおよそあらゆるものに（苦痛にすら）アディクトする。酒にアディクトし、食うことにアディクトし、ダイエットにアディクトし、アニメにアディクトし、セックスにアディクトし、オナニーにアディクトし、鞭で打たれることにアディクトし、浣腸にアディクトする（笑）。しかし、それがパブリックなスペースに持ち出されることはない。そこ、「野外プレイは？」とか言わないように。

人がアディクトしている現場を見るというのは、言い換えれば自制を失っているところを見ることだ。嫌煙運動はヒステリックだと、私も思わないでもない（最初にも言ったように、分煙されてりゃいい）んだが、そもそもこの文章の目的は嫌煙運動の正当性を問うことではない（つまり道徳の話ではない）。だけれども、「禁煙ファシズム」という言い方自体が、そのヒステリックさを指摘するはずだった反・嫌煙者たちをむしろヒステリックに見せてしまうのは、アディクトを肯定することの難しさからきているのではないかしら。煙草に限らず、「私が×××に中毒していることを抑圧するのは自由の剝奪だ」という言い分はなかなか納得してもらえないだろう。だからといって、アディクトが完全に禁じられた世界は『1984』以外の何物でもないのだし、そんな社会を作ることは不可能だ（いや〜、でも人は何にでも中毒するから、「管理される」ことにも中毒するかもな〜）。

だから、反嫌煙に必要なのは、たぶんデータとか自由とか文化とかそういう（いまのところあまり効果のない）言論武装ではなく、「中毒していること」をこの社会の中で積極的に肯定する言葉（論法、ではない。要はみんなに「中毒」してもいいじゃん、と思わせること）なのかもしれない。ぼくにはぜんぜんそれが思いつかないけれど。

10-14, 2005　トランスナショナル

■ブラザーズ・グリム

やはり突出して面白いのはピーター・ストーメアだ。「コンスタンティン」でルシファーを茶目っ気たっぷりに演じたこのおっさんはスウェーデン人なのだが、奥さんは日本人で、「アルマゲドン」ではロシア人を演じ、今回「ブラザーズ・グリム」ではナポレオニックなフランス統治下のドイツを治めるフランス人将軍の部下のイタリア人、というなんだか錯綜した設定の人間を演じていて、もうわけがわからない。

アメリカ映画でイギリス人がフランス人（ジョナサン・プライス演じるフランス軍の将軍）を演じ、イタリア人はドイツ人の魔女を演じ（モニカ・ベルッチ）、オーストラリア

生まれのヒース・レジャーとアメリカ人のマット・デイモンがドイツ人のグリム兄弟を演じ、スウェーデン人がフランス人の部下のイタリア人を演じる。ギリアムはギリアムでアメリカ人だがイギリスのモンティ・パイソンで世に出た人物だし、住まいは確かイギリスだ。

書いていてわけがわからなくなってきた。

ちなみに、モンティ・パイソンっぽい（一生言われ続けるギリアムさん、すみません）ことに、各国別国辱ネタがけっこうあって、フランス人と言えばカエルだし（微妙に伏線ではある）、ドイツ人は血のソーセージを嬉しそうに出すし、イタリア人は××だ（ネタバレにつき注意）。アメリカとイギリスが話の設定上関係ないこともあって、各国が均等に馬鹿にされている（「平等に価値がない！　サー、イェッ・サー！」）。

なんというか、ギリアムのネタ大会という気がしなくもない。間合いに入るギャグもほんとうにくだらない。ストライダーなヒロインは主人公たちを前に獲物をざくざく解体して内臓をデロデロと取り出し捌《さば》くことに余念がないし、舞台はナポレオンの治世と言いつつかなり考証があいまいで、特にメインの舞台のドイツの田舎に行ってからは「ジャバーウォッキー」化してしまう。笑えるほどすてきなメイクの婆さんが禍々しく凶兆を語り出す。ストーメア演じるイタリア人は拷問大好きだし、ジョナサン・プライス演じるナポレオン軍の将軍（「ブラジル」で抑圧されていた彼が同じ監督の映画で抑圧者を演じている、というのは、ジョン・グレンからユージーン・クランツに出世したエド・ハリスみたいなものでせうか）は、間違って拷問機に巻き込まれた子犬の肉片をぺろりと舐め「レアだ」とかいうキチガイで、大変すばらしい。

史実のグリム兄弟とは何の関係もないフィクションだけれども、いろんなグリム童話のネタが均等に取り入れられていて、そこらへんの発見大会も面白いかもしれない。

比較で言うとこの世界で一番まともな人間は主人公のマット・デイモン演じるインチキエクソシストなのだが（弟は深いトラウマに捕われている）、それも比較論でしかなく、要するにこの映画は全員にネタを均等に振り分けた結果、全員が狂っているというたいへんすばらしいことになり、ただしよく考えるとギリアムの映画にまともな人間が出てきたことなど一度もなく、そういう意味ではいつもと一緒。ただし、撮影がロジャー・プラットではないせいか、いつもの魚眼&ステディカムでカメラがぐりぐり動き回るあの「ギリアムカメラ」は比較的抑えめといえるかも。

とにかく品のない、というかお下劣な、いつものギリアム映画でしたが（物語は「バンデットQ」並のお子様向けなのだが、描写が泥とゲロと内臓と肉片と蟲と生首というアンバランスさがまた大人げない）いや、正直「チャーリー〜」よりずっと好きだね。少なくとも、バートンと違ってこいつだけは、ギリアムだけは、ぼくらを置いて大人になることなんか間違ってもありえない。物語は現実より強い、というういつものネタを、この歳になっても信じて、繰り返している男だ。
どうでもいいけれど、フランス軍が森を砲撃する場面で異様に興奮した。

10-16, 2005　ファンタ（1）

■東京ファンタ（1）

というわけで、K社KプロKさん（略してKKK、とか。嘘）と「カースト」「蠟人形の館」、秘宝ナイト、ひとりで「惑星大怪獣ネガドン」を見てきた。秘宝ナイトではMGS4のトレイラー（TGSのやつ）が上映されるので、小島、村田両監督以下K社の方々も来場。

ひさしぶりにお会いした小島監督はユニオンジャックのシャツを着ておりました。村田監督は相変わらずかっちょいい方でした。以前お会いしたときよりも痩せたかしら。司会のいとうせいこうがメタルの発売日について適当な（来年とか、PS3と同時じゃね、とかありえない）ことを言っているとき、私の横の椅子でムラシュウさんが激しく頭を抱えておりました。

さて、上映されたMGS4予告篇について触れておきませう。なにせミラノ座の、都内屈指の巨大スクリーンです（だからファンタでもパンテオンの後継に選ばれたのでせう）。実はMGSの予告篇がファンタで上映されるのはこれがはじめてではなく、MGS2のときも（いまはなきパンテオンで）やったことがあるのです。ただし、そのときは「デジタルコンペ」みたいなオールナイトの一環で、画質的にもその上映全体がNTSCからスクリーンにテレシネされたものがほとんどだったので、別に気にはなりませんでした。

しかし、今回はそういう前提はありません。

さて、この上映でわかったことは「PS3ならば、劇場サイズでゲームをやることが可能である」ということです。ハイビジョン、5・1chで製作されたデモなのですから当然といえば当然ですが（「イノセンス」は実はハイビジョンよりも解像度が低い）、それをPS3が、実機で、リアルタイムレンダリングすることが可能である、という事実に、やはり愕然とします。劇場サイズの上映に耐えうる映像を毎秒60フレーム生成することができる、という事実に。これは前もってレンダリングされた「アドベントチルドレン」ではないのです。1／60秒ごとに生成される実機の映像なのです。

ただし、気を付けておきたいのは、これは無論、小島・村田両監督以下小島プロスタッフの優秀さの賜物であって、決してPS3のパフォーマンスによって可能になるものではない、ということ。

PS3とて、キャッシュは無限ではありませんし、演算できるポリゴンとて限りがあることはあるでしょう。その限られた資源を、いかに「重要な場所に」投入し、単純化するところは省くか。それが映像全体としての「印象」を高める技術であり、それを一言で表現するならば単純に「演出」という言葉になります。

それはすなわち「誤魔化す技術」ということでもあります。建物は無限に建てられないし、ディテールは無限に細かく出来ない。実はゲームも、そして実はアニメも、映画と似たような制約があるのです。御存知、押井パトレイバーの初期OVA一話は、「あんなデザインのロボットを作画したら破綻する。東京をまともに背景美術で描いたら地獄を見る」ということで、ロボットを「動かす」までの話にしたり、埋め立て地の話にしたり、という演出上の勝算を押井さんがつけたうえで制作されたのです。そんな制約の中で、観客にいかに「凄い」と感じさせることができるか。このトレイラーの場合、スネークのスーツにものすごいポリゴンが投入されているわりに、崩れた壁の断面などは大分単純化されております。あと、これまでのメタルギアシリーズで際立って優秀なのがエフェクトとカメラワークだと私は思うのですが、今回も砂塵やフォグのような砂嵐など、臨場感を際立たせるとともに、遠くのディテールをはっきりさせないようにする処理がなされており、カメラの疑似ライブ感（手持ちなどで生じるブレ、カメラマンが「その場で」状況に対応したかのような疑似ドキュメンタリーとしてのクイックズーム）も「2」や「3」に比べさらに洗練されています。

映像というものは「いかに見せるか」というのが重要であって、明らかにポリゴンの精度だけで言ったらメタルより高い（まあ、実機でない可能性があるから当然ですが）

「Killzone」よりも、MGS4のほうに注目が集まっている、すなわち観客にインパクトを与えているのは、その「架空の現場の段取り」を想定しているか否か、ということなのだと思います。つまり、「撮影しているという状況そのものの物理的制約」に対する想像力、とでも言えばいいのでしょうか。明らかに現実より情報密度の低いCGにおいて、「二次映像である」ことを意識することは重要で、「映画的」と言われるものの実相は、ある映画を参照しているということも含めて、CGであるがゆえに「できるからってありえないカメラワークはあえてしない」という、「現実に撮影すること」を生々しく想像することからうまれるある種の制約、規範にあるのです。

10-17, 2005　ではまた

■入院

えー、たくさん入院しているので「悪くなっているのでは」と心配してくださった方がいらっしゃるのですが、毎月入院は予定通りですので、問題ないです（「織り込み済みだ」by浅倉大佐）。とりあえず現状では良くなっている方向に向かいつつあるので。

なくなったかも、とは言っても、CTというのは（例えが悪いですが）偵察衛星で都市を見て、爆撃でゲリラが殲滅できたかどうか見るようなもんで、究極的には癌が完全に死んでいるかいないかはわからないわけです。

なので、徹底的に絨毯爆撃を繰り返し、クレーターにしてしまえ、というのが抗癌剤による治療メソッドの基本方針なわけで、あと2回くらいは入れると思います（そこらで体力の限界でしょう）。

仕事だの5年間いっしょにいた同僚の退場だの徹夜の映画祭（前日までの日記参照アルネ）だので、壮絶に忙しかった週末ですが、すくなくとも今日はゆっくり眠れそう。週末は吐きっぱなしだろうけど。

しかし、これやると体重は3キロ近く減るのに、胴回りがまるで変わらないのは非常に不条理なものを感じる。神がDNAのデザインをしくじったとしか思えん。

10-21, 2005　吐いてます

■孤独とコメンタリー

毎回入院する前は文章書こうとか絵描こう（冬コミとか、あと最近実写でもアニメでもいいから自主映画作りたい欲望がムラムラと）とか思って紙やらノートパソコンやら持っていくのだけれど、いざ抗癌剤が入り始めると、24時間続く吐き気と倦怠感でなにもできず、結局はDVDをノートで観るか、本を読むかして時間を潰すしかなくなる（テレビ、という選択肢は職場が職場なのでうんざりする）。

というわけで今回の入院は、性欲並みに有り余る創作意欲（笑）が抗癌剤によってあっ

さり潰されたあと、持ち込んだ、
・『戦争広告代理店』
・『武装解除』
・ハスミンの『ゴダール革命』
そしてなぜか同僚から借りた
・『ダ・ヴィンチ・コード（上）』
を読むか、DVDをひたすら見ている感じ。怪奇大家族のコメンタリーとかイノセンスのコメンタリーとかローレライのコメンタリーとか、なぜかハンニバルのコメンタリーとか。

大学生のときは「俺みたいな出来損ないの遺伝子なんて残してたまるけえ」と、まあその歳のスノッブなオタクとしてはふつーの気取りをもってはいたのだけれど、このクリティカルな病に見舞われてからは、人恋しさというか、露骨に孤独に対する耐性が弱くなった（だからと言ってオフ会とかには出たことはないのだけれど）。全く情けない転向ぶりであることよ。

なんでそんなことを考えたかというと、コメンタリー付のDVDばかりをセレクトしたのは、ヒトの声を聴いていたい、ヒトが楽しそうに語らっている様を聴いていたい、という願望を満たすものとして、疑似的に逃避するためではないか、と思ったからだ。

独身者の機械としてのコメンタリー。

武装解除と戦争広告代理店、黒沢清対談がいちばん面白かった『ゴダール革命』はすでに消化し、あとはダ・ヴィンチだけ。戦争広告代理店はすごい。戦争請負会社なみのインパクトがありました。環境問題（の恣意的なデータマイニング）、軍事請負企業（PMF）、紛争広告業、はこれからいろんなフィクションのネタ元になりそうだなあ。

10-25, 2005　流通する言葉

■戦争広告代理店〜わるもののつくりかた
文庫落ちしたいまごろ読みました。遅すぎ。

実は、この題名自体、ある種の自己言及になっていることは、だれも書いてないみたい。本当にセルビア側は虐殺をやらかしたの？　そもそも「被害者」ボスニア・ヘルツェゴビナ側はセルビアと同じようなことはしていなかったと言い切れるの（ハーグではとっくに結論されてますが、まあこの本の内容では）？　そんな白黒曖昧な状況の中、人々が無意味に死にゆく混沌とした戦場を（フィクションとして、そしてそれを真実として）物語化してゆく作業を行う、ストーリーテラーのお話（いや、ドキュメンタリーではありますけど）。

どこらへんが自己言及的かというと（作者も気がついていないかも知れないけれど）、

この中の一章に「民族浄化」という章がある。現地でWWⅡのときに使われた言葉の英語訳「エスニック・クレンジング」。このことばが選ばれた経緯というのも非常に面白い（「ホロコースト」はユダヤ人にとって特別な言葉で、それを使ったら大きなロビー／影響団体であるユダヤ人コミュニティの無意味な反発を喰らうから）んだけど、しかしやはり、この言葉の醸し出すものは物凄い影響力を発揮した。「民族」を「浄化」する。この響き。ぼくはほとんど、これを求めてSFを読んでいると言ってもいい。異質な世界で使用される、ぞっとする迫力を持った言葉。黒丸ファンだったのも、そして彼が訳していってくれた（ありがとう）ウォマックが好きなのも、『１９８４』が好きなのも、そういう理由による。通俗的なところで言えば「光学迷彩」や「義体」という言葉。ぼくはあれはすごい発明だと思う。お陳腐な「透明スーツ」を「いや、これは光学的な迷彩なんです」と士郎正宗が言い、それを簡潔に短い漢字の連なりで表現したとき、このアイテムは新しいカッコよさを得たのだし、「義体」にしたって、サイボーグ、とかすっかり定着した言葉を避けた結果、「いや、義手や義足と同じく、体全体が『義』なんだ」というアクロバットみたいな思考の結果生まれ、それは確かにすごいインパクトを持っていた（いまやすっかり定着してオタク界隈では普遍化してしまったけれど）。

「民族浄化」という単語にはそんな、言葉の快楽、があった。快楽、という表現が不謹慎ならインパクト、と言ってもいい。日常においては決して繫がることのない二つの異質な単語が合体したときに生まれる、観たことのない世界。ロートレアモンも以下略。

それは、そのインパクトゆえに、あっというまにセルビアとボスニアで起きている事象を表象する言葉になった。ある箇所で、ある村の人間を集め、武力で強制的に移動させ、家財を破壊し、強制収容所に入れたり殺したり、と形容するかわりにただ一言「民族浄化」と言えば、それで片付く、と言っている人物がいた。これなんてまさにニュースピークだ。その単語は繰り返し繰り返しメディアで流通し人々が語ることで、その内実（辞書に書かれた「意味」の部分だ）を失い、ただインパクトを持つ記号としての「民族浄化」が流通していく。

冷戦時代、ハドソン研究所のハーマン・カーンらが行ったものは、実はこれだった。いかに「人間的に」思考するのをやめるか（もちろんそれは、「理性的に」戦争を思考するためだ）。核戦争の時代の大量死を前提にした戦争を考えた場合、そんなおぞましいものを考えることは、道徳を持つ普通の人間にはできはしまい。そこで、カーンらは「考えられないもの（unthinkable）を考える」ために、さまざまな言葉を生み出した。熱核戦争を表現し、そこで大量に人が死んでいるという状況を表象しながらも、それを感情的に煽ることのない、「死」が脱臭された言い方を。最大「効果」域、「被害」最小化。じゃあ、核兵器の「効果」って何さ。最小化しなきゃいけない「被害」って何さ。それを意図的に「意識しつつ忘れる」ために、カーンたちはシンクタンクの報告書に、ほとんどＳＦといってもいい「言葉」の技芸を駆使した。こうなるとほとんどこれは文学の領域だ（の、はずなんだけど、文学があまりに怠けものなので、ＳＦが代わりにやってやっている）。『考えられないことを考える』という本を「あり得ないことも一応考えておく」という意味にとっているひとは多い。違うよ。あれは「考えるだにおぞましいことを冷静に考えるためのメソッド」という意味なんだよ。

「民族浄化」は「民族」を「浄化」する、という異様な組み合わせによって、某ゲルマン的民族抹殺（民族の純血！）を想起させながらも、ユダヤ人社会がある意味特権的な所有物とする「ホロコースト」とは異なる（異ならないのだけど、そこを曖昧にする）単語、という状態を達成した。しかし、なぜかこの単語は、おぞましさを誘発させはするのに、そこで人が死んでいるという根源的な感情を欠落させている。だからこそ、それはメディアに流通したのだ。生々しい言葉なんて、視聴者は聞きたくないからだ。おぞましさを感じさせつつ、真に感情に響く「生々しさ」は封印する。そんな絶妙の効力を、「民族浄化」は持ったのだ。

　この本に関して言えば、アメリカの（そして日本の）メディアの在り方、というやつが面白い。メディアとは（命題になっていないのは承知だけれど）「流通する言葉が流通する」世界なのだ。「郵政民営化」という事の内実をどれだけの人が把握していたか（とくに他国の失敗例の多さを考えると）、そのメリットをどれだけの人がはかりにかけたか、はもちろん考えるまでもないだろう。そもそも争点はそれだけじゃなかったはずだ。んなことより議論すべき深刻な問題はいくらでもあった。しかし、「郵政民営化」という言葉は明らかに「テレビで、新聞で、ネットで」流通しやすい言葉だったのだ。基本的にあの選挙で使われた手法は「民族浄化」をワシントンという場所で前面に押し出したルーダー＆フィン社が使用したのと同じ手法だ。「声の大きいものが勝つ」ではないけれど、自民党はＰＲ戦争において、「言葉」を流通させ、同時に積極的にその意味を剝奪すること（繰り返し流通させること）で、その言葉の持つ最大効果を狙ったのだ。

記号を記号として繰り返し人の頭に叩き込むこと、実はこれ、ゲッベルスのお家芸（そして全体主義の基本的なやりくち）であり、ハスミンは『ゴダール革命』の中で「ゴダールのやってることも実はファシズムのそれとすごく似ているんだけど」みたいなこと書いてて爆笑なんだけど、別に自民党やこの国がファッショ化しているとかそういうお陳腐な話をしたいわけではない。ただ、自民党のとった「言葉」の戦略は、ものすごくメディア向きだったということだ。

よく、（とくにテレビ、新聞）メディアについて「政治的に」偏向しているだの「意図的に」捏造しているだの、会社ぐるみの「陰謀論」や組織的な「イデオロギー的偏向」を指摘する人がいる（「朝日はサヨ」とかいう類い）。しかし、ぼくはそういうの、ほとんどタワゴトだと思う。むしろそういう、俺等の理念に添って民意を目覚めさせてやろー、なんて傲慢な意識で報道してくれたほうがどんなに崇高か。現場ってのは、情けないことに、もっと動物的な感覚で動いているものだ。それぞれの政治的信条はあるていどバリエーションがあるし、個々人の裁量にまかせられている部分は大きい。しかし、重要なのは「編集しやすい」発言だったり、「流通しやすい」言葉だったり、「はた目にそれとわかる」表情だったりする。実はメディアのいわゆる「偏向」に政治的なものは（あまり）関係がない。それは大体において、短い秒数にいかに発言やリアクションをおさめるか、いかに長ったらしい文章をカットして、ぱっと視聴者や読者を引き付けるか。そんな「技術的な」要請の結果生じたものがほとんどだ（情けないことに）。「意図的な偏向」と非難される、発言やリアクションの「揚げ足取り」にしたって、その瞬間が「1秒〜数秒」に満たない枠で最大値に「面白い」から抜き出されるのであって、完全に政治的な偏向がないとは言わないけれど（そりゃ、ディレクターやキャスターや編集、それぞれに政治的な偏《かたよ》りはあるでしょう。ぼくらと同じように）、ほとんどの場合は瞬間瞬間の「流通しやすさ」で選ばれているに過ぎないのだ。要するに現場が、よりウケを狙っている、それだけのこと（すごい単純化されてはいますが）。そして、この本で書かれているアメリカのメディアとはまさに、そういう存在だし、日本も多かれ少なかれ同じだ。

　この『戦争広告代理店』には、そうした日米共通するメディアの特性の中で、いかに「民族浄化」という言葉が広まっていったか、が書かれている。自己言及的、といったのはこのことだ。もちろん、この本の題名は内容を考えて真剣に考えられたものだろう。しかし、「戦争」と「広告代理店」の組み合わせは、言葉としてインパクトがあり（ある種の価値観すらひっくりかえすような）、それゆえ記号として流通してしまう危うさも孕んでいる。「民族浄化」と同じように。

余談ですが、この本は、ワシントンで政治がどのように行われているか、いかに「知り合い」で世界が動いているか、ということの興味深いサンプルでもあります。

10-27, 2005　狼男、その困難

■ウェス・クレイヴン「カースト」（仮）

吸血鬼、ミイラ男、ゾンビ、などに比較した場合、狼男なる題材の映画における困難さは明らかです。すなわち、狼男はつまるところ畜生でしかなく、人間を圧倒し恐怖に叩き込むメソッドを馬鹿力と卑しい顎しか持ち合わせていません。感染力、というファクターも後年追加されましたが、その程度はゾンビですら有しており、しかも牙という伝染の媒介が狂犬病その他の猛禽による疫病と大差ないため、それは「自然にはまあ、んな生き物もいるかもしれんね」というごくごくつまらない感想に行き着いてしまうのです。

歴史からすれば、人狼伝説はミイラ男よりも吸血鬼よりも古く由緒ある存在のはずです。しかし、映画というメディアの物語の器として、狼男はあまりに使い勝手の悪いモンスタ

ーになってしまいました。ドラキュラや幽霊、ミイラ男は、「死と生の界面の往来」という恐怖界において圧倒的な威力を持つブランドを有しており、それは人が抱く「死」という観念の転倒をもたらすことができ、明らかに畜生に食い殺される恐怖より根源的性質を有しています。

では、エイリアンと狼男は同質なのか、というとやはり違います。狼男に比べて、エイリアンは「宇宙」という得体の知れないものを背負っているからです。いくらその襲撃が物理的性質によるものであるにしても、「完璧な有機体だ」と宣言された瞬間、その完璧さは宇宙というわけのわからないシステムによって保証されるのであり、やはり「死」と同様の根源的不安を観客に与えるでしょう。

翻って、狼男は生と死を異様な力によって飛び越える能力を持ち合わせてもおらず、宇宙という「未知のシステム」の後ろ盾もなく、ただその「生まれ」もしくは「血」という人間にとって実になじみ深い宿業に囚われざるをえず、ドラキュラ伯爵のように蝙蝠に変身して逃げ惑う人間の先回りをすることも、幾度もの蘇りによって人間の生死観を混沌に叩き込むことも、許されていません。彼にできるのは、叩いたり、噛んだり、といったジャイアンレベルの暴力、いうなれば畜生としての腕っ節のみであり、月の満ち欠けはそれが生死と直結しないために怪奇趣味の香りを放つことはなく、いわば狼男のキッチンタイマーに過ぎません。銀という弱点ですら、吸血鬼の「水面を渡れない」「十字架」「ニンニク」といったアイテムの持つ不可思議が、逆説的に吸血鬼の「死との濃密な関係の取り結び」を強化する、という方向に働いたようには、狼男の神秘性をいささかも保証してくれず、結局のところ狼男は人間であることをやめた後は単純にデカイ狼でしかない、パワープレイで人間を殴り殺したりするのが関の山、という「怪奇」の香りから甚だ遠い低俗さをまき散らすしかないのです。吸血鬼や幽霊がそこにいるだけで怖さを醸し出すことができるのとは対照的に、狼男は人間でいるか狼でいるかしかなく、言うまでもないですが「狼が怖い」というのは恐怖映画の恐怖ではありません。

他の怪奇ブランドに比べ、狼男はかような困難を背負っているわけですが、ウェス・クレイヴンが久々に手掛けたこの新作は、ロサンゼルスという怪奇のカの字もない、下品なまでに様々な事象がむき出しになるあからさまな太陽の下で展開されます。「蠟人形の館」が「肉の蠟人形」を大いに改変し、全然関係ない「悪魔のいけにえ」を導入したのは、作り手が「怪奇」の近似値として南部の田舎という、おぞましさの残り香がまだ有効な土地を（日本でいえば近親婚がまだ続いてそうな横溝的田舎に相当します）選ばざるを得なかった、という理性的な思考の結果です。ある意味「現代のアメリカで怪奇をやる」ための、消極的ではあるが賢明ではあった選択なのですが、翻って、クレイヴンの「カースト」は、そうした欲望された「怪奇」をいかに実現するか、という試行錯誤を最初から放棄し、人間は堂々とマルホランド・ドライブで狼になります。

この映画は狼男を生命の危険として描くことのみに専心します。怪奇性は表現しようがないのです。ただしこれはすでに「スクリーム」で試行されたことの反復に過ぎず、怪奇であることやホラーであることを諦めた疑似ホラーとしてのサスペンス映画、というフォーマットを、今回クレイヴンは選択しました。暴れる以外に能がない狼男という困難な題材に接して、これはしごく当然の知性的な選択だったとさえ言えるかも知れません。

怪奇映画をモチーフにした建設中のクラブのデザイナー、を主人公クリスティーナ・リッチの周辺に配置しながら、その弟がスクールカーストの最下層に属する文系ボンクラであるという、退屈なまでに定石を外さないティーン映画フォーマットは、また「スクリーム」がそうであったように、そのクラブの内装を利用した怪奇映画への言及を行いつつ、しかし登場するのは単に力の強い獣であり、敵味方の配置すらも知り合い空間だけで完結してしまいます。悪役の動機はどうしようもなくヘボい人間のそれであり、狼男にはその程度が相応《ふさわ》しいとでも言うように、人知を越えた世界はまっさらに排除されています。

この映画はすなわち、狼男という題材そのものの敗北を宣言する、自己言及的なサスペンス映画にすぎません。思えば「ティーン・ウルフ」という映画が可能だった時点で我々はそれを悟っているべきだったのですが、人狼伝説そのものの持つ歴史ゆえ、それと映画とのなれそめが不幸な婚姻であったことを認めたくなかったのです。映画としては手堅く、演出も外さないのですが、ホラー映画を作ろうとしながらも、恐怖を信じることの出来ない人々の告白を聞かされるような映画体験をあなたがどのように思うかは、私にはわかりません。恐怖にできることがまだあると信じたいのなら、「蠟人形の館」をいま見ておくべきでしょう。ダークキャッスル製作では、いままでいちばん志が高く、誠実な映画ですから。

■10-29, 2005 魔法少女小夜

というわけで、明日の入院に備えて今日は家に帰って安静にしながらテレビ。「BLOOD＋」が妙に変身魔法少女じみてきたぞ。変身後はポン刀振り回す魔法少女。「赤い楯」って名前からするに、これ、押井『獣たちの夜』のユダヤ／ロスチャイルド結社路線で行く気なのね。もうひとつの組織は『獣〜』ではわっかりやすく「世界一小さな国」でしたが、今回の米軍を動かしているのは誰なのかな。『獣たち〜』で彼らが吸血鬼狩りする動機って、ものすごい晦渋《かいじゅう》で説明しにくいんですけど（翼手は「脅威度で言えばインフルエンザよりも低い」にもかかわらず狩るのだ。しいて言えば「人が人で在るために」というすげえ絶望的な話なんだけど）、このアニメではどういう方向にするんでしょうね。

いや、私はこのまま行ってほしいんですけどね。陰謀史観フェチなんで。

陰謀史観フェチとは何か。これは私の「管理社会フェチ」「査問会フェチ」と並ぶ、余人には理解されにくい変態性癖のひとつである。

「管理社会フェチ」はファッションを含む「人間の尊厳」剝奪系ディストピア全般に対する萌えであると言える。町中に指導者の顔がたくさん貼られていたり、独裁政党のマーク（記号）がありとあらゆる場所に描かれていたり、やたらめったら同じ旗が濫立していたりすることに興奮をおぼえる。

「査問会フェチ」とは何か。それは会議室で査問と称して人を裁く場面に興奮をおぼえる性癖である。それが濡れ衣だったり組織内権力闘争の結果であったりすると、完璧である。公権力による司法裁判ではないところがポイントで、これは失敗した刑事、あるいは濡れ衣を着せられた刑事が、内務調査班の訊問を受けたりする場面や、民間会社内での権力争いの過程として行われる「ヒアリング」も含まれる。突然入ってきた使者による「耳打ち」などあろうものなら大興奮であり、その結果査問が「休会」などしようものならもう辛抱たまらない。

そして、陰謀史観フェチである。

これは、各種陰謀史観を、上記の管理社会や査問会のようにフィクションの道具立てとして楽しむ嗜好のひとつであるが、うっかり「いや、シオン賢者の議定書が」とか公的空間で口にしようものなら、モノホンのビリーバーと間違われる危険性も孕んでいる、なかなかリスキーな趣味である。「陰謀を信じている人はその陰謀を『真実』だと思っている」という、宗教などと同じ性質から、こうしたメタ的趣味の人間がビリーバーになることはありえないのだが（複数の宗教を信じている人はいない）、それを普通の人に説明するのは難しい。

ユダヤ系の陰謀史観の書籍群は、長い歴史があるぶん物語りとして洗練され、リアリティを導入し過ぎて、脱中心的な人間関係の集積、というあまりダイナミズムを感じない構造が幅を利かせているんですが（大魔王がいなくてつまらん）、冷戦が終わってからこのかた、ポストモダンの陰謀（笑）で、陰謀史観型フィクションはさっぱり人気がないもんで、久々に「BLOOD+」で秘密結社が見れて満足。しかし「X-File」はよかったなあ（しみじみ）。

しかし、退院後に「ドミノ」速攻で観ておいてよかった。いつ終わるかわからんし。リージョン1で「絞殺魔」買って観たんですが、異常すぎる分割画面に酔いそうになりました。フライシャー、頭おかしいです。トニスコのチカチカなんてまだまだかわいいもんです。すげえぞ。画面分割のマシンガンだ。マシンガン・スプリット・スクリーン。

あとこの映画、繰り返しマーキュリー・アストロノーツのパレード中継が出てくるんですけど（英語が聞き取れなくて「誰の」パレードかわからんかった）、J・G・バラードのファンとしては、どうしてこうも宇宙飛行士が狂気とセットで扱われるのか、興味があります（未見のブラッティ「トゥインクル・トゥインクル・キラー・カーン」もそうらしいし）。宇宙飛行士って、「英雄」としてのイメージ以外にも、「なんか深淵覗き込んでしまった感」も醸し出してる、ってことなのかな。

11-10, 2005　コミケ、受かりました

■宇宙戦争を買う

「宇宙戦争」が最悪、というひとは、たぶん現実に打ちのめされたことがないひとなんじゃないか、と思えてきた。世の中がデタラメで圧倒的で辻褄が合わない場所だ、とはあまり思っていなくて、戦えばなんとかなるんだ、むしろ戦うべきなんだ、とか、物事には理屈があるんだ、とか、思いもよらないことなんて起こらないんだ、とものすごい安心しながら生きているんだろう。たぶん、ヒトが無力であることに耐えられないんだろう。わけのわからないことが嫌いなんだろう。

そういう大人にならないためにも、ＳＦは若いうちに読んでおいたほうがいい、と最近真剣に思うようになってきた。情操教育にＳＦ。冗談のような話だけれども。

この世の中がまったく理不尽な場所であること。それについてぼくは、あなたは、どうしようもないこと。それを知ること。

本田美奈子の死と、宇宙戦争という映画は、ぼくのからだに起きた理不尽なできごとを

経由して繋がっている。あなたは、体と心中するしかない。叙事的な映画というのは、そういうことを嫌でも感じさせてくれる。

あれは、容赦ない。あれは、人を選ばない。あれは、突然やってくる。できごとというのは、そういうものだ。

死んだことのある人はいない、と誰かが言っていた。

11-13, 2005　政治の行われる場所

■標的は11人：モサド暗殺チームの記録

目録にあったので問い合わせていた『パルチザンの理論』は既に売れてしまっていた。ので、入手できたのは赤瀬川原平さんの『ぱくぱく辞典』と、恐らくスピの映画公開のあかつきには再版がかかるだろう「ミュンヘン」原作こと『標的は11人』だけだった。

ぼくには食事や間食の時に好んですることがある。躾がなってない話だが、家であろうと外であろうと、一人で食事するときには必ず本を読みながら食うのだ。しかも、それは大体の場合、アンソニー・ボーディンの『キッチン・コンフィデンシャル』だったり、『死んでいる』のジム・クレイスが書いた『食糧棚』だったり、単純に『美味しんぼ』や『味っ子』『大使閣下の料理人』といった料理マンガだったり、悪趣味に『ハンニバル』の最後の晩餐シーンだったり、まあ要するに食事に関する本を読みながら、昼飯だったり

夕飯だったりを食べるのだ。

この『明解　ぱくぱく辞典』はその「食事のお供」としてかなり頻繁に召喚されてきた愛着のある本だったのだけど、数年前に電車の中で無くして、以来、さみしい思いをしてきたのだった。これで食事の量が増えるのも困るけど、やっとこの本が「食事のお供」の本棚に戻ってきて嬉しい。

スピルバーグ「ミュンヘン」原作『標的は11人〜モサド暗殺チームの記録』（新潮文庫）は、いずれ映画の公開時に再版されるだろうけれど、我慢できずに古本で購入。まあ、文庫で貴重な本でもないので安いし。

まだ読みはじめたばかりなのだけれど、冒頭近く、首相ゴルダ・メイア女史が自宅の質素なアパートで、主人公と、当時陸軍少将だったシャロン（あのシャロンですよ）たちに作戦の決行を伝える、という凄まじい場面が登場し、えらく興奮する。予告篇の中に出てきた老婆って、ゴルダ・メイアなのかしら。彼女自らお茶をいれて持ってくるあたりなど、ほとんど「マトリックス」のオラクルのアパートみたいで、そこで下される「イスラエルの歴史を変える」決断を考えると、この「老婆とお茶とアパートとシャロン」という組み合わせは、なかなかに壮絶な場面である。

ゴルダ・メイアって人間にちょっと興味が湧いてきた。この本で登場するのここだけだけど。というか、イスラエルの建国について自分がほとんど知らないことに今気がついた。

老いた女性が冷酷に政治的決断を下す、ってビジュアル、萌えません（笑）？

11-30, 2005　クレクレタコラ

■喰えるのか？　それ。

・「アップルのiMac G5欲しい！」（監督：デイビッド・フィンチャー）

序盤からiMacの周囲をぐるぐるまわるオープニングに痺れる。これはNINのPV「only」で試みた映像の実践だけれど、さすがフィンチャー、映画でもクールである。

3たび組んだブラッド・ピット演じる主人公は「アップルのiMac G5欲しい！」とiMacを追い求めるハーレムの住人。要するにまあ、聖杯探求譚である。追い求めるのがポップカルチャーの権化であるG5であるあたり、「ベッカムに恋して」に似ている、と言えなくもない。鈴木清順は「東京流れ者」の中で何回あの「東京流れ者」を歌えるか、という実験を試みたけれど、さしずめこの映画は劇中で主人公に（いかに自然に）「アップルのiMac G5欲しい！」と言わせる実験、と言えるかもしれない。2回見て数えてみたけれど、ぼくがわかったかぎりこの映画でブラピは「アップルのiMac G5欲しい！」と三十八回叫んでいる。友人のラスタファリアンがラスタの言葉でG5うんたら言っていたような気もするし、この映画にはロシア人の武器商人や人民解放軍のスパイやらが出てきて、それぞれがそれぞれの国の言葉で「アップルのiMac G5欲しい！」と言っている、

というお遊びも入っているので、劇中で何回「アップルのiMac G5欲しい！」と言われたかを計測するには、そうとうな根気と知識が必要になるだろうなあ。ぼくには無理ですけど。

ところで、題名が「アップルのiMac G5欲しい！」なので、この映画の悪役は当然……「ミクロソフト」である。この映画は、サイコドクター風野さん命名するところの「ゲイツ映画」でもあるのです。ゲイツ映画、とは、ビル・ゲイツみたいな人が悪役の映画、を総称する映画の一ジャンルで（笑）、「シックス・デイ」「タイムライン」「ザ・インターネット」「サベイランス～監視」などといった映画がこれにあたる。この映画でビル相当の人間を演じているのがティルダ・スウィントンというのが新しいところ。タートルネックのセーターを着た、ゲイツそのもののカジュアルファッションなCEOが、あの髪型で中性的な魅力を放っている、というのは、なかなかに悪い冗談のような映像ではある。

とまあ、あまり中身のない映画ではありますが、フィンチャーらしくエンディングでは、びっくりのオチが待っています。やっと手に入れたiMacのCPUが、実はインテルだったなんて、実にフィンチャーらしい悪意に満ちたジョークではありませんか。

＊編註：本エントリは、iMac G5発売時にはてながおこなったプレゼント企画にあわせて書かれたもの。

12-21, 2005　プロジェクト・メイヘム

■ディストピア10傑

世界ではみなさんがなんだか面白そうなことやっていたみたいなのだが、すっかりお祭りに乗り遅れてしまった。締め切りがちょうど17日で、その前3日はフルに完徹。そんなてんぱった俺サマーに何が出来ようか。完全に乗り遅れだ。

乗り遅れるとどうなるか。全部出尽くす、という当然の結果が待っているのである。もともと狭い範囲のセレクション。そんなにバリエーションがあろうはずがないわけで、バラードも国民クイズもみんな書かれてしまっているのである。

そうしてもなお、未練たっぷりに書くのが俺様クオリティというやつ。そこでひとつ、映像にネタをしぼって書くことにする。

暗黒郷への憧憬。その因子をぼくに植え付けたのは、実は２０１９年11月のロサンゼルスでも１９８４年のオセアニアでもなく、

・20分後の未来

なのだった。"20 minutes into the future." サイバーパンク華やかなりし頃、マックス・ヘッドルームというテレビドラマがあったのだった（の前にトーク番組とかパイロット版とかいろいろあるけどまあ、割愛）。まだまだテレビ局に未来があると思われていた時代。まさかいまの職場で「放送」と「通信」が別物として扱われその障壁に苦しもうとは予想

もしなかった時代。ネットワーク23の花形レポーター、エディスン・カーターは、今観ると笑ってしまうほど凄いサーチパワーを有した万能衛星とそのオペレータのバックアップのもとに、衛星と連接（リンク、というよりこの漢字の響きが好きだあ）したカメラを持って、危険なネタに突撃取材を試みる。ああ、今観るとこれって「オペレータがリアルタイム監視衛星で現場を誘導」って定番アクションのパイオニアじゃんか。特定のテロリストの爆破テロの「独占放映権」とか、殺人よりクレジット詐欺の罪が重いとか、そういう未来が描かれつつ、テレビらしく適度にヌルいところもまた、好みだった。

ちなみに、ぼくはブレランのロスがディストピアだとはどうしても思えない。AKIRAのネオ東京も同様。今に比べて、あれらの場所が暗黒郷っぽいか、というと、そうかわらないように見える（いや映像的には群を抜いてますし、ブレランは私のバイブルですけど）。単にああいう場所、という感じ。なんか dehumanize な感じがない、というか。抑圧が感じられないんですな。

現在ある我々の抑圧を描くツールとしてディストピアが生まれた以上、それは必然的に風刺とならざるを得ない……といいたいところなのだけれど、風刺でもなんでもなく、ただの風景として存在するディストピアがひとつだけ、あったりする。それはナボコフの『ベンドシニスター』のどっかの国だ。この物語のディストピアには、いかなる批判意識も盛り込まれていない（というか、ナボコフの作品すべてにそういう批判意識は微塵もないし、そういうのを嫌悪していた人だった)。ただ、こういうけったいな例外はナボコフぐらいだろう……といいたいところだけれど、実はギブスンも未来を「そういうもの」という透明な風景として描いている。意外なことに、『ニューロマンサー』はぜんぜんディストピアなんかじゃないのだ。こういう描き方をしているのは、僕が知るかぎりナボコフとギブスンだけだ。

その種の「透明な」ディストピアは映像ではなかなか存在しない。文学でほとんど存在しないもんが、お金のかかる映像であるわけないわな。と言いたいところだけれど、ソクーロフの

・静かなる一頁

はかなりそれに近いところにある。ほんとこれは奇跡のような映画。寝るけど。タルコフスキーなんか目じゃないくらい寝るけど。でもいい。

ただ、多くの場合、ディストピアは風刺の要素を持つ。それが極端か薄いかだけ。映像の話に戻ると

・20世紀のどこかの国

なんかそのわかり易い、魅力的な例だ。え、これ何、ってあんた、「未来世紀ブラジ

ル」ですよ。冒頭にはっきり「20世紀のどこかの国」のおはなしだ、って出てくるでしょ。公開当時からこれ、未来の話なんかじゃなかったんですよ。

ただこれ、『1984』の類似品と言われていることが多いけれど、ぜんぜんちがう。「ブラジル」の世界は、実は管理社会ではない。あのギリアムVSシャインバーグの激闘を描いた『バトル・オブ・ブラジル』でも書かれているけれど、これは「情熱の喪失」を描く物語であり、その周囲はいまわれわれのまわりにある抑圧をマンガっぽく拡大して描いた「背景」にすぎない。べつに管理社会の恐怖を声高に叫ぶ作品ではないのだ。

というのもこれ、ギリアムがかつて所属していたモンティ・パイソンのネタがけっこう使われているからで、モンティ・パイソンのDVDに収録されている「ガス調理器コント」なんかまんま「ブラジル」だ。ガス調理器が届いたものの、書類に不備があって、延々と設置を拒む業者。書類。「ブラジル」の社会は「管理社会」というよりは（だってこれ、すくなくとも『1984』のような「監視社会」ではないし密告社会でもないからね）、膨大な手続きの山に人々が殺されていく「官僚社会」のおはなしだ。

そういう意味では、実は大好きな、

・オセアニア

もまったく同じ系列に属する。いまではかなり普遍的な物語としてとらえられている

『1984』だけれども、バージェスが『1984』について書いた『1985年』によれば、あれはオーウェルが執筆した当時のイギリスの状況を、かなり正確に反映した、というよりは風刺した、ギャグにすらした、物語なのだそうだ。それも反共とかそういうおっきなイデオロギーのレベルにおいてではなく、物不足がどうとか、映画館がどうとか、そういうレベルからの風刺であり、要するに当時のイギリスに住んでいれば、ほとんど「ネタの塊」みたいな小説と感じられたかも知れない。

ギリアムはアメリカ人だけど、「ブラジル」ははっきり言ってパイソンの再生産みたいなネタばっかりだし、マックス・ヘッドルームもイギリス原産だ。『1984』についてはいうまでもなく。ハックスレーからこのかた、ディストピアといえばイギリスの特産物みたいだ。ロンドンのテロ事件で公開が来年にのびてしまったアラン・ムーア原作の、

・*V for vendetta*

も管理社会と化したイギリスが舞台だ。これもサッチャー時代のイギリスという社会情勢が強く影を落としている作品で、イギリス特有のネタがてんこもり。このレジスタンスの「V」の格好からして、「火薬陰謀団事件」のガイ・フォークスなのだ。

陰鬱なブリテンの島が生み出した特産品。そのイギリスといえば、ナチに対する恐怖というやつが強く残っているわけで、

・大ドイツ帝国

を『ファーザーランド』で描いたロバート・ハリスもイギリスの人。『SS－GB』のデイトンは言うまでもなく。この、ディストピア者にはたまらん小説の映像化は、圧倒的に予算のないHBOのテレビ映画としてなされてしまったわけで、できもショボいものだけれど、しかしやはり、ベルリン刑事警察がSSの一部となり、親衛隊の制服を「普通に」着た刑事が街を歩く日常、というビジュアルはそれだけでご飯3杯はいけるわけで。

（続く）

12-22, 2005　これにて閉廷

■ディストピア10傑（続き）

というわけで、イギリス産ディストピアをひとしきり見たあとは、アメリカ産を見ることにする。

イギリス産とアメリカ産のちがいというのはあるのだろうか。うーん、あくまで感触だけれども、イギリスやヨーロッパのディストピアは、「人間性」というものそのものに対する問いかけを含んでいるように思われる。幸福ってなんだろう、とか、そもそも自由ってなんだろう、とか。バージェスの『時計じかけのオレンジ』は人を殺し、レイプする腐

った精神すら、それでも「人間性」なのだ、と言う。肯定否定は別にして。翻って、アメリカ産のディストピアはある意味わかりやすい。なにせ、自由を脅かすなら政府自身をも倒せと憲法で謳っている国だ。自由そのものはアプリオリな存在であり、それを疑うというようなことは、あまりない。自由は絶対条件であり、それを錦の御旗にして（まあほんとのところは別にあるにしても）この国が戦争までしているのはみなさん御存知の通り。アメリカは「自由」というものにものすごい価値を置いている国だ。

・THX-1138の地下都市

なんかその代表格。こういうクリーン系ディストピアは、実はヨーロッパよりもアメリカに多い気がする。まあ、ゴージャスなセットを建てこむことのできる資本力があるというのが、大きな理由ではあるでしょうけど。ただ、この「THX-1138」、ルーカスがコメンタリーで語っているのだけれど、実は「青年が地方サバービアから出ていくモノ」の一変種でもあるのだ。つまりこれは「アメリカン・グラフィティ」からそのまま「スター・ウォーズ」に連なるルーカスの個人的なモチーフを色濃く投影したものだったそうなのだ。

こういうクリーン系、幾何学系ディストピアでは、クローネンバーグの

・クライム・オブ・ザ・フューチャー

なんかも綺麗で好きだ。クローネンバーグは「クラッシュ」を撮っているし、「シーバース」なんかある意味『ハイ－ライズ』。バラードと相性いい作家だと思う。この人に『殺す』とか『スーパー・カンヌ』とか撮って欲しいんだけどなあ。

ちなみに、ディストピア、という概念そのものがある種のノスタルジーに回収されてしまう中、唯一「いまどきのディストピア」の在り方を提示できているのが「マイノリティ・リポート」の、

・2054年のワシントンDC

だと思う。圧政でも管理でもなく、人間性の喪失でもなく、RFIDとサービスが結びついた、蜘蛛の巣のようなソフトな管理。「退屈な暗黒郷」としての未来。似たようなことは各種小説や漫画でも行われている（テレビ攻殻なんか方向性としては一緒だ）けれど、それらがあくまで「ありそうな未来」に留まっているのに対して、ありそうでありながらも「ディストピア」として描き出したのはたぶん、「マイノリティ・リポート」ぐらいだろう。

他にもトリアーの「エレメント・オブ・クライム」やブアマンの傑作「ザルドス」、ナチがらみでは「暗殺の森」、なんかも挙げておきたいところだけれど、10選ということで最後にひとつ、

・メガシティ

メガシティィって何ですか、って？　ジャッジ・ドレッドに決まってるじゃんか！　スタローンの！

「判決……死刑！」ダダダダダダダダダダ「これにて閉廷！」

これですよ！　即決裁判警察！「俺が法だ！　俺が法なんだよおおおお」と自分が裁かれる法廷でわめくスタローン！　しかもジャッジの衣装デザインはなんとベルサーチだ（本当）！　配給は東宝東和だ！　文句あるか！　即決裁判権てすげえよな！

12-29, 2005　シュールだ

■バラードじみたからっぽの空間としての

窓の外に、広がる田園。森が広がり、周囲に建物が見当たらない。

見知らぬ天井。

どこだここは。

今日まで、自分がどこの病院に収容されたか、知らなかったのだ。

大量の止血剤をぶち込んだおかげで、出血は止まり、痛み止めが効いているあいだは正気を保てるようになった。というわけで院内を散策する。

閉鎖されたロビー。

無人の、真っ白な、清潔な廊下。

閉じた花屋。

売店が開いている。ので、そこへ向かうと、廊下の向こうに誰かが立っている。

老婆だ。

患者だろうか。表情がない。瞳が黒い硝子球のようだ。

場所を特定できぬ、見知らぬ田園。

シュールだ。

気分はマッグーハン。「情報だ」「お前はNo.6だ」「私は番号ではない！　私は人間だ！」

まあ第四惑星でも可。

年末の、そこそこの規模の、地方の病院に救急車で運び込まれると、こういう映画的な体験ができる。

救急で運び込まれたので、娯楽がなにもない。というわけで、今日が年内最後の営業日であるその売店で、文庫本をあさる。しかし医科歯科でも思ったが、病院って徳間が多いな。興味ない作家の名が並ぶ中、山田風太郎の名前をみつけた。お、と思って手に取ると、『人間臨終図巻』だった。

この見知らぬ世界がどこであるか、その世界の本や新聞を使って世界の外から中の主人公に伝えようとする話が、ヴァーリイにあったな。

だとしたら、ぼくは。

結局、そのほかに佐藤大輔（しかし、どこの病院の売店も徳間と講談社多いな）と、TYPE-MOON萌え表紙でレジに持ってくのが恥ずかしいヴァンパイヤー戦争《ウォーズ》（生頼さんでいいのに）、森博嗣のミステリィ工作室、と臨終図巻を買った。

ここで年を越すからである。

というわけで、伊藤予定外の入院につき、コミケに来てくださった方々、申し訳ありませんでした。来年はなんとか、健康にやって行きたい思っとりますが、ひとつよろしく。

本書は、早川書房より刊行された『伊藤計劃記録』（二〇一〇年三月刊）、『伊藤計劃記録：第弐位相』（二〇一一年三月刊）を再構成のうえ文庫化したものです。

虐殺器官〔新版〕

伊藤計劃

2015年、劇場アニメ化

Cover Illustration redjuice
© Project Itoh/GENOCIDAL ORGAN

9・11以降、〝テロとの戦い〟は転機を迎えていた。先進諸国は徹底的な管理体制に移行しテロを一掃したが、後進諸国では内戦や大規模虐殺が急激に増加した。米軍大尉クラヴィス・シェパードは、混乱の陰に常に存在が囁かれる謎の男、ジョン・ポールを追ってチエコへと向かう……彼の目的とはいったい？　大量殺戮を引き起こす〝虐殺の器官〟とは？　ゼロ年代最高のフィクションついにアニメ化

ハヤカワ文庫

The Indifference Engine

伊藤計劃

ぼくは、ぼく自身の戦争をどう終わらせたらいいのだろう——戦争が残した傷跡から回復できないアフリカの少年兵の姿を生々しく描いた表題作をはじめ、盟友である円城塔が書き継いで完成させた『屍者の帝国』の冒頭部分、影響を受けた小島秀夫監督にオマージュを捧げた二短篇、そして漫画や、円城塔と合作した「解説」まで、ゼロ年代最高の作家がその活動期間に遺したフィクションを集成。

ハヤカワ文庫

Running Pictures
伊藤計劃映画時評集1

伊藤計劃

「マトリックス」「シックス・センス」「トゥルーマン・ショー」「007／ワールド・イズ・ノット・イナフ」「ファイト・クラブ」——デビュー以前、著者が運営していたウェブサイトで書かれた映画時評六十六本＋αを二分冊で完全集成。数々の名作とほんの少しの「トンでもない」作品が、伊藤計劃のあらたな視点と映画に対する大いなる愛情をもって語り直される。第一巻は四十四本を収録。

ハヤカワ文庫

Self-Reference ENGINE

円城　塔

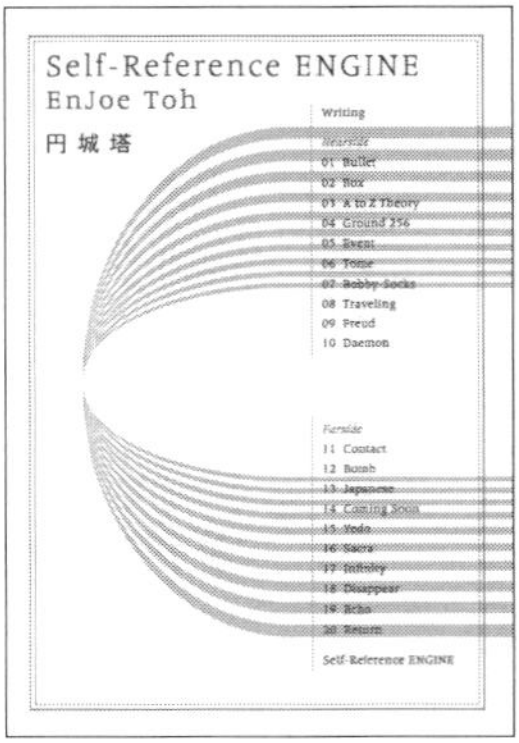

彼女のこめかみには弾丸が埋まっていて、我が家に伝わる箱は、どこかの方向に毎年一度だけ倒される。老教授の最終講義は鯰文書の謎をあざやかに解き明かし、床下からは大量のフロイトが出現する。そして小さく白い可憐な靴下は異形の巨大石像へと果敢に挑みかかり、僕らは反乱を起こした時間のなか、あてのない冒険へと歩みを進める――驚異のデビュー作、二篇の増補を加えて待望の文庫化

ハヤカワ文庫

Boy's Surface

円城 塔

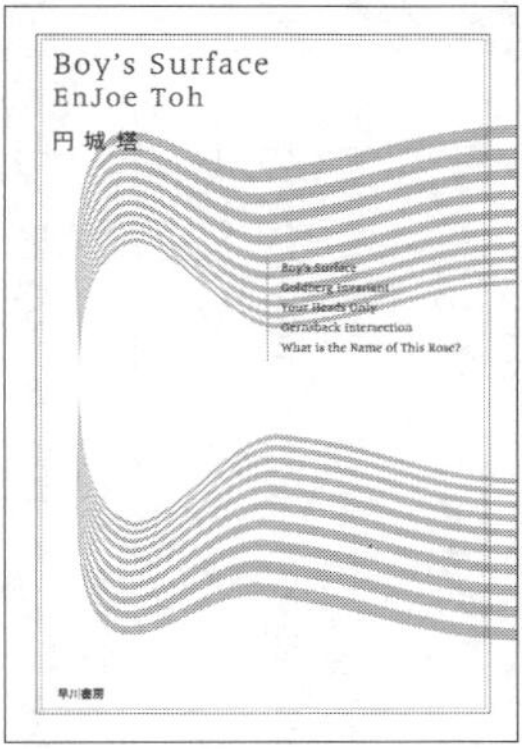

とある数学者の初恋を描く表題作ほか、消息を絶った防衛線の英雄と言語生成アルゴリズムについての思索「Goldberg Invariant」、読者のなかに書き出し、読者から読み出す恋愛小説機関「Your Heads Only」、異なる時間軸の交点に存在する仮想世界で展開される超遠距離恋愛を描いた「Gernsback Intersection」の四篇を収めた数理的恋愛小説集。著者自身が書き下ろした〝解説〟を新規収録。

ハヤカワ文庫

次世代型作家のリアル・フィクション

マルドゥック・スクランブル The 1st Compression——圧縮〔完全版〕
冲方 丁

自らの存在証明を賭けて、少女バロットとネズミ型万能兵器ウフコックの闘いが始まる。

マルドゥック・スクランブル The 2nd Combustion——燃焼〔完全版〕
冲方 丁

ボイルドの圧倒的暴力に敗北し、ウフコックと乖離したバロットは〝楽園〟に向かう……

マルドゥック・スクランブル The 3rd Exhaust——排気〔完全版〕
冲方 丁

バロットはカードに、ウフコックは銃に全てを賭けた。喪失と安息、そして超克の完結篇

マルドゥック・ヴェロシティ1〔新装版〕
冲方 丁

過去の罪に悩むボイルドとネズミ型兵器ウフコック。その魂の訣別までを描く続篇開幕！

マルドゥック・ヴェロシティ2〔新装版〕
冲方 丁

都市政財界、法曹界までを巻きこむ巨大な陰謀のなか、ボイルドを待ち受ける凄絶な運命

著者略歴　1974年東京都生，武蔵野美術大学卒，2009年没，作家　著書『虐殺器官』『ハーモニー』『The Indifference Engine』（以上早川書房刊）『メタルギア ソリッド ガンズ オブ ザ パトリオット』他

HM=Hayakawa Mystery
SF=Science Fiction
JA=Japanese Author
NV=Novel
NF=Nonfiction
FT=Fantasy

伊《い》藤《とう》計《けい》劃《かく》記《き》録《ろく》 I

〈JA1186〉

二〇一五年三月二十日　印刷
二〇一五年三月二十五日　発行
（定価はカバーに表示してあります）

著者　伊《い》藤《とう》計《けい》劃《かく》
発行者　早川　浩
印刷者　西村文孝
発行所　株式会社　早川書房
郵便番号　一〇一 - 〇〇四六
東京都千代田区神田多町二ノ二
電話　〇三 - 三二五二 - 三一一一（大代表）
振替　〇〇一六〇 - 三 - 四七七九九
http://www.hayakawa-online.co.jp

乱丁・落丁本は小社制作部宛お送り下さい。
送料小社負担にてお取りかえいたします。

印刷・精文堂印刷株式会社　製本・株式会社明光社

ISBN978-4-15-031186-5 C0193

本書は活字が大きく読みやすい〈トールサイズ〉です。